DISRUPTIVE IMAGINATION®

SARAH NOFFKE
MICHAEL T. ANDERLE

DIE REBELLISCHE SCHWESTER

UNZÄHMBARE LIV BEAUFONT
BUCH 1

Für Kathy.
Dank dass Du mir mein erstes Fantasy-Buch gegeben hast.
Seitdem ist die Welt für mich ein besserer Ort.

Impressum

Die rebellische Schwester (dieses Buch) ist ein fiktives Werk.
Alle Charaktere, Organisationen, und Ereignisse, die in diesem Roman geschildert werden, sind entweder das Produkt der Fantasie des Autors oder frei erfunden. Manchmal beides.

Copyright © 2018-2021 NM Sarah Noffke & Michael Anderle
Titelbild Copyright © LMBPN Publishing
Eine Produktion von Michael Anderle

LMBPN Publishing unterstützt das Recht zur freien Rede und den Wert des Copyrights. Der Zweck des Copyrights ist es Autoren und Künstlern zu ermutigen die kreativen Werke zu produzieren, die unsere Kultur bereichern.

Die Verteilung von diesem Buch ohne Erlaubnis ist ein Diebstahl der intellektuellen Rechte des Autors. Wenn Du die Einwilligung suchst, um Material von diesem Buch zu verwenden (außer zu Prüfungszwecken), dann kontaktiere bitte international@lmbpn.com Vielen Dank für Deine Unterstützung der Rechte des Autors.

LMBPN International ist ein Imprint von
LMBPN Publishing
PMB 196, 2540 South Maryland Pkwy
Las Vegas, NV 89109

Version 1.03 (basierend auf der englischen Version 1.00), April 2021
Deutsche Erstveröffentlichung als e-Book: Oktober 2019
Deutsche Erstveröffentlichung als Paperback: Oktober 2019

Übersetzung des Originals The Rebellious Sister
(Unstoppable Liv Beaufont Book 1) ins Deutsche vom:
4media Verlag GmbH

Verantwortlich für Übersetzungen, Lektorat
und Satz der deutschen Version:
4media Verlag GmbH,
Hangweg 12, 34549 Edertal,
Deutschland

ISBN der Taschenbuch-Version:
978-1-64202-553-8

DE19-0006-00013

Übersetzungsteam

Primäres Lektorat & Koordinator
Jürgen Möders

Sekundäres Lektorat
Jens Schulze

Betaleser-Team
Astrid Handvest
Sascha Müllers
Volker Tesche
Thorsten Wiegand

Kapitel 1

Im Leben eines jeden Menschen gibt es diesen seltenen und besonderen Moment, in dem sie an ihrer Loyalität zweifeln. Ian Beaufont erlebte gerade diesen Moment, einen internen Kampf, der sich in seinem Inneren abspielte. Er war viel näher dran, *die* Wahrheit herauszufinden – aber je näher er kam, desto mehr fühlte er sich, als würde eine Lawine über ihn hereinbrechen.

An der Schwelle zum Ferienhaus, das er mit seiner Schwester teilte, überprüfte Ian seine Umgebung. Der Pazifik rauschte am Ufer auf der anderen Seite des Hauses. Die Nacht hatte das Haus verschluckt, so dass es sich in den dunklen Himmel und Hang einfügte. Wenn er nicht so müde wäre, würde er vielleicht die Treppe hinuntergehen und später in dieser Nacht noch ein wenig am Strand spazieren gehen. Das sanfte Plätschern des Ozeans auf dem Sand beruhigte ihn immer wieder, weshalb er und Reese diesen Ort abseits des Hauptsitzes gewählt hatten. Niemand wusste, dass sie es hatten und es würde so bleiben, solange sie *die* Wahrheit aufdecken mussten.

Ian hielt seine Hand vor den scheinbar gewöhnlichen Riegel an der Haustür. Er berührte nichts, drehte seine Hand einen Zentimeter nach rechts, fünf Zentimeter nach links und drehte sie dann gegenläufig in einem vollen Kreis, als ob er einen Safe entriegeln würde, während er eine Beschwörung murmelte, als er es tat. Einen Moment später knarrte die Tür auf und gewährte ihm Zutritt zu seinem Haus.

7

Noch bevor Ian überhaupt über die Schwelle war, begann er seinen Schal und seinen langen Reisemantel auszuziehen. Die Winde waren in dieser Nacht in Südkalifornien mild, aber in London waren sie vor einer Stunde noch eiskalt gewesen.

»Reese, ich bin zu Hause«, rief Ian und blinzelte im Dunkeln nach einem Ort, an dem er seine Jacke ablegen konnte. Es fühlte sich wie eine Ewigkeit an, seit er zu Hause gewesen war, aber vielleicht lag es daran, dass er es so sehr vermisst hatte. Dies war der einzige Ort, an dem er wusste, was los war.

Ian richtete seine Hand auf den Kronleuchter, der über dem großen Tisch in der Mitte des Raumes hing, aber seltsamerweise geschah nichts. Es war nicht so, dass er sich Sorgen machen musste, dass eine Glühbirne ausgebrannt war. Diese Dinge waren für Magier nie von Bedeutung.

»Reese?« Ian rief erneut in das stille Haus. »Was ist mit den Lichtern los?«

Er blickte auf den Kronleuchter und sah das Umgebungslicht, das durch die Fenster mit Blick auf den Ozean kam und entdeckte dann die offene Flasche Rotwein auf dem Tisch. Er hob sie an, überrascht wie leicht sie war. Er musste das Etikett nicht lesen, um zu wissen, dass es eine Flasche Opus One war, Reeses Favorit.

Ian seufzte. »Du hast ohne mich angefangen? Ich dachte, wir hatten vereinbart nicht zu trinken, bis wir die Nachbesprechung hatten?«

Aus den hinteren Schlafzimmern kam keine Antwort, wie er es aber eigentlich auch bereits erwartet hatte.

Sie hatte sich wahrscheinlich in den Schlaf getrunken und er konnte es ihr nicht verübeln. Es war schwer für Reese, zurückzubleiben, während er auf Missionen war, aber das war ihre Rolle als Ratsmitglied.

Ian brachte die halb leere Flasche an seine Nase und schnüffelte und begrüßte das Aroma von dunklen Früchten und Gewürzen. Diese vertrauten Gerüche trafen ihn sofort, aber es gab noch etwas anderes - eine subtile Note von Oleander. Man hätte es nicht einmal bemerkt, wenn man nicht mit dem Gift vertraut gewesen wäre.

Ian ließ die Flasche fallen, sein Herz raste plötzlich. Er blickte nicht einmal zurück, als sie auf den Tisch stürzte und auf den Boden rollte und ihren Inhalt über die polierten Fliesen verschüttete.

Er stürzte in das hintere Schlafzimmer und wünschte, ein verdammtes Licht würde irgendwo funktionieren. Jeder Versuch, eins zu entzünden, war vergebens. Als er die Tür zu Reeses Schlafzimmer aufschob, erstarrte er. Sein Herz verkrampfte sich in seiner Brust, seine Entschlossenheit brach fast zusammen. Seine Schwester sah aus wie eine umgestürzte Statue, die elegant auf den Steinen vor ihrem Kamin zusammengebrochen war. Die Kohlen waren noch rot, erloschen aber langsam.

Ian eilte zu ihr und drückte seine Hände an ihren Hals, aber er war nicht überrascht, keinen Puls zu finden. Sie hatte die Hälfte der Flasche getrunken. Es gab keine Genesung von so viel Gift. Es gab keine Magie, die er benutzen konnte, um seine Schwester zu retten. Sie war für immer gegangen.

Hinter ihm knarrte die Tür. Ian versteifte sich. Er war nicht allein. Er hatte es die ganze Nacht gespürt, aber erst jetzt erkannte er die finsteren Auswirkungen. Die Zahl der Feinde, die Ian besiegt hatte, waren Legion. Er hatte im Alleingang ein Seeungeheuer von der Größe eines Schlachtkreuzers zu Fall gebracht. Er war der stärkste Krieger, den das Haus der Sieben seit Jahrhunderten hervorgebracht hatte. Wenn jedoch jemand so weit gekommen war, dann wusste er, dass seine eigenen Möglichkeiten begrenzt waren.

Sanft senkte er Reeses Kopf wieder nach unten und erhob sich, seinen Blick auf die offene Tür gerichtet. Es war schwer, die Figur in der Türöffnung zu erkennen, aber die vertraute Form der Augen des Mannes und das Rasseln seines Atems verrieten ihn.

»Das warst du? Wie hast du uns gefunden«, fragte er, seine Zweifel verflogen, um das Bild, das er seit geraumer Zeit zu konstruieren versuchte, entstehen zu lassen.

»Ian, du kannst nichts vor mir verbergen. Ich weiß, dass du zu nah dran bist. Du hast deinen Platz vergessen«, sagte der Mann. Seine Stimme ein raues Flüstern, das große Entfernungen zurückzulegen schien, um Ians Ohren zu erreichen.

Ians Finger zuckten an seiner Seite, aber ohne mehr als die geringste Bewegung zu machen, wusste er innerlich, dass mit seiner Magie etwas nicht stimmte. Irgendwie war sie deaktiviert. Nur eine Organisation war mächtig genug, um die Magie eines Magiers so zu unterdrücken. Ian hatte keine Zeit, sich mit der Enttäuschung auseinanderzusetzen. Er hatte Recht, den Spuren zu folgen, aber es war auch gefährlich gewesen, wie er und Reese wussten. Für sie war es tödlich gewesen.

Ian sprang nach vorne, hob den Beistelltisch neben dem Kamin auf und warf ihn in die Richtung des anderen Magiers. Der Tisch prallte gegen den Türrahmen, wo der Mann gewesen war. Er war verschwunden und tauchte ein paar Meter entfernt wieder auf. Aus dieser Entfernung konnte Ian sein Gesicht deutlicher sehen: die uralten Falten und die Augen, die er immer als freundlich empfunden hatte.

»Du wirst damit nicht durchkommen«, sagte Ian und durchsuchte den Raum nach Optionen. Ohne Magie war er... normal, und seine Möglichkeiten waren gering. Er hatte nicht geglaubt, dass dieser Tag kommen würde. Ironischerweise war er das, und dann noch gegen den einen Mann, von dem er nie gedacht hätte, dass er sein Gegner sein würde.

»Das sind wir bereits, armer Ian«, sagte der Mann. »Du hättest die Dinge in Ruhe lassen sollen.«

Ian fühlte hinter sich nach dem Kaminschürhaken, aber als er ihn in der Hand hatte, flog die Möchtegernwaffe aus seinen Fingern und landete auf der anderen Seite des Raumes.

Der Mann schüttelte den Kopf. »Du weißt, dass ich dich als Sohn betrachte.«

Ians Gesicht verzog sich zu einer Grimasse, stechende Schmerzen in seinem Herzen machten es schwer zu atmen. Er zeigte auf seine tote Schwester. »Und war sie wie deine Tochter?«

Das Gesicht des Magiers blieb gleichgültig. »Ich habe es nicht gerne getan, noch werde ich es mögen, dir dasselbe anzutun. Aber ich verspreche, dass ich es genau wie bei deiner Schwester so schmerzlos wie möglich machen werde.«

Der Magier hob seine verwelkte Hand und sofort spürte Ian die Enge in seinem Hals. Seine Füße hoben sich vom Boden und er versuchte zu kämpfen, aber er wusste leider auch, dass es sinnlos war. Sein ganzes Leben lang hatte er gespürt, wie die Magie in seinem Blut floss und in den Momenten vor seinem Tod spürte er schmerzlich ihre Abwesenheit. Was das Leben seiner Schwester beendet hatte und bald auch der Grund für sein eigenes Ableben sein würde, war Magie, die so mächtig und umfassend war, dass es keine Möglichkeit gab, sie zu bekämpfen. Er schloss die Augen, als sein letzter Atem ihn verließ, sein Bewusstsein verblasste, als er sanft auf den Boden gesenkt wurde.

Der alte Magier achtete darauf, Ian neben seine Schwester zu legen, so dass sie aussahen, als wären sie gerade an einem ungemütlichen Platz auf dem Boden eingeschlafen. Er hatte so liebevoll an die beiden gedacht. Hatte große Dinge von ihnen erwartet. Aber ihre falsche Loyalität war am Ende doch fehl am Platz gewesen. Sie hatten alles in Gefahr gebracht und so blieb ihm leider keine andere Wahl, als sie auszuschalten.

Aus der Tasche seiner blauen Seidenrobe zog der Magier eine einzige rote Flocke von der Größe und Farbe eines Rosenblatts. Er ließ sie von seinen Fingerspitzen fallen, sie segelte nach unten und landete sanft auf dem Boden neben den Körpern.

»Was getan ist, ist getan«, sagte der Magier und ging auf die unverschlossene Tür zu. Als er sicher über die vordere Stufe und zurück in die salzige Luft kam, sprach er eine einzige Beschwörung und das kleine Häuschen brach in heftige Flammen aus, die alles im Inneren verbrennen würden.

Kapitel 2

»Mach schon auf!«, rief Liv Beaufont und hämmerte an die Tür. Sie zog ihren Fuß zurück, bereit, das lausige alte Ding zu Klump zu treten, als Johns Stimme von der anderen Seite erklang.

»Wenn du sie zerbrichst, bezahlst du sie«, warnte er und bezog sich auf die Tür.

Sie stampfte mit ihrem Fuß auf, wütend, dass er immer zu wissen schien, was sie tun würde, bevor sie es tat.

»Nun, dann öffne die Tür und nimm deine Medikamente, alter grantiger Mann«, sagte sie, griff in ihre Tasche und holte die Pillenflasche heraus, die John in der Werkstatt liegen gelassen hatte.

»Sie haben mir Bauchschmerzen verursacht«, entgegnete er.

»Aber sie halten dieses winzige, kalte Herz von dir am Schlagen«, gab Liv zurück.

»Ich sehe dich morgen früh bei der Arbeit«, sagte John hartnäckig. »Ich gehe jetzt gleich ins Bett.«

Livs Faust knallte gegen die Wand neben der Tür, ihre Frustration über den zänkischen alten Mann brachte sie zum Kochen.

»Wenn du so weitermachst, werden die Leute anfangen zu denken, dass du dich um den senilen alten Mann sorgst«, sagte Plato und ging aus Livs offener Tür den Flur hinunter. Der fast komplett weiße Kater hatte vier schwarze Flecken auf seinem Körper, so dass er einer Kuh ähnelte, weshalb die Kinder aus der Nachbarschaft ihn beim Vorbeigehen anmuhten. Plato kümmerte sich um ihr Necken, indem er sie geflissentlich ignorierte und später an ihre Roller und Fahrräder pinkelte, die vor dem Gebäude standen.

»John ist mir egal«, argumentierte Liv. »Es ist nur so, dass unsere Wohnungen sich die Luftkanäle teilen und wenn er in seiner Wohnung stirbt, wird es ewig dauern, bis der Gestank aus meiner Wohnung verschwunden ist.«

Plato sah sie zweifelnd an und bemerkte: »Das kaufe ich dir nicht ab.«

Liv steckte eine blonde Haarsträhne hinter ihr Ohr und dachte nach.

»Du bist nicht groß genug, um die Feuerleiter zu erreichen«, sagte Plato, als ob er wüsste, in welche Richtung ihre Gedankengänge gingen.

»Ja, ja, ich verstehe, dass meine Größe wieder einmal ein Nachteil ist.« Sie scherzte oft, dass sie noch wuchs, aber die Wahrheit war, dass es im Alter von zweiundzwanzig Jahren eigentlich keine Chance mehr gab, dass sie noch etwas wachsen würde.

Liv blickte auf ihre zerrissene Jeans und ihr mit Fettflecken bedecktes T-Shirt herab und suchte nach Optionen.

Das letzte Mal, als John seine Medizin nicht genommen hatte, lag er danach dann eine Woche lang im Krankenhaus. Liv konnte seine Werkstatt alleine führen, aber nicht sehr gut. Die Kunden zogen es vor, mit ihm zu sprechen und glaubten nicht, dass sie die Dinge so gut reparieren konnte wie er. Allerdings hatte er ihr alles beigebracht was sie wusste und ihre Augen waren um einiges besser als seine.

Nur wegen John hatte Liv überhaupt einen Job, obwohl dieser nicht genug einbrachte, um davon zu leben. Er wusste das, weshalb er ihre Miete für die Studio-Wohnung nebanan rabattierte. Ein Ort wie dieser in West Hollywood sollte viel mehr kosten, aber John tat so, als würde er ihr einen konkurrenzfähigen Preis geben.

»Kann ich vorschlagen, dass du diese *eine* Sache probierst«, sagte Plato, der Hinweis deutlich in seiner Stimme erkennbar.

Liv blitzte die Katze an. »Du weißt, dass ich nicht stark genug bin. Ich versuche es weiter.«

»Du hast die Mikrowelle gestern mit Magie repariert«, argumentierte Plato.

Liv drehte sich plötzlich um, um sicherzustellen, dass sie nicht von einem der Kinder, die unten spielten, oder von jemand anderem im Flur belauscht wurden. Das alte Gebäude knarrte und ächzte ständig, was normalerweise Platos Stimme überdeckte, wie er ihr sagte.

»Das war ein Zufall«, zischte sie. »Ich weiß nicht, wie das passiert ist.«

»Es ist wie ein Muskel, Liv. Je mehr du es benutzt, desto stärker wird es.«

Sie schüttelte den Kopf. »Nein, so funktioniert das nicht. Du weißt, dass ich eingeschränkt bin. Sie haben mich blockiert.«

»Und doch konntest du gestern deine Magie einsetzen«, sagte Plato wissend.

Er musste es wissen. Plato war die klügste Kreatur, die Liv je getroffen hatte. Sie war seit diesem ersten Tag, als sie sich auf der Straße wiederfand, nirgendwo hingehen konnte und kein Geld hatte, mit seiner Anwesenheit gesegnet gewesen. Es war, als wäre ihr der Kater als Lotse geschickt worden, als sie ihr Leben von Grund auf neu begonnen hatte. Fünf Jahre später war er immer noch ihr bester Freund – wenn man es genau betrachtete ihr *einziger* Freund.

Liv atmete tief durch, hielt ihre Hand hoch und versuchte, sich an die Beschwörung zum Entsperren zu erinnern. Die Worte, wie all ihre Erinnerungen an Magie, waren irgendwo in ihrem Kopf gefangen. Sie schnippte mit dem Handgelenk und murmelte Worte, die sie ihre Mutter vor langer Zeit sagen hörte. Das Schloss zitterte.

Begeistert versuchte Liv den Türgriff zu drehen, aber zu ihrer Enttäuschung fand sie ihn immer noch verschlossen vor.

»Verdammt«, beschwerte sie sich und stapfte in Richtung ihres Zimmers. Einen Moment später erschien sie wieder und hielt die kleine Tasche mit Werkzeugen hoch, die John ihr gegeben hatte. Sie zog einen der Haken aus dem Set und ging am Türschloss an die Arbeit.

Hinter ihr seufzte Plato. »Du hast schrecklich schnell aufgegeben.«

Liv blies ihr Haar aus dem Gesicht, da beide Hände mit der Arbeit am Schloss beschäftigt waren. »Ich nutze meine Zeit effizient. Tüfteln ist das, worin ich gut bin, nicht dieser Hokuspokus-Kram«, sagte sie leise.

Platos Ohr zuckte und fing ein Geräusch auf, das sich näherte. »Der Riese kommt«, kündigte er an.

Liv richtete sich auf, als Rory die Treppe hinauf donnerte. Sie hielt ihre Werkzeuge hinter ihrem Rücken und tat so, als würde sie beiläufig die sich schälende Decke studieren.

Der Riese, der knapp über zwei Meter groß war, stoppte bei dem verdächtigen Anblick von Liv, die vor Johns Tür stand und Plato, der sich lässig leckte, wie es eine normale Katze tun würde.

»Hallo«, sagte Liv und versuchte, ihre Stimme unbeschwert klingen zu lassen. »Was führt dich in unsere Gegend? Bist du hier, um John zu sehen?«

Rory starrte sie an und schüttelte den Kopf. »Nein, ich bin hier, um zu... Nun, es spielt keine Rolle.«

Liv war an der Reihe, den Riesen misstrauisch anzusehen. Er wohnte nicht im Gebäude, aber er besuchte die Bewohner immer wieder gegen Ende des Monats. Die meisten würden es nicht bemerken, aber Liv war hervorragend darin, Details zu erkennen. Heute war der 30. September und das letzte Mal, als sie Rory hier gesehen hatte, war Ende August gewesen. Er war den ganzen Monat über in Johns Laden gewesen, aber das war, weil er ständig Elektronik ablieferte, die er ›gefunden‹ hatte, die John dann weiterverkaufen konnte. Liv war sich nicht sicher, was John für die Elektronik eingetauscht hatte. Hoffentlich nicht viel.

»Nun, viel Glück mit dem, was du hier tust«, sagte Liv abweisend.

Der Riese, von dem sie spürte, dass er magisches Blut hatte, sah auf die Katze herab und dann auf sie. Er schüttelte seinen großen Kopf und ließ sein lockiges braunes Haar schwingen. Rory hatte leuchtend grüne Augen, große Lippen und lächelte selten. Liv hatte als Kind Riesen studiert und wusste, dass sie nicht zu übermäßig fröhlichem Verhalten neigten. Sie waren auch extrem mächtig und verfügten über einen Zweig der Magie, der nicht vom Haus der Sieben kontrolliert werden konnte. Das machte Rory sowohl gefährlich als auch mächtig. Und obwohl Liv es vorzog, nicht mit magischen Wesen zu interagieren, machte sie eine Ausnahme für Rory, für den Fall, falls sie jemals seine Hilfe brauchen sollte. Sie hoffte, dass er nicht wusste, wer oder was sie war.

Rory öffnete seinen Mund, als wolle er etwas sagen, aber dann, als er nochmals darüber nachdachte, schloss er ihn wieder. Als er an Liv und Plato vorbeikam, knarrte der staubige Boden, als hätte er Schmerzen. Rory klopfte an Ms.

Maddens Tür auf der anderen Seite des Flurs. Einen Moment später öffnete die alte Frau die Tür und ließ den Riesen ohne ein Wort hinein.

»Was glaubst du, was *er* vorhat?«, fragte Liv und sah zu Plato herab.

»Ich bin mir nicht sicher. Er fragt sich wahrscheinlich dasselbe über dich«, bot Plato an.

Sie duckte sich, um wieder an dem Schloss zu arbeiten. Ein paar Sekunden später hörte sie das siegreiche Klicken, das signalisierte, dass sie die Tür aufgeschlossen hatte. Sie drückte die Tür zurück und blickte in die schmutzige Wohnung. Alte Vergaser und Teile von drei verschiedenen Ventilatoren lagen verstreut auf dem Esstisch.

»Sei nicht nackt, John«, rief Liv. »Ich komme rein.«

Pickles, Johns Jack-Russell-Terrier, sah von seinem Platz auf dem Sofa auf, als Liv und Plato hereinkamen. Er sprang beim Anblick von Liv von der Couch, drängelte sich an ihr Bein und bettelte darum, gestreichelt zu werden.

Plato sprang auf den Tisch und starrte den Hund funkelnd an. »Du bist so eine Nutte. Immer auf der Suche nach Aufmerksamkeit.«

»Shhhh«, warnte Liv und sah sich um.

»Keine Sorge, John kann mich nicht hören«, bemerkte Plato. »Er ist nicht hier.«

»Was?«, fragte Liv, fuhr herum und ging ins Schlafzimmer. Es war leer. »Wo ist der alte Knispel hin?«

Plato nickte in Richtung des offenen Fensters, wo die gefärbten Vorhänge im Wind tanzten. »Ich schätze, er ist da oben und starrt auf die Sterne.«

»Verdammt«, meckerte Liv und ging zum Fenster. »Und das nach all meinen Bemühungen. Ich hätte die ganze Zeit auf das Dach gehen können.«

Liv schob sich aus dem Fenster und zog ihre Beine einzeln nach. Die rostige Feuerleiter knarrte, als sie den Aufstieg auf das Dach begann. Plato verschwand und tauchte im offenen Fenster ihrer Wohnung, etwa zehn Meter entfernt, wieder auf. Er sah ziemlich gelangweilt aus von der Jagd. Liv war nicht überrascht, als John auf dem Dach stand und auf die Nachbarschaft schaute. Sie seufzte laut, als sie auf das Dach trat.

»Ernsthaft, alter Mann, willst du, dass ich dich von diesem Gebäude stoße?«

Er kicherte, nahm ein Taschentuch aus der Tasche und schnäuzte sich die große Nase. Sein dünnes graues Haar schwankte in der Brise. Er trug eine Pyjamahose, hatte aber immer noch das ölige und schmutzige Arbeitshemd an, das er vorher getragen hatte von Fett und Schmutz durchzogen.

»Du bist den ganzen Weg hierher gekommen, um mir meine Medikamente zu bringen und ich glaube nicht, dass du versuchen wirst, mich nach all der Mühe zu töten.«

Sie zuckte mit den Schultern. »Nicht heute, da hast du Recht. Aber morgen ist ein neuer Tag.«

Liv zog die Flasche mit den Pillen aus ihrer Hosentasche und hielt sie hoch. »Nimm das, oder ich fange an zu singen.«

»Liv, ich habe dir gesagt, dass ich das Gefühl nicht mag, das sie auslösen.«

So laut und so schrecklich sie konnte, begann sie, Johns Lieblingslied *Ave Maria* zu singen.

Sofort bedeckte er mit den Händen seine Ohren, die Falten auf seinem langen Gesicht vertieften sich.

»Gut, gut!«, schrie er über ihr schreckliches Geheul. »Ich nehme die dummen Pillen.«

Liv lächelte siegreich und gab ihm die Flasche. »Siehst du, das war doch gar nicht so schwer, oder?«

Er öffnete die Flasche, nahm eine der kleinen weißen Pillen heraus und schluckte sie trocken. »Aber wie du so passend gesagt hast, morgen ist ein neuer Tag.«

»Und es ist auch ein Tag, an dem du deine Medikamente einnehmen wirst, oder ich werde die schlechte Angewohnheit entwickeln, bei der Arbeit zu summen«, sagte sie und setzte erneut zum Singen an.

Er schüttelte den Kopf. »Eines Tages werde ich dich feuern.«

Liv lächelte. »Du hast damit seit Jahren gedroht. Es macht mir keine Angst mehr.«

John ging an Liv vorbei zur Feuerleiter. »Nun, eines Tages werde ich dich vielleicht überraschen. Bleib nicht zu lange hier oben. Ich möchte, dass du den Laden morgen öffnest.«

Liv salutierte formell. »Aye aye, Captain.«

Sie hörte, wie John Pickles begrüßte, als er weiter unten auf der Feuerleiter war, wahrscheinlich dabei, durch sein offenes Fenster zurück zu klettern. Als Liv den orange- und rosafarbenen Sonnenuntergang betrachtete, erkannte sie, warum John auf das Dach gestiegen war. Er dachte immer wieder, er könne sein krankes Herz mit Schönheit oder so etwas in der Art wiederherstellen. Sie hatte ihm gesagt, dass es keine Wundermittel für Herzerkrankungen gibt, obwohl sie wusste, dass das nicht ganz richtig war. Morgen würde sie ihn überreden, seinen Arzt zu anzurufen, um seine Medizin auf etwas zu ändern, das ihm nicht den Magen verdarb. Heute Abend entspannte sie sich nach einem langen und anstrengenden Tag.

Hinter ihr hörte sie das Zischen von Luft und spannte sich an. Es war ein spezieller Klang, den sie seit über fünf Jahren nicht mehr gehört hatte.

Livs Hand ballte sich an ihrer Seite. Wenn sie schnell war, konnte sie eines ihrer Werkzeuge aus der Tasche ziehen.

DIE REBELLISCHE SCHWESTER

Sie lachte fast über die lächerliche Vorstellung. Jemand mit Magie stand hinter ihrem Rücken, was bedeutete, dass sie hinsichtlich ihrer Verteidigung absolut am Arsch war.

Nach all den Jahren hatten sie sie endlich gefunden. Es gab kein Weglaufen mehr. Kein Verstecken. Es war an der Zeit, dass sie sich ihrer Vergangenheit stellte.

Vorsichtig drehte sich Liv um und war überrascht, wen sie fand und wer sie anstarrte.

Kapitel 3

Liv keuchte unwillkürlich. Zweifel und Verwirrung kamen in ihr auf. Sie erstarrte. Obwohl sie das Gesicht vor sich kannte, hatte ihr Verstand für einen Moment Mühe, es zu platzieren, als wäre sie plötzlich in einem seltsamen Traum mit lauter Fremden.

Ihr Mund öffnete sich, aber der Name für die Person kam nicht heraus. Stattdessen flog er in ihrem Kopf herum, als ob sie versuchen würde, festzustellen, ob es tatsächlich der richtige war.

Die Figur war größer als in ihrer Erinnerung, aber vielleicht waren es nur Licht und Schatten, die ihr Streiche spielten. Seine Kieferlinie war definitiv ausgeprägter als in ihren Erinnerungen. Und diese Augen! Sie waren wie die des Geistes ihres Vaters, der sie anstarrte, voller Leidenschaft und Wärme und mit dem charakteristischen Beaufont-Himmelblau.

»C-C-C-Clark«, brachte sie schließlich mit unsicherer Stimme hervor. »Wie hast du mich gefunden?«

Liv machte einen Schritt zurück. Ihr älterer Bruder trug einen dunklen Reiseumhang aus feinem Drachenleder über einem anscheinend sehr unbequemen Anzug. Sein blondes Haar war in der Mitte geteilt, so wie er es immer getragen hatte.

Er neigte seinen Kopf nach hinten und zur Seite, was er immer tat, wenn er ungeduldig wurde. »Olivia, wir wussten von Anfang an, wo du bist. Es war naiv von dir zu denken, dass das Haus nicht immer ein Auge auf dich hat.« Clark sah sich auf dem verfallenen Dach um und blickte dann zu ähnlich alten Gebäuden in der Umgebung. »Was uns immer ein Rätsel blieb, war, warum du genau *diesen* Ort gewählt hast.«

Liv verschränkte ihre Arme vor ihrer Brust. »Weil es Charakter und *echte* Menschen hat.«

Er seufzte. »Nicht-magische Menschen, meinst du.«

»Sie sind immer noch Menschen, nicht dass das Haus der Sieben sie wirklich so behandelt. Oder alle anderen.«

Sie waren etwa eine Minute lang in der Gegenwart des anderen und schon waren sie wieder beim gleichen Streit. Fünf Jahre hatten nichts geändert.

»Olivia, ich bin hier, weil du zurückkommen musst«, sagte Clark und presste seine Lippen zusammen und erkannte die Schwere seiner Anfrage.

Sie gab nichts preis, blickte nur finster und sagte: »Mein Name ist ›Liv‹.«

Er schüttelte den Kopf. »Dein Name ist Olivia Beaufont und du gehörst ins Haus der Sieben. Das hast du immer. Die Ratsmitglieder haben bisher dein Bedürfnis nach Rebellion toleriert, aber sie werden es nicht mehr länger tun.«

»Sie haben meine Magie unterdrückt«, argumentierte sie. »Warum interessiert es sie, was ich tue, solange ich ihnen keinen Ärger mache?«

Die alte Wut, die sie mit ihrem Bruder verband, stieg in seinen Augen auf. »Du hattest kein Recht, diese Anschuldigungen zu erheben. Sie haben es jedoch ignoriert. Haben es damit abgetan, dass du jung bist.«

Liv lachte bitter. Clark war kaum ein Jahr älter als sie, aber er hatte sie immer so behandelt, als wäre sie so viel jünger und würde die Wege der magischen Welt nicht so verstehen wie er.

»Haben sie jemals herausgefunden, wer unsere Eltern ermordet hat?«, fragte Liv, wusste aber bereits die Antwort, weil sie eindeutig auf dem Gesicht ihres Bruders geschrieben stand.

Er schüttelte den Kopf.

»Dann hatte ich Recht«, behauptete sie. »Das Haus der Sieben hat nicht genug getan, um herauszufinden, was mit ihnen passiert ist. Sie haben die ganze Sache als einen magischen Unfall abgetan.«

»Es *war* ein Unfall«, korrigierte Clark.

»Zwei außergewöhnliche Magier fallen einfach von der Seite eines Berges in den Tod? Wirklich? Du kaufst denen das immer noch ab?«

Er schüttelte diesmal kräftiger den Kopf, aber seine Haare bewegten sich nicht. Er liebte sein verdammtes Haargel. »Olivia, du wolltest nur nie glauben, dass sie einen Fehler machen könnten. Sie waren mächtig, aber sie waren immer noch menschlich. Und leider treffen Menschen schlechte Entscheidungen. Die Bedingungen waren nicht ideal, um auf das Matterhorn zu steigen. Sie fielen und starben.«

Fünf Jahre lang hatte sie versucht, den Tod ihrer Eltern zu verstehen. Sie hatten keinen Grund, in den Schweizer Alpen zu sein, besonders nicht zusammen. Sie waren keine Magier, die unnötige Risiken eingehen würden. Und doch hatten sie etwas getan, was das Haus der Sieben für nicht ratsam gehalten hatte. Der Fall wurde nach minimaler Untersuchung eingestellt. Liv hatte protestiert. Sie hatte im Haus der Sieben so viel Aufruhr verursacht, dass sie sich freuten, sie gehen zu sehen, als sie es tat und sie hatte in all den Jahren nicht wirklich zurückgeschaut.

Was gab es dort überhaupt für sie? Selbst ihre Geschwister waren nicht davon überzeugt gewesen, dass es ein falsches Spiel gegeben hatte. Liv hatte noch nie da reingepasst. Ohne ihre Eltern fühlte sie sich wie eine echte Einzelgängerin, also gab sie ihre Rolle im Haus der Sieben und damit auch ihre Magie auf. Es fühlte sich damals richtig an. Magie hatte für sie immer nur zu Schwierigkeiten geführt. Nun, die Art von Magie, die das Haus der Sieben schützte, jedenfalls.

»Ich *dachte*, ich rieche etwas Fischiges«, rief Plato von hinter Liv. Sie drehte sich nicht um, sondern wartete, bis sich der Kater neben ihr niederließ.

Als sie auf ihn hinuntersah, fragte sie: »Er riecht nach Fisch?«

»Ich roch menschliche Magie«, gab Plato zurück.

Sie nickte und sah wieder zu Clark. Dieser starrte Plato skeptisch an.

»Wo hast du ihn her?«, fragte er und nickte in Platos Richtung.

Liv rollte mit den Augen und rieb sich die Arme mit den Händen. Die Kälte kroch herauf, als die Sonne hinter ihrem Rücken unterging. »Ich habe ihn nirgendwo her. So funktionieren Beziehungen nicht, aber das würdest du nicht verstehen. Das Haus bekommt gerade diejenigen, die ihnen dienen sollen.«

Clarks Kiefer spannte sich. »So funktioniert das nicht. Wir schützen.«

Liv nickte abweisend. Es hatte keinen Sinn, das alles noch einmal durchzugehen. Es war immer das Gleiche.

»Clark, was machst du hier?«, fragte sie nach einer langen Stille.

»Es ist wegen Ian und Reese«, erklärte er und bezog sich auf ihre älteren Geschwister. Sie waren mächtig, nachdem sie die Rollen ihres Vaters und ihrer Mutter als Krieger und Ratsherr übernommen hatten, nachdem sie gestorben waren… oder ermordet wurden.

»Oh, haben sie ein besonderes Familientreffen, an dem ich teilnehmen soll?«, fragte Liv. »Sag ihnen, dass ich das würde, aber ich habe nichts zum Anziehen.« Sie blickte auf ihre ausgeleierte Jeans, ihr verblasstes T-Shirt und ihre abgenutzten Stiefel herab.

»Nein«, sagte Clark ungeduldig und fuhr mit der Hand über sein Haar. »Olivia, sie sind tot.«

Liv öffnete ihren Mund, aber dieses eine Mal hatte sie keine Antwort parat. Es traf sie in die Brust und gab ihr das Gefühl, dass sie ein paar Meter nach hinten stolpern könnte. Sie hatte ihren älteren Bruder und ihre ältere Schwester schon lange nicht mehr gesehen, aber das machte die Verkündigung ihres Todes nicht leichter. Und die Folgen ihres Todes hätten sie fast zu Boden geworfen. Als sie fühlte, wie sich Plato an ihrem Bein rieb, richtete sie sich auf und hob ihr Kinn an, nachdem es unbemerkt auf ihre Brust gefallen war.

»Ich wollte dir das von Anfang an sagen, aber wie konnte ich damit anfangen, nachdem ich dich so lange nicht gesehen habe?«

»Wie ist es passiert?«, fragte Liv angespannt nach.

»Ich habe sie gefunden«, erklärte Clark.

»Du?«

»Nun, zumindest was von ihnen übrig war«, sagte Clark angespannt. »Ich musste einen Zauber benutzen, um sie zu identifizieren. Sie waren im alten Familienhaus, als ein Feuer ausbrach.«

»Was? Warum konnten sie nicht entkommen?«

Clark schüttelte den Kopf. »Ich glaube, sie waren betrunken. Reese übte wahrscheinlich einen ihrer Tränke oder selbstgemachten Zauber. Die Dinge in der magischen Welt sind im Moment durcheinander. Du musst verstehen, dass die Magie in Gefahr ist. Solche Dinge passieren immer wieder.«

»Magie war noch nie in Gefahr«, argumentierte Liv. »Es ist Magie, die *uns* in Gefahr bringt.«

»Unabhängig davon, wie du über Magie denkst, weißt du, dass es kein Aufhalten gibt. Wir können es nur eindämmen und kontrollieren. Das ist es, was das Haus der Sieben tut.«

»Das ist es, was das Haus der Sieben sagt, dass sie tun«, sagte Liv und drückte ihre Hände an ihre Hüften. »Sie schreiben Gesetze, die Magiern zugutekommen.«

»Verdammt, Olivia!« Clark schrie laut genug, um einen Taubenschwarm auf einem Stromkabel aufzuschrecken. Als sie wegflogen, folgte Plato ihnen mit seinen Augen. »Es geht um Gerechtigkeit.«

»Bei Gerechtigkeit geht es nie um das Gesetz. Es geht darum, das Richtige zu tun. Was nicht das ist, was das Haus der Sieben tut, soweit ich mich erinnern kann. Nicht, wenn es ihren Bedürfnissen widerspricht«, feuerte Liv zurück. »Und verdammt nochmal, mein Name ist *Liv*.«

Clark schüttelte den Kopf. »Unabhängig von deinen Ansichten weißt du, was das bedeutet.« Er schluckte und eine seltene Gefühlsregung spiegelte sich in seinen Augen wieder. »Ian und Reese sind tot. Damit sind wir die nächsten beiden geeigneten Beaufont-Kinder. Ich bin das nächste Kind mit ungerader Nummer und damit der Ratgeber unserer Familie für das Haus. Und du…,«

Das würde mich zu einem Krieger machen, dachte Liv, die wahren Auswirkungen dieser seltsamen Tortur ließen sie völlig frustriert werden. Sie war das nächste geradzahlige Kind in der Familie Beaufont.

»Aber ich habe abgedankt«, sagte sie als Antwort auf die Frage, die in der Luft hing.

Clark nickte. »Aber aufgrund der Umstände gibt dir das Haus der Sieben die Möglichkeit, deine Rolle wieder zu übernehmen.«

»Was ist mit Sophia?«, fragte Liv und bezog sich auf ihre jüngere Schwester. Sie war die jüngere der Zwillinge, aber Jamison hatte nach der Geburt nicht lange überlebt. »Sie ist auch ein Beaufont-Kind mit gerader Zahl«, begründete Liv.

Clarks Blick fiel vor Enttäuschung. »Sie ist erst acht Jahre alt und damit noch zwölf weitere Jahre nicht für die Rolle der Kriegerin geeignet.«

»Du weißt, dass ich das nie gewollt habe«, brachte Liv bitter hervor.

Clark nickte mitfühlend. »Ich weiß, aber man kann nicht immer ignorieren, wer man ist. Deine Familie braucht dich. Das Haus der Sieben braucht dich.«

»Bedient das Haus der Sieben immer noch seine eigenen Bedürfnisse, ohne sich um echte Gerechtigkeit zu sorgen?«

»So ist es nicht«, protestierte Clark.

»Und wenn ich die Position nicht übernehme?«, fragte Liv.

Clark dachte einen Moment darüber nach und zuckte mit den Achseln. »Ich bin mir nicht sicher. Seit einem Jahrtausend ist kein Familienmitglied mehr ausgefallen, wenn es gerufen wurde. Ich hätte wirklich nicht gedacht, dass *du* das tun würdest. Ich meine, du bist vorher nur weggelaufen, weil du es konntest. Weil Ian und Reese die Verantwortung für die Familie übernommen haben. Aber jetzt, wo wir dich brauchen, willst du nicht zurückkehren?«

Liv sah Plato automatisch an, eine Frage in ihren Augen.

«Ich bin mir nicht sicher«, sagte die Katze nachdenklich.

Clark warf seine Hände frustriert hoch. »Du suchst den Rat dieses Lynxes?«

Liv hatte Plato nie als Lynx betrachtet, aber jetzt, da sie den Begriff hörte, kamen die Lehren aus ihrer Erziehung zu ihr zurück. Plato war magisch. Das hatte sie von Anfang an gewusst, aber sie hatte ihm auch vertraut.

»Ja, ich suche seinen Rat. Er ist der Einzige hier, der nicht vom Haus der Sieben beeinflusst wurde«, antwortete Liv.

»Er ist ein Lynx«, argumentierte Clark. »Sie kümmern sich nur um sich selbst. Mehr als jeder andere Magier.«

Liv dachte nicht, dass das wahr sei, aber sie beschloss, nicht zu streiten. »Er ist zumindest nicht voller Blödsinn, was ich von jemand anderem nicht gerade behaupten kann.«

Platos grüne Augen sahen zur Seite, bevor sie sich Liv zuwandten. »Es schadet nicht, ins Haus der Sieben zu gehen, um ihr Angebot anzuhören. Du musst dem hier nicht zustimmen, aber du solltest es nicht rundweg ablehnen, ohne alle Konsequenzen zu kennen. Und du *kannst* die Dinge zu deinen Bedingungen beeinflussen. Es ist wichtig, sich daran zu erinnern.«

Clark knirschte mit den Zähnen, seine Augen rollten fast zurück in seinem Kopf. »Es gibt immer noch bestimmte Regeln und Bräuche.«

Liv tat so, als hätte sie ihn nicht gehört, als sie nickte. »Ja, ich glaube, du hast Recht. Ich werde sehen, was sie zu sagen haben und es dann auf meine Weise machen.«

Clark schüttelte den Kopf, schien aber trotzdem erleichtert über diese Antwort. »Gut. Wir sollten sofort gehen.«

»Hey, ich muss morgen zur Arbeit«, sagte Liv zu ihm und bemerkte, wie dunkel es geworden war.

»Ja, aber wenn du dich erinnerst, trifft sich das Haus der Sieben nachts«, erinnerte Clark sie daran. Er schnippte leise mit den Fingern, und ein fast vollständig grüner Ball materialisierte in der Luft vor ihnen. Es gab nur ein winziges Stück Gelb, wie ein kleines Stück Kuchen oben auf der Kugel. Das war die Art und Weise, wie das Haus die Zeit angab und es basierte auf ihren Prioritäten. »Sie werden sich sehr bald treffen«, erklärte Clark und blickte auf die Zeitkugel.

»Okay, aber ich muss morgen früh zur Arbeit zurück sein«, sagte Liv. »Und ich sollte mir besser eine Jacke aus meiner Wohnung holen bevor wir gehen.«

Clark sah sie an. »Ich denke, du solltest dir mehr als nur eine Jacke holen.«

»Die Kleiderordnung ist einer der vielen Bräuche des Hauses, die ich nicht beachten werde«, schnappte Liv zurück. »Ich gehe so oder gar nicht.«

Clark schien sich für einen Moment zu wehren, schüttelte dann aber den Kopf. Er streckte eine Hand aus, und Livs schwarzer Kapuzenpulli materialisierte in seinen Fingern. »Okay, gut, aber du weißt, dass sie dich prüfen werden. Ich versuche nur dir zu helfen.«

Sie nahm den Kapuzenpulli entgegen und genoss seine weiche Wärme. »Nun, dann geh schon. Ich bin sicher, sie haben die Route zu dem verdammten Ort geändert, seit ich das letzte Mal dort war.«

Clark streckte eine Hand aus und ein helles Portal öffnete sich auf dem Dach und schimmerte mit fast blendendem Blau und Grün. »Wir müssen die Hintertür nehmen. Das führt zum Santa-Monica-Eingang.«

Liv sah auf Plato herab. »Bist du bereit dafür?«

»Warte, der Lynx soll mit?«, erkundigte sich Clark und streckte einen Arm aus.

»Natürlich tut er das«, entgegnete sie. »Und sein Name ist Plato. Ist das ein Problem?«

Clark dachte einen Moment nach, dann ließ er seine erhobene Hand wieder sinken und schüttelte den Kopf. »Ich glaube nicht.«

Liv zwinkerte Plato zu, als sie zusammen durch das Portal gingen.

Kapitel 4

Es war so lange her, dass Liv durch ein Portal gereist war, dass sie das seltsame Gefühl vergessen hatte, das es in der Magengrube erzeugte. Sie sagte ihrem Vater immer, dass das Gefühl unnatürlich sei und er antwortete immer auf die gleiche Weise: »Nichts ist natürlicher als die Magie des Portals. Wenn du das erst einmal glaubst, wird es nicht mehr so seltsam sein.«

Als sie von Übelkeit überwältigt auf die Knie sank, konnte sie ihm nicht mehr widersprechen. Gebeugt und mit einem sauren Geschmack im Mund versuchte Liv sich daran zu erinnern gleichmäßig zu atmen. Sie vergaß ihre Umgebung, bis eine Hand sanft auf ihre Schulter klopfte und sie zum Aufstehen ermutigte.

»Geht es dir gut?«, fragte Clark und zog sie in eine stehende Position.

»Sie hat sich noch nicht angepasst«, sagte Plato mit einer lässigen Stimme.

»Ich weiß das, aber ich überprüfe lieber selber, ob es ihr gut geht«, sagte Clark dem Kater. »Es gibt etwas, was ich ihr geben kann, wenn sie an der Portalkrankheit leidet.«

»Das Unterdrücken der Symptome löst das Problem nicht«, konterte Plato altklug. »Sie muss sich einfach nur anpassen.«

Clark antwortete nicht, aber der frustrierte Seufzer, der aus seinem Mund kam, erklärte, wie er über den unaufgeforderten Rat des Katers dachte.

DIE REBELLISCHE SCHWESTER

Liv schüttelte den Kopf, blinzelte und erkannte, was Plato andeutete. Sie würde sich nicht besser fühlen, bis sie ihre Umgebung mit ihren Sinnen aufgenommen hatte.

Das Rauschen des Pazifischen Ozeans am Strand in der Ferne war über die Trommelmusik und die lauten Stimmen kaum hörbar. Sie befanden sich auf der Promenade in Santa Monica, nur wenige Meter vom Pier entfernt, wo die Neonlichter des Riesenrades und der Achterbahn während der Fahrt glühten.

Um sie herum drängten sich Touristen und Einheimische auf Fahrrädern, Skateboards, Rollern oder zu Fuß. Niemand schenkte ihr Beachtung, wahrscheinlich unter der Annahme, dass sie nur betrunken aus dem Pub neben ihnen gestolpert war. Die Meeresbrise fühlte sich erfrischend auf Livs Gesicht an, als sie tief durchatmete – was sie sofort bereute, als der Geruch von Marihuana und frittiertem Essen ihre olfaktorischen Sinne angriff. Sie atmete durch den Mund aus und nickte Clark zu, der sie ansah, als wäre sie eine zerbrechliche Puppe, die jeden Moment zerbersten könnte.

»Es geht mir gut«, sagte sie, schüttelte die Hand auf ihrer Schulter ab und drehte sich langsam um ihre eigene Achse, um ihre Umgebung sorgfältiger zu betrachten. Da es nach Sonnenuntergang war, begannen die Veranstaltungsorte in Santa Monica gerade erst mit den Partygästen. Liv dachte, ihr würde wieder übel, als eine Bande von Hipstern auf E-Rollern an ihnen vorbeikam und sie fast umstieß.

»Bleibt auf den Fahrradweg, ihr Wichser«, schrie Liv die Meute an. Diese kicherten nur und beschleunigten.

»Sieht so aus, als wärst du wieder dein altes Selbst«, beobachtete Plato.

»Im Ernst, die Saftsäcke haben ihre eigene Spur, aber sie sind echt zu blöd, die auch zu benutzen«, beschwerte sich Liv.

Clark schüttelte den Kopf. »Es sind nur Touristen, die es nicht besser wissen.«

Er hatte immer noch zu viel Geduld mit Dummköpfen, erkannte Liv. Einige Dinge ändern sich halt nie.

Liv sah sich um. »Also, der Eingang zum Haus?«

Clark packte ihren Arm und zog sie die Promenade hinunter. »Es ist näher an der Venice-Seite.«

»Oh, das ist ein riskanter Ort für den Eingang«, bemerkte Liv. »Haben die hochnäsigen Magier eigentlich gar keine Angst, dass einer der Penner während des Betretens seine Keime auf sie reiben könnte?«

»Sie sind normalerweise verborgen«, erklärte Clark. »Wie ich bereits erwähnte, war die Magie in Gefahr. Wir haben zusätzliche Vorsichtsmaßnahmen getroffen.«

»Deshalb ist der Eingang in Venice und nicht mehr wie früher in Beverly Hills«, sagte Liv hauptsächlich zu sich selbst.

»Es gibt noch drei weitere Eingänge zum Haus, aber die anderen sind nur für Royals«, erklärte Clark.

»Das wärst dann jetzt du, nicht wahr?«, fragte Liv. Seit Reeses Tod war Clark automatisch zum Ratsherren der Familie Beaufont geworden.

Er nickte und für einen Moment sah er überrascht aus. »Ja, ich schätze, da hast du nicht unrecht. Es ist nur, ich bin es nicht gewohnt. Alles kam sehr plötzlich.«

Liv hielt inne und ließ die Gruppe hinter ihnen vorbei. Clark drehte sich sofort um und sah sie an und war zunächst irritiert. Dann, als er ihren Gesichtsausdruck sah, wurde er weicher.

»Es tut mir leid«, sagte Liv. »Da du zufällig aufgetaucht bist, um mich zu sehen und das Seltsame an all dem, habe ich vergessen es zu sagen. Es tut mir leid wegen Ian und Reese. Du musst am Boden zerstört sein.«

DIE REBELLISCHE SCHWESTER

Clark nickte, dann schüttelte er den Kopf. »Das tue ich. Es ist schwer, aber wir waren uns nicht wirklich nahe. Schon lange nicht mehr. Nicht seit Mom und Dad gestorben sind... und du gegangen bist. Wir haben alle unser eigenes Ding gemacht, aber ja, ich vermisse sie sehr.«

Ian war schon immer die Stütze der Familie gewesen, stark und klug. Reese war die exzentrische, die es wagte, sich in experimenteller Magie zu versuchen. Sie waren die Kinder ihrer Eltern und ähnelten ihnen in vielerlei Hinsicht. Im Gegensatz dazu war Clark berechnend und praktisch. Ihre Mutter sagte, er sei bereits mit einer Falte zwischen den Augen geboren worden, als ob er schon als Säugling versucht hätte, die effizienteste Lösung zu finden. Dann war da noch Liv. Sie war die Ausgestoßene; diejenige, die skeptisch und ständig in Schwierigkeiten war, weil sie außer Kontrolle geriet.

Einen Moment später fand Clark wieder zu sich und schüttelte die Trauer ab. »Der Eingang ist gleich hier unten. Nur noch ein bisschen weiter.«

Einen Moment später hielt er vor einer unscheinbaren Tür an der belebten Straße an.

»Das ist es?«, sagte Liv erstaunt und fragte sich, ob er Witze machte, obwohl das eigentlich ein wenig untypisch für ihn wäre. Sie standen vor einer schwarzen Tür mit einem handgemalten Schild mit der Aufschrift ›Geschlossen‹. Um die Tür herum befand sich ein schwarz-rot karierter Rahmen, und darüber blinkte ein Neonschild mit ›Wahrsagerin‹.

Das Gebäude, das eng und scheinbar mit den umliegenden Gebäuden verbunden war, hatte ein Fenster im ersten Stockwerk, das von einer Reihe von Paisley-Vorhängen bedeckt war, hinter denen sich verschiedene Schatten bewegten.

»Ja, das ist es«, sagte Clark und rieb seine Hände aneinander, als wäre ihm kalt. Eigentlich hätte dies der Drachenhautmantel verhindern sollen, da er viele schützende Eigenschaften hatte.

»Hat das Haus sein Vermögen beim Spielen verloren oder so?«, fragte Liv mit Blick auf die Fassade.

Clark ließ ein Lächeln erkennen. »Nein, aber erinnerst du dich, was ich darüber gesagt habe, dass die Magie in Gefahr ist? Sich anzupassen ist wichtiger denn je.«

»Ja, aber ich denke, ein weniger frequentiertes Gebiet wäre sicherer«, bemerkte Liv.

»Du wirst dich erinnern, dass der Ozean ein wichtiger Faktor als Energiequelle für das Haus ist«, erklärte Clark. »Und niemand bemerkt hier viel bei allem was hier vor sich geht. Wir sind viel anfälliger für Untersuchungen in Bereichen, in denen Menschen nicht oft kommen und gehen.«

Liv sah sich die bunten Geschäfte an, die Postkarten und T-Shirts verkauften und Bars, die mit Hippies mit dicken Bärten und Surfern in Tank-Tops gefüllt waren. Auf der anderen Seite saß ein Musiker auf einem Eimer und spielte Harmonika. Neben ihm tanzte eine Frau und wackelte mit ihrer nackten Taille zur Musik. Liv wandte sich wieder dem Wahrsagerladen zu. Dieser Ort passte definitiv in die Befremdlichkeit, die für den Strand von Venice typisch war.

»Also, was machen wir jetzt?«, fragte Liv ihren Bruder.

Er hielt seine Hand hoch. »Es ist ein Ort zum Handlesen, also lass ihn deine Hand lesen.« Clark trat näher und drückte seine Hand an die Vorderseite der Tür unter dem Schild mit der Aufschrift ›Geschlossen‹. Einen Moment später leuchtete der goldene Griff schwach, die Tür klickte auf und schickte einen seltsam muffigen Geruch durch die Luft. Clark drückte die Tür auf und verschwand in der Dunkelheit.

»Tu einfach, was ich getan habe, und es sollte funktionieren. Diese Tür schließt sich automatisch hinter mir.«

Liv wollte protestieren, aber Clark war bereits weg. Sie verschluckte sich an einem Atemzug. »Woher weiß er, dass es funktionieren wird? Ich habe meine Magie blockieren lassen.«

»Du hast das Blut der Sieben«, sagte Plato, der zu ihren Füßen saß, ruhig. »Es wird funktionieren.«

Liv seufzte. »Ja, und wenn nicht, kann ich dieses Durcheinander vergessen und zum normalen Leben zurückkehren.«

Sie trat zur Tür und hielt den Atem an. Das war's dann wohl. Nach all den Jahren, in denen sie erklärt hatte, dass sie es nie tun würde, war sie dabei, die Schwelle in die Welt zu überschreiten, mit der sie so lange nichts zu tun haben wollte. Sie fühlte keinen Instinkt, der ihr sagte, sie solle diese Herausforderung annehmen oder vor ihr davonlaufen. Alles, was sie fühlte, war das laute Wummern ihres Herzens.

»Es gibt keinen richtigen oder falschen Weg«, sagte Plato zu ihr.

Liv ließ ihre erhobene Hand fallen. »Häh?«

»Du fragst dich, ob das richtig oder falsch ist, aber ich vermute, dass dein Weg dich finden wird, ob du nun bereitwillig durch diese Tür gehst oder nicht«, erklärte er philosophisch.

Liv meckerte: »Ich bin mir nicht sicher, ob ich deine Weisheit im Moment brauche. Es fühlt sich zu sehr nach einem Rätsel an.« Etwas kam ihr in den Sinn, und sie sah plötzlich auf die Katze herab. »Wie kommst *du* da rein?«

Seine grünen Augen strahlten im Dunkeln und reflektierten die Neonlichter des Schildes darüber. »Du solltest dir um mich keine Sorgen machen.«

»Aber das Haus wird über Schutzmaßnahmen verfügen, um Eindringlinge wie dich am Betreten zu hindern!«

»Ich bin sicher, dass es das tut«, sagte Plato zuversichtlich. »Nun mach schon. Du willst sie nicht warten lassen.«

Liv lachte. »Ich glaube, sie können noch ein wenig länger warten. Eigentlich bin ich am Verhungern. Willst du einen Hot Dog haben?« Sie zeigte auf einen Straßenverkäufer auf dem Weg, der verbrannte Hotdogs und matschige Brötchen verkaufte, die bereits zu lange in der feuchten Meeresluft gelegen hatten.

Plato schnüffelte. »Du willst das mit Sicherheit nicht essen, was sie dort als Hotdogs ausgeben. Aber die Fisch-Tacos da drüben sind einwandfrei.« Er nickte in Richtung eines Verkaufswagens.

Liv verzog angeekelt ihr Gesicht. »Warum die Leute Tacos ruinieren, indem sie Fische in sie stecken, werde ich nie verstehen. Ich denke, ich würde lieber eine dieser Pizzascheiben von der Größe meines Gesichts haben.«

Die Tür öffnete sich abrupt und Clark blickte durch. »Kommst du jetzt endlich?«

Liv seufzte. »Ja, ja«, sang sie und sah auf Plato hinab. »Pizza von der Größe meines Gesichts direkt danach. Oh, und ein eiskaltes Bier.«

»Fisch-Tacos«, wiederholte er.

Liv trat zur Tür und wischte ihre schwitzenden Handflächen an ihrer Jeans ab. Sie konnte sich lebhaft vorstellen, wie viele Keime von all den schmutzigen Magiern, die ihre Hände hingedrückt hatten, an der Tür lebten. Sie versuchte, nicht darüber nachzudenken und legte ihre Hand auf die verwitterte Oberfläche.

Unter ihren Fingerspitzen klapperte die Tür leicht. Sie war sicher, dass sie es nur fühlte und niemand das Zittern sehen konnte, das in alle Richtungen zu gehen schien. Für einen Moment war sie sich sicher, dass es nicht funktioniert hatte und sie abgelehnt wurde, aber dann sprang die Tür dramatisch auf – nicht so wie sie geknarrt hatte als Clark eingetreten war. Diesmal schwang sie zurück und enthüllte Schwärze vor ihr.

Dieser muffige Geruch kitzelte ihre Nase wieder und erinnerte sie daran, dass sie während ihrer Kindheit oft mit Clark in der Bibliothek gespielt hatte. Wie sie das Flechten der Haare ihrer Mutter am Sonntagmorgen übte. Daran, wie sie in die Küche gesprungen war, um am Nachmittag eine Torte zu essen. Es erinnerte sie an alles, was sie all die Jahre versucht hatte zu vergessen. Liv spürte das Klopfen ihres Herzens, als wäre es ein Motor, der sie nach vorne trieb. Sie machte einen Schritt und betrat die Schwärze.

Kapitel 5

Die Tür schloss sich mit einem lauten Knall hinter Liv und für einen Moment war sie blind. Sie blinzelte in der Dunkelheit, fühlte sich hilflos und hasste es. Und dann flackerte der Feuerschein am Ende eines langen Korridors auf und ließ sie durch die plötzliche Helligkeit erneut blinzeln.

Liv erinnerte sich nicht daran, dass der Eingang zum Haus der Sieben gewölbt war, mit komplizierten Symbolen, die die Wände schmückten, oder dass die verschiedenen Torbögen elegant in schönem Mahagoni geschnitzt waren. Sie reichten bis an die Decke, die über neun Meter hoch sein musste. Die goldgefleckte Farbe an den Wänden sah aus, als gehörte sie zu einer tausend Jahre alten Kirche, aber sie wusste durch den muffigen Geruch, dass sie im Haus der Sieben stand.

Warum erinnere ich mich nicht daran? fragte sie sich und studierte den gefliesten Boden unter ihren Füßen. Es war ein Mosaik aus Meerglas in einer Ansammlung von weichen Grün- und Blautönen.

Am Ende des langen Korridors, der scheinbar eine Million Meilen lang war, stand Clark und sah ungeduldig aus. Er starrte über seine Schulter, um etwas im Nebenraum zu sehen und winkte sie heran.

Liv beeilte sich nicht, sondern machte einen eher zaghaften Schritt und führte ihre Finger an den Wänden entlang. Dabei sprangen Funken aus ihren Fingerspitzen und

DIE REBELLISCHE SCHWESTER

beleuchteten die Symbole, die sie nicht lesen konnte. Sie zog ihre Hand erschreckt zurück, besorgt einen Stromschlag zu bekommen.

»Es ist die uralte Sprache der Gründerfamilien«, sagte Plato an Livs Seite.

Sie zuckte zusammen. »Du bist durchgekommen?«

Er sah sie selbstgefällig an und sagte: »Natürlich bin ich das« und lenkte seine Aufmerksamkeit auf die Wand.

»Kannst du eines der Symbole lesen?«, fragte er.

Liv blinzelte auf eine Reihe von Linien vor ihr, die durch dicke Schnörkel verbunden waren. »Nein, ich glaube nicht. Warum habe ich diesen Eingang oder diese Symbole vorher noch nie gesehen?«

Plato schlenderte einige Meter an Liv vorbei, bevor er sich zu ihr umdrehte. »Ich glaube, du *bist* hier schon mal durchgekommen, aber der Eingang zum Haus der Sieben ist dir vorher anders erschienen. Jetzt, da du zu den Royals zählst, wurde eine gewisse Magie in dir freigesetzt. Die Sprache der Gründer zum Beispiel kann nur von einem Ratsmitglied oder Krieger gelesen werden.«

Liv sah auf die Wand der Symbole und dann auf Plato. »Aber du kannst die Symbole sehen? Und den Flur als großen Eingang?«

Wiederum bedachte der Kater sie mit einem verärgerten Blick. »Bestimmte Einschränkungen gelten nicht für mich.«

Deshalb dachte Liv, war Plato im Haus der Sieben. »Als ich ein Kind war, war dieser Eingang kürzer und dunkel. Schlicht.«

»So hast du es gesehen«, korrigierte Plato. »In unserer Umgebung ändern sich die Dinge selten. Wenn wir die Dinge anders sehen, sind es normalerweise wir, die sich verändert haben.«

»Aber ich *habe* mich *nicht* verändert«, argumentierte Liv. »Ich habe die Rolle des Kriegers nicht akzeptiert und meine Magie wurde nicht freigeschaltet.«

»Ja, aber es ist immer noch dein Geburtsrecht«, antwortete Plato. »Deshalb siehst du das alles so, wie es ein Krieger tun würde, bis du deine Position aktiv ablehnst.«

Plötzlich wollte Liv nicht ablehnen – nicht, wenn es bedeutete, dass der Korridor wieder in Schwärze getaucht würde. Sie war noch nie von Magie verführt worden, im Gegensatz zu anderen in ihrer Familie - wie Clark und Reese. Doch diese Magie hier fühlte sich anders an. Sie fühlte sich uralt und schützenswert an. Sie fuhr mit der Hand wieder über die Wand und genoss die Art und Weise, wie die Symbole aufleuchteten und tanzten, als sie die Glyphen berührte.

»Warum tun sie das?«, fragte sie.

»Die Sprache der Gründer liegt inaktiv und bettelt darum, gelesen zu werden«, erklärte Plato.

»Aber du sagtest, Ratsmitglieder und Krieger könnten es lesen.«

»Nur weil sie es könnten, heißt das nicht, dass sie es tun.« Platos Schwanz schwankte in der Luft, als er den Flur hinunterging. »Menschen sind zu Akrobatik und anderen unglaublichen körperlichen Aktivitäten fähig, aber das bedeutet nicht, dass sie es auch umsetzen.«

»Also will die alte Sprache gelesen werden, wie ein lebendes, atmendes Ding, das Aufmerksamkeit möchte?«, fragte Liv.

»Die Sprache wurde konstruiert, um Magie zu halten«», antwortete Plato. »Und so sehr du auch Bedenken hast, die Magie ist sehr lebendig.«

Liv starrte verzaubert auf die massive Wand aus Symbolen vor ihr. Es gab so viele Informationen hier, und sie verstand nichts davon. Was versuchte die Sprache der Gründer ihr zu sagen? Sie fühlte sich, als würden die Nachrichten in ihrem Kopf summen und versuchten sie dazu verleiten, es zu verstehen.

»Okay, ich muss wirklich darauf bestehen, dass du jetzt mitkommst«, sagte Clark aus ein paar Metern Entfernung.

Liv hatte nicht bemerkt, dass er sich genähert hatte.

»Ich weiß, dass die Eingangshalle faszinierend ist, wenn man sie zum ersten Mal als Royal sieht, aber wir können sie nicht warten lassen«, fuhr Clark fort. Seine Hände waren auf die Hüften gestützt und dieser ungeduldige Ausdruck lag immer noch auf seinem Gesicht.

»Also siehst du sie auch?«, fragte Liv und griff wieder nach den Symbolen.

»Ja«, hauchte Clark. »Sie sind wunderschön.«

»Kannst du sie lesen?«, fragte sie, was Plato dazu veranlasste, sich umzudrehen und sie mit einem seltsamen Gesichtsausdruck anzusehen.

Clarks Stirn legte sich in Falten. »Sie lesen? Ich glaube nicht, dass das jemand kann. Die Sprache ist seit Ewigkeiten verloren.«

»Wie ist das möglich?«, fragte Liv. »Ratsmitglieder und Krieger sollten es doch lesen können.«

Clark schenkte Plato einen angewiderten Blick. »Hör nicht auf das, was der Lynx sagt. Wir sind in der Lage, die alte Sprache zu sehen, das ist alles. Die Bedeutung wurde schon vor langer Zeit versiegelt, um die Magie zu schützen, die in ihr verborgen liegt.«

Etwas in Platos Ausdruck ließ Liv denken, dass das nicht ganz der Wahrheit entsprach, aber wem sollte sie in diesen Angelegenheiten glauben? Ihrem Bruder, der im Haus der Sieben aufgewachsen und ausgebildet worden war, oder

Plato, von dem sie wirklich nichts wusste, außer dass er gerne die einfachen Maischips aß, wenn sie Nachos bekam, und darauf bestand, dass sie vorher die Beläge von ihnen entfernte.

»Die Sieben warten auf dich«, drängelte Clark und streckte Liv seinen Arm entgegen. »Können wir?«

Es war eine so seltsame Geste, die er ihr gegenüber machte, aber dann war es auch völlig bizarr, hier im Haus der Sieben mit ihm zu stehen. Ihre Liste der unerwarteten Dinge wurde immer umfangreicher.

»Sind es nicht nur die Sechs, wenn wir nicht da sind?«, fragte Liv, lehnte seinen angebotenen Arm ab und marschierte vorwärts.

»Ha-ha, Olivia«« sagte Clark ohne Humor in seiner Stimme. »Die Sieben beziehen sich auf den Pakt, der zwischen den Familien geschlossen wurde. Wir sind einfach die Diener, die vom Haus ausgewählt wurden.«

»Diener? Du verkaufst mir dieses Krieger-Geschäft überhaupt nicht gut«, sagte Liv, ihre Augen immer noch auf die funkelnden Wände gerichtet. »Und deine Fähigkeit zuzuhören ist schrecklich. Mein Name ist Liv. Olivia war jemand anderes. Nenn mich noch einmal so und ich nehme dich in einen Schwitzkasten.«

Ein kurzes Lächeln erschien auf Clarks Gesicht. »Da musst du dir zuerst einen Schemel besorgen.«

»Oh, schau, da hat wer gerade seinen ersten Witz gemacht?«, bemerkte Liv schnippisch, als sie sich dem Ende des Flurs näherten. »Das wurde aber auch mal Zeit.«

Clark ging vorwärts und hielt vor Liv an, als sich der Flur teilte. Es ging weiter in die Dunkelheit, obwohl in der Ferne kleine Lichtströme zu sehen waren. Auf der linken Seite befand sich eine Tür von der Größe eines kleinen Hauses und auf der rechten eine Spiegeltür. Sie sah aus wie die Oberfläche einer Wasserfläche auf der kleine Wellen wogten. Liv wollte für einen genaueren Blick um Clark herumgehen, aber er streckte seine Hand aus, da er ihre Neugierde spürte.

»Du musst durch die Wand der Reflexion gehen, um die Kammer des Baumes zu betreten«, informierte Clark sie flüsternd. »Zuerst ist es ein bisschen holprig, aber denk daran, dass das was du erlebst, niemand sonst sieht. Nur du. Außerdem ist es wichtig zu wissen, dass es nicht real ist, obwohl es sich so anfühlen wird, als wäre es das.«

»Warte, ich muss durch diese Spiegeltür gehen, um zu den Sieben zu gelangen?«, erkundigte sich Liv und machte eine komplette Drehung. Sie erinnerte sich an die massive Tür, oder besser gesagt an das, was sich auf der anderen Seite befand – den kalten, dunklen Flur, der ein Teil ihrer Alpträume aus Kindheitstagen zu sein schien. Sie wollte sich nie wieder da runter wagen, aber die Spiegeltür war wie der Eingangsbereich. Sie hatte sie noch nie zuvor gesehen.

»Ja, von allen Royals wird erwartet, dass sie jeden Tag, wenn wir uns treffen, durch die Mauer der Reflexion gehen«, erklärte Clark oberlehrerhaft. »Es soll eine reinigende Technik sein. Also werfen wir unser Gepäck ab und bringen nur unsere besten Absichten zum Schutz der Magie mit.«

»Das klingt nach etwas, was ein dummer Veganer tun würde«, bemerkte Liv trocken. »Müssen wir danach eine Saftreinigung machen und meditieren?«

Die Ungeduld auf Clarks Gesicht wurde immer größer. »Liv, das alles meine ich ernst. Denke nur daran, dass das, was du im Spiegel siehst, nur für deine Augen ist. Kümmere dich so gut du kannst darum und gehe dann durch die Tür. Ich werde auf der anderen Seite sein und auf dich warten.«

Er drehte sich scharf auf der Stelle um und betrachtete

die Spiegeltür einen Moment lang mit einem fokussierten Blick, bevor er nach vorne schritt. Als ob er in eine Wasserlache treten würde, verschlang ihn die reflektierende Oberfläche allmählich, bis er weg war.

Liv sah auf Plato herab und schluckte. »In was zum Teufel habe ich mich da bloß reingeritten?«

Kapitel 6

Livs Spiegelbild blinzelte sie an. Sie sah so aus wie immer, obwohl sie sich völlig anders fühlte. Ihr blondes Haar war vom Wind am Strand zerzaust und der Mangel an Schlaf begann sich in ihren müden Augen zu zeigen. Liv schob ihr gewelltes Haar hinter die Ohren und bot ihrer Reflexion ein erzwungenes Lächeln.

»Okay, geh einfach durch die verspiegelte Oberfläche«, versuchte Liv sich selber zu motivieren. »Ich kann das schaffen. Wie schwer kann es schon sein?«

Sie begann vorwärts zu gehen, blieb dann aber doch stehen und sah Plato an. »Gehst du auch da durch? *Kannst* du das?«

Er nickte. »Das ist nicht das gleiche Hindernis für mich, aber ja, ich werde da sein.«

Liv sah ihn skeptisch an. »Eines Tages wirst du mir sagen müssen, wie du diesen ganzen Voodoo machst.«

Der Kater schlenderte nach vorne. Kurz bevor er die Spiegeltür betrat, blickte er zu ihr zurück. »Wir beide wissen, dass das die Magie für dich zerstören würde. Besser, den Schleier darüber zu lassen, oder?«

Liv lachte, als Plato verschwand. »Der verdammte Kater denkt er weiß alles.«

Alleine im Flur fühlte sich Liv plötzlich verletzlich. Ein Schauer lief ihr über die Wirbelsäule. Sie drehte sich langsam im Kreis und beobachtete ihre Umgebung. Beobachtete sie jemand? Die große Tür hinter ihrem Rücken war noch geschlossen, aber der dunkle Bereich an ihrer Seite war so offen wie eh und je, wie ein großer Höhleneingang, der darauf wartete, sie zu schlucken. Liv trat zurück und schaute auf den goldenen Eingang. Er war leer, aber sie hätte schwören können, dass sie dort eine Bewegung aus dem Augenwinkel gesehen hatte.

Liv schüttelte das seltsame Gefühl ab und bereitete sich mental vor. Zumindest gab sie sich Mühe. Wenn sie die Sieben jetzt noch länger warten ließ, würde Clark einen Anfall bekommen und wahrscheinlich wieder mit diesem ungeduldigen Ausdruck herumstampfen. Sie kicherte vor sich hin und fühlte sich seltsam wohl mit den Gedanken an ihren großen Bruder. Vielleicht hatte sie ihn in den letzten fünf Jahren doch vermisst, obwohl wenig Zeit zum Nachdenken geblieben war. So lange hatte sie nur versucht zu überleben. Dennoch würde sie Clark gegenüber nie zugeben, dass sie ihn vermisst hatte. Das würde nur dazu führen, dass sein Kopf noch größer wurde. Dann würde er noch mehr Haargel benötigen, um seine blonden Locken einzufangen.

Liv lächelte ihr Spiegelbild ein letztes Mal an und trat dann in die verspiegelte Oberfläche hinein. Es war wie in ein warmes Bad zu gehen, aber was sie umgab, war kein Wasser. Es fühlte sich an wie feuchte Luft, die gegen ihr Gesicht peitschte.

Livs Sicht verschwamm. Sie versuchte zu blinzeln, aber das ließ ihre Augen nur vor Schmerz brennen. Um sie herum standen Gestalten, deren Formen waberten. Livs Augen brannten, Tränen rollten über ihr Gesicht. Sie rieb, aber nichts schien ihre Sicht zu verbessern.

»Du bist blind«, hauchte eine Stimme, die in ihrem Kopf intoniert wurde.

DIE REBELLISCHE SCHWESTER

Die Figuren rückten näher und sangen leise: »Du bist blind. Du bist blind. Du bist blind.«

Die Angst stieg in Livs Brust auf, als ihr Augenlicht nachließ. Sie konnte sich nicht vorstellen, nicht mehr zu sehen, aber je mehr sie versuchte, ihre Augen zur Arbeit zu zwingen, desto mehr brannten sie mit einem Schmerz, der unerträglich wurde.

»Du bist blind«, sangen die Figuren, ihre Stimmen wurden immer lauter in ihrem Kopf.

Sie schlug sich die Hände an die Ohren und taumelte von einer sensorischen Überlastung, die sie noch nie zuvor erlebt hatte. Sie wurde blind, während ihr Gehör gleichzeitig verstärkt wurde. Es ergab keinen Sinn.

»Du bist blind«, schrie die Gruppe und ließ sie fast vor Schmerz und Angst zusammenbrechen.

»Nein! Nein! Nein!«, schrie Liv, eilte vorwärts und rutschte aus, fiel auf ihre Hände und Knie.

Ihre Sicht wurde plötzlich klarer und die Stimmen waren weg. Sie hob den Kopf und erkannte sofort, dass sie die Kammer des Baumes betreten hatte.

Kapitel 7

Für eine Minute fühlte sich Liv, als wäre sie in den falschen Raum gefallen, dann sah sie Clark, wie er von einem hohen Tisch aus auf sie herabblickte, flankiert von sechs anderen Personen. Sein Gesichtsausdruck drückte seine hochgradige Verlegenheit aus. Selbst im abgedunkelten Raum konnte sie seine kirschroten Wangen und seine niedergeschlagenen Augen sehen, als er von den anderen weg starrte, die zwischen ihm und seiner Schwester hin und her sahen.

Liv stand abrupt auf und stolperte mit ihren Schuhen zurück, als sie auf die Figuren vor sich starrte. Sechs Magier standen in einem Halbkreis vor dem Rat, jeder in einem kreisförmigen blauen Licht. Sie hatten sich umgedreht, um Liv anzustarren, als sie sich weiter zurückzog, bis sie die Spiegeltür hinter sich spürte.

Die Krieger waren alle unterschiedlich gekleidet, obwohl jeder nur die besten Stoffe trug. Einige trugen Seidengewänder oder raffinierte Anzüge, einige trugen auch Reisemäntel mit schimmernden Mustern. Sie erkannte die meisten der Gesichter nicht, obwohl alte Erinnerungen an die Oberfläche kamen, als sie sie studierte.

Ein Magier, der im Halbkreis der Ratsmitglieder am hohen Tisch im Hintergrund saß, räusperte sich. Sein langer weißer Bart und das passende Haar auf dem Kopf bildeten keinen Kontrast zu seiner hellen Haut. Adler Sinclair war einer der wenigen, die Liv erkannte. Er war das älteste

Ratsmitglied, das die Sieben je gehabt hatten, aber sein Alter war nicht der Grund, warum er ein Gesicht voller weißer Haare hatte. Adler, als Albino, hatte immer so ausgesehen, wie er es jetzt tat.

»Willkommen, Olivia Beaufont«, begrüßte Adler sie, seine Stimme tief und rau. »Hattest du Schwierigkeiten, durch die Tür der Reflexion zu kommen?«

Liv fühlte die seltsame Wärme der Tür in ihrem Rücken, als würde diese versuchen, sie wieder durchzusaugen. Sie richtete sich auf und machte einen Schritt nach vorne. Dann bemerkte sie den weißen Tiger, der neben ihr stand. Reflexartig wich sie vor der Kreatur zurück und fragte sich, was er dort tat. Sie erinnerte sich daran, dass es viele seltsame Haustiere im Haus der Sieben gab, wo die Familien alle zusammen wohnten. Allerdings hatte sie noch nie etwas so Majestätisches gesehen wie den Tiger, der sie anstarrte. Es war massiv, fast so groß wie sie.

»M-M-Mir geht es gut«, stotterte Liv und starrte immer noch auf den reinweißen Tiger.

»Was hast du in der Tür der Reflexion gesehen?«, fragte Adler vom Ratstisch.

Liv blickte vom Tiger weg, aber seltsamerweise sah sie vor ihrem inneren Auge immer noch das Gesicht der stattlichen Wildkatze vor sich. Sie sah Clarks Augen neben Adler und sie schienen »Nein, antworte nicht darauf!« zu sagen.

»Ich erinnere mich nicht«, antwortete Liv und machte einen weiteren Schritt nach vorne.

Dann bemerkte sie, dass die Kammer wie eine Kuppel geformt war, die dem Halbkreis des Ratstisches und demjenigen entsprach, in dem die Krieger stoisch standen. An der hinteren Wand, hinter dem Rat, befand sich das Bild eines riesigen Baumes. Sein Stamm war aus Gold, und jeder der sieben Zweige erhob sich über ihre Köpfe und gabelte sich in zwei Teile. Ein Teil jeden Zweiges leuchtete blau, während der andere hellgrün war. Liv blinzelte und bemerkte, dass die Zweige mit den Familiennamen der Sieben beschriftet waren: DeVries, Ludwig, Beaufont, Sinclair, Mantovani, Takahashi und Rosario. Jeder farbige Abschnitt war mit dem Namen des Ratsmitglieds oder Kriegers beschriftet. Der letzte ließ den grünen Teil des Zweiges leuchten, und darunter war Clarks Name. Der andere Teil des Zweiges war jedoch hellgrau und ohne Namen.

Livs Kinn hob sich, als sie die funkelnden goldenen Lichter bemerkte, die über den Baum und über ihnen an der gewölbten Decke kaskadierten. Sie wusste sofort, was die Lichter darstellten. Ihr Vater hatte ihr von der Kammer des Baumes erzählt, aber all diese Erzählungen klangen eher romantisch und fantastisch als einschüchternd.

»Die Decke der Baumkammer ist mit den Lichtern aller registrierten Magier gefüllt«, hatte ihr Vater ihr eines Nachts gesagt, als er sie ins Bett stecken wollte. »Sie leuchten auf die Ratsmitglieder und Krieger nieder und erinnern uns an unsere Mission: sie zu beschützen und ihnen zu dienen.«

Liv war überwältigt von der Anzahl der blinkenden Lichter. Waren es tausend? Zehntausend? Es war unmöglich zu sagen.

»Olivia Beaufont«, begann Adler, »du weißt, warum du heute hierher gerufen wurdest, richtig?«

Liv fing ein Flackern zu ihrer Linken ein, hielt sich aber zurück, in diese Richtung zu schauen. Sie hätte das Schwingen von Platos Schwanz überall erkannt, obwohl er sich in einem dunklen Schatten versteckte.

»Mein Bruder Ian, das älteste geradzahlige Kind der

Beaufont-Familie, ist tot«, hörte sich Liv leise und mit einer Stimme voller Schmerz sagen.

»Das ist richtig«, sagte Adler, seine Stimme ohne Reue. »Das bedeutet, dass du die Nächste bist, die die Rolle des Kriegers für deine Familie übernehmen musst. Bist du bereit, deine Pflicht zu akzeptieren?«

Liv versuchte, sich zu räuspern, aber sie konnte den Kloß, der in ihrem Hals steckte, nicht herausbekommen. »Ich glaube schon, aber...«

»Die Rolle des Kriegers ist nichts, was jemand auf die leichte Schulter nehmen sollte«, sagte eine Frau neben Adler, die ihre schwarzen Haare in ein hohes Bündel auf ihrem Kopf gepackt hatte. Bianca Mantovani. Sie war nicht viel älter als Liv. Sie hatten früher als Kinder oft zusammen gespielt, aber der hohe Kragen ihres Kleides und ihr selbstgefälliger Ausdruck ließen sie ein Jahrzehnt älter erscheinen als Liv.

»Ich stimme zu«, warf ein junger japanischer Mann ein. Er saß auf der anderen Seite von Bianca. »Weißt du, was von dir als Krieger erwartet wird? Du bist seit vielen Jahren nicht mehr im Haus der Sieben gewesen, stimmt das?«

Liv sah zum Stammbaum auf und fand den Namen des Mannes: Haro Takahashi. Sie trat vor. »Ich bin hier aufgewachsen. Ich weiß, dass Krieger die Aufgaben ausführen, die der Rat ihnen zuweist. Ihr alle regiert über die Angelegenheiten der magischen Gemeinschaft und die Krieger gehen hinaus und arbeiten an Fällen.«

Liv konnte nicht glauben, wie ruhig ihre Stimme klang. Es hatte nicht einmal einen Hauch von Bitterkeit, als sie das seltsame System beschrieb, das das Haus der Sieben seit Jahrhunderten benutzt hatte, um die Aufgaben ›objektiv‹ zu trennen.

»Ein Krieger tut mehr als nur an Fällen zu arbeiten«, sagte Decar Sinclair und wirbelte herum, um Liv direkt gegenüber zu stehen. Er war jünger als sein Bruder Adler, hatte aber die gleiche Albino-Färbung und seine durchdringenden hellen Augen schienen im abgedunkelten Raum zu leuchten. Im Gegensatz zu Adler hatte er keinen Bart, aber sein glattes weißes Haar floß in einem langen Zopf über seinen Rücken. »Als Krieger wird von uns erwartet, dass wir uns in Gefahr begeben, um die Magie zu schützen. Ein Krieger muss stark, fachkundig ausgebildet und vor allem mutig sein.«

Adler nickte seinem Bruder zu, bevor er seinen Blick auf Liv richtete. »Wir verstehen, dass du eine Weile weg warst und deine Ausbildung vernachlässigt wurde. Wir sind bereit, dich zu schulen, aber es wird von dir erwartet, dass du gleichzeitig auch deine Fälle bearbeitest.«

»Aber sie ist nicht bereit«, protestierte Clark und erregte damit die Aufmerksamkeit aller im Raum. Nun, alle außer dem weißen Tiger, der sich niedergelassen hatte und seinen Kopf auf seine riesigen Pfoten legte. Clark lehnte sich zurück und errötete, als er von allen Seiten angesehen wurde. »Meine Schwester hatte seit fünf Jahren keinen Zugriff mehr auf ihre Magie. Sie wird Zeit brauchen, um sich daran zu gewöhnen.«

Adler schenkte ein angedeutetes, unsensibles Lächeln. »Deine Schwester hatte damals die Entscheidung getroffen, ihre Rolle im Haus der Sieben aufzugeben. Wir als Gruppe haben uns in dieser Angelegenheit getroffen und sind der Meinung, dass es sehr gütig ist, ihr eine zweite Chance zu geben. Wenn sie diese Rolle übernehmen will, wird sie es tun, wie es jeder aus einer Familie der Sieben tun würde: nahtlos und mit der Dringlichkeit, die sie verdient. Magische

Katastrophen und Verbrechen werden nicht aufhören damit sie trainieren kann und deshalb können wir nicht länger warten, diese Rolle zu vergeben.«

»Aber du wirst sie in ernsthafte Gefahr bringen, wenn du sie ohne Training da rausschickst«, konterte Clark, sein Gesicht wurde röter. »Sie weiß nicht einmal, wie sie ihre Magie kontrollieren kann. Das braucht Zeit.«

Bianca lehnte sich nach vorne und blickte über den Tisch zu Liv. »Du hast immer mit deiner Magie gekämpft, wenn ich mich recht erinnere. Dein Training könnte länger dauern als das der meisten anderen.«

Liv wollte Bianca daran erinnern, dass diese ins Bett gepinkelt hatte, bis sie zwölf Jahre alt war, aber das schien nicht der beste Zeitpunkt zu sein, das vorzubringen.

»Die Dauer der Ausbildung von Miss Beaufont ist nicht unser Anliegen«, sagte Adler. »Wenn du die Rolle, die die Sieben dir großzügig angeboten haben, annehmen willst, wirst du dich während der Arbeit als Krieger ausbilden lassen. Andernfalls müssen wir auf andere Methoden zurückgreifen, um deine Position zu besetzen.«

»Andere Methoden?«, fragte Clark, lehnte sich nach vorne und blickte den Tisch hinunter auf den älteren Magier.

»Sophia ist nicht alt genug«, warf Liv ein. »Man kann eine Achtjährige nicht in die Rolle des Kriegers stecken.«

Um sie herum lachten die Krieger und Ratsmitglieder. Ein Mann mit kurzen schwarzen Haaren und einem scharf rasierten Spitzbart schüttelte den Kopf von der Bank. »Adler meint, dass man deine Familie in den Sieben ersetzen will. Es ist schon eine Weile nicht mehr passiert, aber…«

Clark stand sofort auf und zitterte. »Das könnt ihr nicht machen! Die Beaufonts waren unter den Ersten Familien. Wir waren die Gründer.«

Adler schüttelte den Kopf, als ob er darüber bestürzt wäre, aber nichts tun könnte. »Es ist wahr. Deine Familie, sowie meine und die Takahashis, waren von Anfang an Teil der Sieben. Wir nehmen den Austausch einer Familie nicht auf die leichte Schulter, aber in ähnlichen Fällen wurde dies getan. Es ist wichtig, sich daran zu erinnern, junger Mr. Beaufont, dass wir der magischen Gemeinschaft dienen und nicht uns selbst und das können wir nicht richtig machen, wenn wir zu wenig Krieger haben.«

Liv wollte lachen. Das war so ein Schwachsinn. Die Sieben übersahen ständig Regeln, die ihre Familien oder Freunde nicht begünstigten, aber plötzlich wollten sie zu einem abgenutzten Prinzip der Knechtschaft stehen? Die Sinclair-Brüder warteten wahrscheinlich nur darauf, dass Liv ablehnte. Dann könnten sie Clark und sie rausschmeißen und einer der letzten beiden verbleibenden Gründer sein.

Liv blickte zur Seite und fing kurz Platos Gesichtsausdruck auf. Er wirkte so impulsiv wie eh und je, aber es gab ein neues Feuer in seinen Augen – eines, das sie sofort infizierte.

»Ich werde es tun!«, erklärte Liv und alle drehten sich zu ihr, um sie anzusehen.

Clark zitterte sichtlich. Er öffnete seinen Mund, um zu protestieren, aber sie hielt ihre Hand hoch und trat nach vorne. »Ich werde die Rolle des Kriegers übernehmen, die mir von Geburt an zusteht und ich werde zeitgleich während meiner Aufgaben trainieren, sobald du meine Magie freigibst.«

Der selbstgefällige Ausdruck auf Adlers Gesicht verschwand, als er sich auf seinem Platz zurücklehnte. »Wir werden für dein Training sorgen, sobald du deine Magie erhalten hast.«

»Ich will nicht hier im Haus der Sieben ausgebildet werden«, argumentierte Liv.

Im ganzen Raum brach ein Gemurmel aus. Clarks Augen sahen aus, als würden sie gleich aus seinem Kopf fallen. Er stand noch, aber er lehnte sich nun über den Tisch, seine Hände pressten fest auf die Oberfläche.

»Es ist üblich, dass Krieger hier trainieren«, sagte Bianca, ihr Gesicht wütend verzogen.

»Aber es ist nicht erforderlich«, sagte Liv endgültig. Sie war vielleicht nicht gut mit ihrer Magie, aber sie hatte die Bücher gelesen, die ihre Mutter ihr gegeben hatte, um sie auf ihre mögliche Zukunft als Krieger vorzubereiten. Sie wusste, dass Krieger ihre eigene Trainingsmethode wählen konnten. Es konnte individuell auf die jeweilige Person zugeschnitten oder durch die Familientradition angepasst werden. Es waren nur die Ratsmitglieder, die eine spezielle Ausbildung absolvieren mussten, eine Ausbildung die Clark vor Jahren bestanden hatte.

»Sie hat Recht«, sagte ein junger Mann direkt vor ihr. Er trug einen soliden schwarzen Anzug und sein Gesicht hatte einen seltsamen Ausdruck. Sie sah sich die Stelle an, an der er stand und folgte ihr bis zum Stammbaum. Stefan Ludwig.

»Und du willst dir deine eigene Ausbildung suchen, weil du denkst, sie ist besser als das, was wir dir bieten können?«, fragte Decar Sinclair.

»Ich denke, das geht dich nichts an«, erwiderte Liv kühn. »Wenn ich als Kriegerin sowohl dem Training als auch den Arbeitsfällen zustimme, hast du keinen Raum für Einwände.«

Sie alle bewegten sich unruhig. Clark hatte noch nie so wütend auf Liv ausgesehen. Dennoch hielt sie ihr Kinn hoch und zögerte nicht, obwohl der weiße Tiger aufgestanden und ihr dabei näher als zuvor gekommen war.

Adler blickte den Tisch hinunter auf ein paar verwirrte Ratsmitglieder, aber er beruhigte sie mit einer Handbewegung. »Ich denke, wenn Miss Beaufont ihre eigene Ausbildung machen will, sollten wir sie voll unterstützen.« Er klang fast ekstatisch.

Decar stimmte sofort zu, seine hellen Augen tanzten vor böser Freude. »Ja. Jeder Krieger entscheidet für sich selbst.«

Liv wollte sie alle anschreien, erklären, dass sie wusste, was sie tat. Das war jedoch nicht wahr. Sie wusste nicht, wo sie ausgebildet werden würde, aber sie wusste, dass es nicht hier im Haus der Sieben sein konnte, wo sie niemandem vertraute. Stattdessen ging Liv zum leeren Kreis zwischen zwei Kriegern und direkt gegenüber von Clark. Sie blieb auf dem einzigen unbeleuchteten Kreis im Bogen stehen und sah ihre Kollegen an. »Nun, da das geklärt ist, bin ich bereit dafür, dass man mir meine Magie zurückgibt.«

Kapitel 8

Liv sah die Krieger an, die sie alle mit ein wenig Ehrfurcht und leichter Irritation betrachteten. Sie fühlte sich wie ein Zwerg und stand im Halbkreis zwischen den wilden, starken Soldaten, die um sie herum aufragten. Sie trugen alle Reisekleidung, viele von ihnen Schwerter am Gürtel oder auf dem Rücken. Einige hatten Beutel an ihre Gürtel gebunden oder andere Waffen an ihnen befestigt. Liv lachte fast vor sich hin, als sie an die Werkzeuge in der Gesäßtasche dachte, die sie zum Knacken von Johns Türschloss gebraucht hatte. Sie war nicht nur außerhalb ihres gewohnten Umfeldes, sie befand sich in einer ganz neuen Welt von Verrückten. Sie versuchte, sich daran zu erinnern, dass sie einer dieser Freaks war, bevor sie sich entschied zu gehen.

Auf der anderen Seite der Kammer betrachtete der weiße Tiger sie mit Neugierde, als er hinter den Kriegern in ihre Richtung schlenderte. Für einen Moment dachte sie daran, dass er sie anfallen und verstümmeln könnte, wenn er sich näherte. Sie hatte jedoch keine Zeit, sich darüber Gedanken zu machen, denn der Rat rührte sich und tat etwas, was sie nicht sehen konnte.

»Ratsmitglieder, bereitet euch darauf vor, Olivia Beauforts Magie freizuschalten«, sagte Adler, keineswegs beeindruckt von ihrer Darstellung, als sie ihren rechtmäßigen Platz einnahm.

Liv blickte auf den verdunkelten Kreis, in dem sie stand. Es war schwer zu glauben, dass Ian noch vor wenigen Tagen an dieser Stelle gestanden hatte, bereit, alles zu tun, was der Rat von ihm verlangte, um die Magie zu ›schützen‹. Vor ihm war es ihre Mutter gewesen. Eiseskälte wickelte sich um Livs Hals und drohte, ihre Atemwege zu schließen. Sie hatte sich nicht erlaubt, an ihre Mutter als Kriegerin zu denken oder wie schön sie immer nach der Rückkehr aus den Missionen war, ihr langes, blondes Haar stets ein wunderschönes chaotisches Durcheinander und ihre Wangen gerötet von der Nachtluft. Aber noch denkwürdiger für Liv war die Art und Weise, wie sich das gestresste Gesicht ihres Vaters in Erleichterung verwandelte, wenn Guinevere Beaufont durch die Tür kam, sicher für einen weiteren Tag. Sie war im Begriff, den Platz ihrer Mutter als Kriegerin einzunehmen. Ians Platz. Liv hatte nicht das Gefühl, dass sie gut genug war, um hier zu sein. Es fühlte sich nicht so an, als ob die Rolle zu ihr passte, aber sie war verdammt, wenn die Familie Beaufont wegen ihr den angestammten Platz unter den Sieben verlieren würde.

Das ist für dich, Mutter, dachte Liv und sah zu ihrem Bruder auf. Clark schien in Gedanken versunken, als er mehrere Tasten vor sich betätigte. Als er fertig war, blickte er mit Vorfreude auf Liv.

»Meine Codes wurden eingegeben«, sagte Clark, seine Stimme klar und deutlich.

Um ihn herum murmelten andere Ratsmitglieder die Bestätigung, dass sie dasselbe getan hatten.

Ein Jahrzehnt zuvor hatte das Haus der Sieben etwas Riskantes getan, zumindest nach den Standards ihrer Eltern. Sie waren zu magischer Technologie übergegangen und verknüpften viele ihrer Sicherheitssysteme mit Technologie, die von Magie angetrieben wurde. Ihre Eltern hatten gesagt, dass es gefährlich sei, Magier mit Hilfe von Technologie zu schützen, weshalb viele sich dagegen gewehrt hätten, ihre Magie zu registrieren, als die Änderung stattfand. Dennoch waren Livs Eltern sowie alle, die sich dem technologischen Fortschritt widersetzten, überstimmt worden.

Wahrscheinlich hatte jedes Mitglied in der Kammer, in der Liv stand, ein Handy, das völlig normal aussah, aber einzigartige Eigenschaften für Magier hatte. Bevor Liv das Haus verlassen hatte und ihrer Magie und allem Magischen beraubt worden war, konnte ihr Telefon zum Beispiel verlorene Gegenstände finden, Leute anrufen, deren Nummern sie nicht hatte oder in ihrer Hand erscheinen, nur weil sie es beabsichtigte. Und ihr Handy musste nie aufgeladen werden, da es von der allgegenwärtigen Quelle der Magie angetrieben wurde. Liv war jedoch nie gut darin gewesen, alle Funktionen zu nutzen, da es bedeutete, dass sie die Kontrolle über ihre Magie haben musste. Oftmals war ihr Handy in den Händen eines anderen gelandet, als sie es beschwor oder es fand den falschen verlorenen Gegenstand.

»Alle Codes außer einem wurden eingegeben«, sagte Adler, seine hellen Augen auf den Bildschirm vor ihm gerichtet. Er blickte zu Liv auf und wirkte plötzlich viel älter, wobei die Lichter über ihm Schatten unter seinen Augen erzeugten. »Bist du bereit, Olivia Beaufont?«

Liv nickte, aber dann, als sie den strafenden Blick von Clark wahrnahm, sagte sie: »Ja, das bin ich, Ratsmitglied Sinclair.«

Adlers Blick flackerte in Richtung seines Bruders, der neben Liv stand. Sie wirkten beide amüsiert, aber wer konnte schon wissen, warum? Solange Liv sich erinnern konnte, schien Adler zu denken, dass er für die Sieben verantwortlich war, obwohl die Idee immer gewesen war, dass es keinen wirklichen Führer gab. Vielmehr gab es ein Gleichgewicht zwischen Ratsmitgliedern und Kriegern. Wissen und Stärke. Strategie und Mut. Berater und Soldaten.

»Es ist fünf Jahre her, seit du deine Magie hattest«, sagte eine Frau mit weich fließenden schwarzen Locken von der anderen Seite Clarks. Raina Ludwig. Sie hatte freundliche Augen und einen nachdenklichen Ausdruck auf ihrem blassen Gesicht. »Du könntest einen kleinen Schock erleiden, wenn wir sie entsperren, das nur so als Warnung.«

Liv öffnete ihren Mund, um dem Ratsmitglied für die Warnung zu danken, aber sie wurde abgeschnitten.

»Ich bin sicher, dass Miss Beaufont mit dem kleinen bisschen Magie umgehen kann, welches ihr gegeben wird«, sagte Bianca mit gelangweiltem Blick.

Liv fühlte, wie sich etwas neben ihr bewegte und für einen Moment dachte sie, Plato hätte es gewagt, dafür aus dem Schatten zu kommen. Sie sprang fast rückwärts, als sie erkannte, dass der weiße Tiger nahe genug zum Anfassen neben ihr stand. Wie hatte er sich neben sie geschlichen, ohne dass sie es überhaupt bemerkt hatte?

Als ob der Tiger ihre Besorgnis spürte, blickte er zu ihr auf, seine blass-grünen Augen kommunizierten eine Botschaft, die sie seltsamerweise beruhigte. Sie streckte die Hand aus und strich ihre Hand über seinen Kopf und erkannte nicht, was sie tat, bis sie vom Keuchen überall im Raum gelähmt wurde. Da ihre Finger noch auf dem Kopf des Tigers ruhten, schaute sie mechanisch auf die anderen, die sie mit großen Augen und offenem Mund anstarrten.

Anscheinend ist das Streicheln der hübschen magischen Katze tabu, dachte Liv und zog ihre Hand wieder zurück. Der Tiger knurrte nicht und versuchte auch nicht, sie zu zerfleischen. Er lenkte seine Aufmerksamkeit nur auf die Ratsmitglieder, die ihn mit Spannung beobachteten. Als er sie einfach nur anblinzelte, begannen sie sich wieder zu rühren, klickten auf die Geräte vor ihnen und tauschten unbequeme Blicke miteinander aus.

Clark schüttelte minutiös den Kopf und schenkte ihr einen ernsten Gesichtsausdruck. Liv sah eine Gelegenheit, ihren Bruder zu necken und streckte ihre Hand ein paar Zentimeter in Richtung des Tigers. Clarks Augen wurden wieder groß und er schüttelte dramatisch den Kopf.

Liv lachte vor sich hin und zog ihre Hand zurück. Der Tiger, der sich jetzt fast gegen sie drückte, hatte seinen Blick nicht von den Ratsmitgliedern genommen.

»Okay, wo waren wir stehengeblieben...«, sagte Adler und zog wieder die Aufmerksamkeit aller auf sich. Er sah auf den Bildschirm vor sich hinunter, den Liv nicht sehen konnte, als er las. »Olivia Beaufont, zweiundzwanzig Jahre alt, zweite Gründungsfamilie des Hauses der Sieben. Du wurdest von Guinevere und Theodore Beaufont als viertes von sechs Kindern geboren, was dich dazu berechtigt, ein Krieger zu werden. Deine Magie wurde vor fünf Jahren am 15. August blockiert, als du deinen Platz in deiner Familie aufgegeben hast.«

Das war eine Woche nach dem Tod ihrer Eltern gewesen. Es war nicht einfach gewesen, ihre Geschwister zu verlassen, aber sie hatte nicht zweimal darüber nachgedacht, ihre Magie verriegeln zu lassen. Der Schwanz des Tigers strich über den Boden hinter ihnen und schickte eine rauschende Brise über Livs Rücken.

»Stimmst du zu, deine Magie und damit deine Rolle als einer von sieben Kriegern im Haus zurückzunehmen?«, fragte Adler. »Dies ist keine Position, von der du weggehen kannst, sobald du zugestimmt hast, es sei denn, du wirst von Tod oder schweren Verletzungen getroffen. Erst wenn das nächste Beaufont-Kind volljährig ist, hast du Anspruch auf Rücktritt. Verstehst du die Bedingungen dieser Rolle? Sie sind nicht verhandelbar.«

Livs Blick flog zu Clark. Sein Ausdruck schien eine ganze Menge Dinge zu sagen, von denen Liv nichts entschlüsseln konnte. Natürlich brauchte er sie, um die Position als Kriegerin zu übernehmen. Ihre Familie brauchte das. Vielleicht brauchten die Sieben sie nicht, aber das Haus konnte nicht mit nur sechs Kriegern operieren. Das Gleichgewicht war gestört.

Liv blockierte all das und hörte dem sanften Ticken zu, das in ihrem Herzen allgegenwärtig war. Es war konstant, wie die Liebe ihrer Mutter und ihres Vaters. Vor ihrem geistigen Auge sah sie ihre Mutter und ihren Vater am Tag vor ihrer Rückkehr und lächelte sie mit ihrer unerschütterlichen Liebe an.

»Wir sind morgen früh wieder da. Bitte kümmere dich um deine Schwester«, hatte ihre Mutter zu Liv gesagt, die in ihrem Bett lag. »Und stelle sicher, dass Clark nicht zu lange aufbleibt.« Ihre Mutter stand von dort, wo sie gesessen hatte, auf und schloss sich ihrem Mann an, der in der Tür stand. Livs Zimmer war dunkel gewesen, das einzige Licht schien aus dem Flur herein.

»Oh, und denk daran, Olivia, dass wir dich lieben, egal was passiert«, hatte ihr Vater gesagt und die Tür zugezogen.

Das war das letzte Mal gewesen, dass sie sie lebend gesehen hatte, und all die Jahre hatte sie gewusst, dass sie sie im Stich gelassen hatte, aber der Umgang mit ihrer Trauer war das Einzige, womit sie sich beschäftigen konnte. Sie hatte für sie gekämpft, als alle sagten, dass ihr Tod ein Unfall gewesen war – und jetzt würde sie weiter für sie kämpfen, an einem Ort, an dem sie tatsächlich gewinnen konnte. Ohne ihre Magie, ohne die Ressourcen, hatte sie nie die Wahrheit herausfinden können. Die ganze Zeit war sie gelaufen, aber jetzt war sie endlich bereit für die Herausforderung, die sie nie für möglich gehalten hatte.

Liv hob ihr Kinn an und betrachtete jeden der Ratsmitglieder, bevor sie ihre zukünftigen Kriegergefährten ansah. »Ich verstehe die Bedingungen meiner Position und akzeptiere meine Rolle als Krieger für das Haus der Sieben.«

Kapitel 9

Die Stille umhüllte Liv und ließ sie wünschen sie könnte zappeln oder pfeifen oder sonst etwas tun, um es zu beenden. Alle Ratsmitglieder hatten die Köpfe unten und studierten die Bildschirme vor ihnen. Die Krieger standen so stoisch wie eh und je, ihre Hände hinter ihrem Rücken und ihr Kinn hoch. Es war Clark, der die Merkwürdigkeit des Augenblicks durchbrach und Liv mit Ehrfurcht ansah. Hat er sich mit seinem Gesichtsausdruck vertan? Sollte er ihr nicht einen frustrierten Blick zuwerfen? Vielleicht war die Belastung von allem nun endlich doch zu viel für ihn.

»Ist das richtig?«, fragte eine Frau mit stacheligem grauem Haar.

Liv studierte den Baum über ihrem Kopf und suchte nach dem Namen des Ratsmitgliedes. Hester DeVries.

»Es muss ein Fehler sein«, sagte Bianca, aber sie sah nicht überzeugt aus, als sie zwischen ihrem Bildschirm und Adler hin und her schaute.

Er hustete und blinzelte auf seinen Bildschirm. »Ja, das würde ich auch sagen. Wahrscheinlich ein Ergebnis der Tatsache, dass die Magie so lange blockiert war. Wir tun das in der Regel für einen so langen Zeitraum nur mit Kriminellen und diese bekommen ihre Magie normalerweise nicht zurück, so dass wir nicht viele Daten darüber haben, wie sie reagieren, wenn wir die Blockierung wieder aufheben.«

Zwei Jahrzehnte lang hatte das Haus der Sieben alle Magier aufgefordert, ihre Magie zu registrieren. Wenn dies nicht getan wurde, kam es zuerst zu Geldbußen und Strafen und am Ende waren die straffälligen Magier doch dazu gezwungen, ihre Magie zu registrieren und dann wurde sie ihnen für immer gesperrt. Viele rebellische Magier hatten sich entschieden, bis zum Tod zu kämpfen, anstatt sich daran zu halten. Sobald das Haus die Magie des Magiers registriert hatte, stand die Person unter der Kontrolle des Hauses.

Liv sah sich die Tausende von funkelnden Lichtern an, allesamt registrierte Magier, die das Haus ›beschützte‹. Viele Male hatte Liv gehört, wie sich ihr Vater über die Bitte um soziale Ordnung beschwerte. Es schien ihm nie richtig zu sein, aber wie bei vielen Dingen über die die Ratsmitglieder abgestimmt hatten, wurde er überstimmt.

»Ich bin mir nicht so sicher«, sagte Haro Takahashi und fuhr mit der Hand über sein Kinn. »Dieser Meßwert ist außergewöhnlich hoch. Zu hoch, um ein Fehler zu sein.«

»Wir müssen nur ein Auge darauf haben«, schlug Adler nachdenklich vor. »Ich vermute, es wird sich in etwa einem Tag normalisieren. Wahrscheinlich nur eine Spitze.«

»Ähm... gibt es ein Problem mit meiner Magie?«, erkundigte sich Liv.

»Problem?«, fragte Adler abgelenkt. »Oh, nein. Wir sind sicher, dass es nichts ist. Also, sind Sie bereit, Miss Beaufont? Gleich werden die Ratsmitglieder ihre Schalter umlegen und ihre Magie freischalten.«

Kippschalter? Ihre Magie wurde wie ein Licht gesteuert? Das schien ein wenig glanzlos zu sein. Sie dachte irgendwie, es hätte eine Zeremonie mit Tänzern und einem Orchester geben sollen und vielleicht auch noch ein Feuerwerk. Ihr Magen knurrte, und Liv erinnerte sich, dass sie vergessen hatte, zu Abend zu essen.

Ich würde mich mit einem Steak-Dinner zufrieden geben, wenn es keine feierliche Zeremonie gibt, dachte Liv. »Ich bin bereit«, sagte sie, starrte Clark an und versuchte, den verwirrten Ausdruck auf seinem Gesicht zu entschlüsseln.

»Ratsmitglieder, auf mein Zeichen«, kündigte Adler an. »Drei, zwei, *eins.*«

Im Gleichklang betätigten die Ratsmitglieder einen Schalter an ihren Konsolen und machten eine Reihe von Klickgeräuschen, dann sahen alle im Kuppelraum Liv erwartungsvoll an. Ihr Gesicht errötete, nicht durch Magie, sondern durch Verlegenheit. Was hatten sie erwartet, was jetzt mit ihr passieren würde? Erschien ein ausgefallenes Kleid auf ihrer kleinen Gestalt und ihre schmutzigen Haare glitten wieder in eine raffiniertere Frisur, wie bei den Kriegern, die um sie herum standen?

Liv sah auf ihre fleckige Jeans und das T-Shirt unter ihrem Hoodie. Sie sah immer noch so aus wie kurz zuvor, aber was noch wichtiger war, sie fühlte sich nicht anders.

»Ähmm, sind wir sicher, dass es funktionie...« Livs Worte wurden abgeschnitten, als glühende Hitze in ihrer Brust explodierte. Sie klatschte mit den Händen an die Stelle, da es schien, als würde ihr Herz gleich explodieren. Es fühlte sich wie der schlimmste Fall von Verdauungsstörungen auf der Welt an. Hatte sie einen Herzinfarkt? Etwas stimmte definitiv nicht. Liv stolperte rückwärts und beobachtete, wie die Krieger sie leer anstarrten. Sie schienen nicht im Geringsten über ihren entsetzten Gesichtsausdruck besorgt zu sein oder die Tatsache, dass sie nur wenige Augenblicke davon entfernt war, tot umzufallen.

Sogar den weißen Tiger neben ihr schien ihre Notlage nicht zu beunruhigen. Er war aufgestanden, sah sie aber einfach nur ruhig an. Der Raum drehte sich, alle Figuren wurden unscharf und ihr drehte sich der Magen um.

»Vergiss nicht zu atmen«, flüsterte eine Stimme hinter ihr.

Liv schaute über ihre Schulter und erkannte Platos schwache Kontur im Schatten. Sie zwang Sauerstoff in ihre Lungen, eine Handlung, die sich noch nie so unglaublich schwierig angefühlt hatte. Die Luft war heiß und ihre Brust fühlte sich beengt an, aber als sie den Atem ausstieß, bekam sie ein wenig Erleichterung. Der Raum hörte auf sich zu drehen. Der Schwindel ließ nach und Liv lächelte ein wenig und erkannte, dass sie die Kontrolle wiedererlangt hatte. Für einen Moment hatte sie wirklich geglaubt, ohnmächtig zu werden.

Liv hob ihr Kinn, wischte sich den Schweiß von der Stirn und verschluckte sich an ihrem nächsten Atemzug. Der Überfall, der ihre Brust als nächstes traf, ließ ihr keine andere Wahl, als sich zurückfallen zu lassen. Ihr Kopf traf auf etwas Hartes und ihr Inneres brannte, als würden sie von ihrem Blut gekocht. Mit letzter Kraft versuchte Liv, wieder auf die Beine zu kommen. Ein sinnloses Unterfangen, obwohl sie es schaffte, sich auf den Bauch zu drehen. Ihre Sicht wurde durch den Boden behindert, ihr Kopf fühlte sich an wie Blei. Das Letzte, woran sie sich erinnerte, war der weiße Tiger, der sie anstarrte, als würde er ihren Körper genießen wollen. Dann wurde alles schwarz.

* * *

»Es war zu viel auf einmal«, sagte eine viel zu laute Stimme. Wusste diese Person nicht, dass Liv versuchte zu schlafen? Sie konnte sich nicht erinnern, warum sie schlief, aber nichts fühlte sich wichtiger an, als die Ruhe.

»Es war nicht zu viel«, argumentierte ein Mann. »Sie ist nur undiszipliniert und ungeübt.«

Wenn doch alle endlich die Klappe halten würden... Liv konnte das Bedürfnis, zu schlafen, nicht verdrängen, aber ihre Stimmen waren ein definitives Hindernis, in Morpheus Armen zu versinken.

»Ich bin mir nicht sicher, ob *ich* diese Welle hätte bewältigen können«, sagte jemand in einem gedämpften Flüstern in der Nähe.

Liv bemerkte den kalten Boden unter sich. Ihre Brust schmerzte, als wäre sie aufgespalten und frisch wieder zusammengenäht worden. Reflexartig griff sie mit der Hand an ihre Brust und fand sie zu ihrer Erleichterung unversehrt. Ein plötzlicher Husten ließ Livs Augen auffliegen und sie setzte sich auf.

»Siehst du, es geht ihr absolut gut«, sagte Adler, seine Arme über seiner Brust verschränkt. Er war nicht von seinem Platz hinter der Bank weggegangen, aber Clark hatte sich auf den Boden neben Liv gehockt. Viele der Krieger waren außerhalb der Formation, aber keiner war nahe. Der weiße Tiger stand auf der anderen Seite von Liv und sah mit einem unleserlichen Ausdruck auf sie herab. *Also hatte er doch keinen Hunger auf mich, als ich ohnmächtig wurde,* dachte sie erleichtert.

»Geht es dir gut?«, fragte Clark und rieb Livs Rücken nachdenklich, als sie wieder hustete und sich krümmte.

Sie nickte, obwohl das nicht der Wahrheit entsprach. Sie hatte sich noch nie in ihrem Leben so unwohl gefühlt. Für einen Moment glaubte sie fest daran, dass eine riesige Schlange in ihr herumschlitterte und ihre Organe beim Navigieren durchdrang. Etwas war definitiv anders an ihrem Körper, es schien als wäre sie einen halben Meter gewachsen.

»Ich muss aufstehen«, hörte sich Liv sagen, obwohl ihre Stimme seltsam anders klang und sie war sich nicht sicher, wie.

Clark sah sie unsicher an, half ihr aber auf die Beine.

Liv schwankte leicht und bemerkte die verschiedenen Gesichter im Raum, die sie mit stiller Neugierde betrachteten. *Schön. Zuerst schrie ich unzusammenhängende Dinge, als ich die Kammer betrat, und jetzt haben sie mich alle ohnmächtig werden sehen,* dachte Liv und versuchte, die Demütigung in ihrem Gesicht zu verbergen.

Der dumpfe Schmerz am Hinterkopf erinnerte sie daran, dass sie auf den Boden gefallen war, als sie ohnmächtig geworden war. Sie sah davon ab, sich den Kopf zu reiben, um die Beule zu überprüfen, die sich zumindest dem Schmerz nach deutlich bildete. Liv vermied Augenkontakt mit den Kriegern, die alle zu nahe bei ihr standen. Der Kreis auf dem Boden, auf dem sie gestanden hatte, erregte ihre Aufmerksamkeit. Es war nicht mehr so schwach wie vorher, jetzt war es ein heller Blauton. Livs Augen blickten den Baum hinauf, und ihre Kinnlade klappte herunter, als sie bemerkte, dass der Beaufont-Ast nun sowohl grün als auch blau beleuchtet war. Unter dem blauen Teil des Zweiges befand sich der Name ›Olivia‹.

Ihre Augen bewegten sich weiter nach oben zur Decke, wo die Lichter funkelten. Irgendwo über ihnen war ein neues Licht, das entfacht worden war, als Livs Magie freigeschaltet wurde.

Die Lichter sahen für Liv irgendwie ungewöhnlich aus. Dann blinzelte sie auf den Kuppelraum und erkannte, dass es auch anders aussah als vorher. Zerstreut zog Liv ihre Hand hoch und studierte die Rückseite. Alles sah anders aus.

Ein flatterndes Geräusch forderte ihre Aufmerksamkeit. In der hinteren Ecke der Bank, neben Lorenzo Rosario, dem Mann mit dem scharfen Spitzbart, stand eine große schwarze Krähe. Liv spürte, wie etwas an ihr vorbeiging und blickte herunter, als sich der weiße Tiger in die Mitte des Halbkreises bewegte, wo die Krieger normalerweise standen. Sie waren noch immer außer Formation, aber durch die Bewegung des weißen Tigers veranlasst, bewegten sie sich wieder an ihren Platz und schenkten Liv nicht mehr ihre volle Aufmerksamkeit.

Die Krähe krächzte laut und ließ Liv ihre Hände härter an die Seiten ihres Kopfes schlagen, als sie es beabsichtigte. Doch das half überhaupt nicht, den lauten Krach auszublenden. Wieder war sie erstaunt, wie unterschiedlich die Geräusche klangen. Sie wurden verstärkt. Klarer. Mit Farbe und Emotionen, die sie noch nie zuvor bemerkt hatte.

»Ja, ich wage zu behaupten, dass wir zu viel Zeit damit verbracht haben«, beschwerte sich Adler murmelnd. »*Miss Beaufont,* du hast dich entschieden, dein eigenes Training zu machen und das muss sofort beginnen. Die Sieben werden sich morgen Abend wieder treffen. Komm besser nicht zu spät, so wie heute.«

»Ich wusste nicht, dass ich zu spät kam«, konterte Liv, ihre Stimme vibrierte vor neuer Feindseligkeit. Sie wollte weinen und schreien, als ob jede ihrer Emotionen, die sie je gespürt hatte, zu überwältigend wäre, um sofort zu entkommen.

»Du warst es«, stellteAdler sachlich fest. »Du bist für die Nacht entlassen. Wir sehen uns morgen um 21 Uhr. Versuche, mit dem Training zu beginnen. Es ist wichtig.«

Liv wollte dem alten Albino mitteilen, dass er sich seine Uhr in seinen verkniffenen Arsch schieben konnte und seinen Rat betreffs Training in seinen drahtigen Bart einwickeln konnte um ihn als Hut zu tragen. Glücklicherweise erlaubte sie Clark stattdessen, sie in Richtung der Spiegeltür zu ziehen.

»Oh, und Olivia?«, warf Adler hinter ihrem Rücken ein.

Sie drehte sich um und bemerkte, dass alle Augen auf sie gerichtet waren.

»Es ist schön, dich wiederzuhaben«, sagte der alte Magier mit einem unaufrichtigen Lächeln.

Liv erwiderte das Grinsen nicht. Sie nickte einfach und sagte: »Danke, aber beachte, dass mein Name Liv ist, nicht Olivia.«

Am Ende ihrer Aussage wurde der Name unter ihrem blauen Zweig gelöscht. Viele im Raum gaben erstaunte Geräusche von sich und dann , als wäre ein unsichtbarer Stift am Werk, wurden die Buchstaben ›L-i-v‹ eingeätzt.

Kapitel 10

Liv hatte eine Milliarde Fragen, als Clark sie durch die Spiegeltür zog, die sich glücklicherweise nicht mehr so seltsam anfühlte wie zuvor. Es fühlte sich einfach an, als würde sie durch einen nassen Schleier gehen, aber als sie die andere Seite erreichte, war sie dankbar, dass sie völlig trocken war.

»Was war das mit meiner Magie?«, fragte Liv, als Clark weiter an ihrem Arm zog. »Sollte es mich aus dem Konzept bringen? Stimmt etwas nicht mit mir? Warum haben mich die Ratsmitglieder alle so seltsam angeschaut?«

Clark drehte sich um, als sie direkt vor der großen Tür gegenüber dem Ratssaal standen. »Wie hast du das gemacht?«, fragte er kopfschüttelnd, sein Gesicht blass und seine Atmung flach.

»Sie hielt den Atem an«, kommentierte Plato von seinem Platz zu Livs Füßen.

Liv schüttelte den Kopf darüber. »Ich versuchte, es nicht zu tun. Es war einfach so viel los. Ich wollte nicht ohnmächtig werden.«

Clark schüttelte den Kopf. »Nein, ich meinte, deinen Namen auf dem Baum der Sieben zu ändern.«

Liv dachte einen Moment nach und zuckte mit den Achseln. »Ich bin mir nicht sicher. Ich meine, ich glaube nicht, dass ich es war. Ich habe ihnen nur gesagt, wie sie mich nennen sollen.«

Clark stieß seine Faust gegen die Stirn, wie er es früher als Kind getan hatte, wenn er versuchte herauszufinden, wie man sie aus Schwierigkeiten heraushole. »Du musst es gewesen sein, aber ich verstehe nicht, wie du es gemacht hast, besonders ohne es zu merken.«

»Nun, warum fängst du nicht damit an, mir zu sagen, was mit meiner Magie los ist?«, konterte Liv. »Stimmt etwas nicht damit? Ist es schlimmer geworden? Ist das Verfallsdatum abgelaufen oder was?«

Clark senkte seine Hand und zog mit einer schnellen Bewegung die große Tür auf. Die riesige Eichentür knarrte beim Öffnen und ließ die Gruppe zurücktreten, um Platz für den Schwungbereich der Tür zu schaffen. »Wie Adler schon sagte, die Messung war wahrscheinlich nicht korrekt. Sie werden ein Auge darauf haben und ich bin sicher, dass sich das morgen normalisieren wird.«

Als die Tür ganz offen war, fand Liv ein Bild, an das sie sich erinnerte. Es war fast so frisch wie ihre letzten Erinnerungen. Der lange Flur war mit Türen gesäumt, die zu verschiedenen Suiten führten. Rechts lief ein langes Geländer die Treppe hinauf, die zu den anderen sechs Stockwerken führte. Der Flur war mit Kronleuchtern gefüllt, die vor Saphiren und Smaragden nur so strotzten. Große Gemälde schmückten die getäfelten Wände. Liv erinnerte sich, dass sie diese Gänge immer entlang gelaufen war, als sie auf dem Weg zum und vom Unterricht gewesen war. Oder wie sie sich vor Ian und Reese versteckte, als sie versuchten, sie nachts zum Baden abzuholen. Die meisten Tage verbrachten sie in der Suite ihrer Familie, aber wenn Liv hinausging, rannten sie und Clark oft kichernd die Treppe hinauf zum Dachboden im siebten Stock.

Clark hielt die Tür offen und lotste Liv in den Flur. Sie hielt jedoch inne. Erstens, weil sie etwas hinter ihrem Rücken spürte, etwas, von dem sie hätte schwören können, dass sie sah, wie es in den Eingang geflogen war. Zweitens, weil sie keinen Grund darin sah, den Flur zu betreten. Liv zog sich zurück und warf Clark einen skeptischen Blick zu.

»Ich traue Adler nicht oder irgendeiner Vorstellung, die er von meiner Magie hat«, begann Liv. »Wenn etwas nicht stimmt, möchte ich, dass du es mir sagst. Wir müssen von Anfang an ehrlich zueinander sein.«

Clark seufzte und hielt weiterhin die schwere Tür offen. »Es ist nichts, worüber man sich Sorgen machen müsste. Und Adler ist... Nun, er meint es gut. Er ist halt nur nicht so der Sympathieträger.«

Liv schüttelte den Kopf und blickte kurz zurück auf die Spiegeltür. »Das Gegenteil von gut ist gut gemeint. Wie gesagt, ich vertraue ihm nicht und du solltest es auch nicht.«

»Sei nicht so paranoid«, beschwerte sich Clark.

»Sei von Anfang an ehrlich zu mir«, wiederholte Liv. »Was ist mit meiner Magie los?«

Clark bewegte sich, damit Liv die Schwelle überschritt. Als sie es nicht tat, rollte er die Augen, schien sich aber leicht zu entspannen. »Gut. Deine Magiemessung ist etwas hoch.«

»Hoch? Etwa deswegen, weil meine Magie blockiert war?«, erkundigte sich Liv.

Clark schüttelte den Kopf. »Für jeden Magier deines Kalibers. Das Level ist höher als das der anderen Krieger.«

»Nun, das muss ein Fehler sein«, sagte Liv und sah auf Plato herab, um eine Antwort zu erhalten.

Der Kater schien sich nicht zu sorgen. Er lehnte sich zurück und leckte geschäftig sein Hinterteil.

Clark stimmte mit einem Nicken zu. »Wie ich schon sagte, es wird sich in etwa einem Tag normalisieren. Wahrscheinlich nur eine Spitze.

»Was ist mit dem weißen Tiger? Was war damit los?«

Clark sah sie zaghaft an und schüttelte den Kopf. »Es ist nichts. Er hilft nur, das Gleichgewicht zu halten.«

»Gleichgewicht? Wie zwischen was und was?«, hakte Liv nach.

»Ich werde es dir rechtzeitig erklären. Nun mach schon und komm hier rein.« Er bewegte sich zur offenen Tür.

»Warum? Willst du mir deine neue Messerkollektion zeigen oder was?«, fragte Liv.

Clark grunzte vor Frustration. »Nein, ich zeige dir dein Zimmer. Unsere Suite ist umgezogen, nachdem... Nun, weißt du...«

Liv trat zurück in den Flur. Es war ihr egal, ob die Suite nicht diejenige war, die sie mit ihren Eltern geteilt hatte, sie wollte nicht dorthin gehen. »Ich werde nicht hier im Haus der Sieben wohnen.«

»Hier gehörst du jetzt hin«, argumentierte Clark.

»Warum, weil ich ein Krieger bin?«

Clark nahm seine Hände von der Tür und sie rammte ihn an seiner Schulter. »Weil du eine Beaufont bist. Hier hast du schon immer hingehört.«

»Ich habe schon lange nicht mehr hierher gehört. Ich werde tun, was die Sieben mir befehlen. Ich werde für ihre angebliche Gerechtigkeit kämpfen, aber ich weigere mich, hier zu bleiben.«

»Was, gehst du zurück in diese beschissene Studio-Wohnung?«

Livs Temperament flammte auf, und für einen Moment war ihr Blickfeld rot überlagert. Sie dachte zuerst, ihre Augen würden ihr einen Streich spielen, aber als sie sich dazu zwang sich zu beruhigen, fühlte sich ihr Kopf an, als würde er Dampf freisetzen und plötzlich klärte sich ihr Blick. Dieses magische Geschäft würde etwas gewöhnungsbedürftig sein.

»Ich mag meine Wohnung«, schnappte Liv, atmete maßvoll ein und drückte ihre Fäuste zusammen, um das tief in ihr brennende Feuer zu unterdrücken.

»Aber deine Familie ist hier und jetzt, wo du zurückgekehrt bist...«

»Schau, ich kann nicht im Haus der Sieben bleiben«, erklärte Liv und versuchte, Mitgefühl in ihre Stimme zu legen. »Ich bin zurück, aber ich bin nicht *ganz* zurück. Ich muss die Dinge auf meine Weise machen.«

Clark zögerte, bevor er nickte. »Ja, das hätte ich erwarten sollen. Ich hatte nur gehofft...« Seine Stimme versiegte, als seine Augen Livs geballte Fäuste fanden. »Was ist mit deinem Training? Wie willst du damit umgehen? Willst du meine Hilfe?«

Die Ratsmitglieder hatten ihre eigene Ausbildung. Es gab nicht viel Überschneidung zwischen ihnen und dem, was Kriegern gelehrt wurde. Clark hatte nur versucht zu helfen. Er versuchte immer wieder zu helfen und Liv fühlte sich herzlos, weil sie seine Hilfe einfach nicht annehmen konnte, so sehr sie es auch wollte. Sie schüttelte den Kopf. »Mach dir keine Sorgen. Ich werde mir etwas ausdenken.«

»Bist du sicher, dass du nicht stur bist, nur um der Sturheit willen?«, fragte Clark und verschränkte seine Arme vor der Brust.

»Schau, wir sehen die Dinge anders«, sagte Liv. »Das ist erlaubt. Ich werde tun, was die Sieben mir sagen, aber ich muss nicht hier bleiben und ich muss ihre Ausbildung nicht akzeptieren.«

»Aber ich verstehe nicht, was daran falsch ist, Liv.«

Sie dachte für einen Moment nach. »Weißt du noch, als wir klein waren und ich immer deine Schlachtschiffe versenkt habe?«

Clarks Kopf zuckte. Er hatte offensichtlich nicht mit der plötzlichen, seltsamen Frage gerechnet. »Ja?«

»Warum war das so?«, fragte Liv.

Clark blickte kurz nachdenklich in die Ferne an ihr vorbei, bevor er sie wieder anschaute. »Weil ich sie immer am selben Ort platzierte.«

»Ja, genau«, sagte Liv siegreich. »Das Haus macht alles schon seit langem auf die gleiche Weise. Sie stellen ihre Schlachtschiffe immer an den gleichen Ort. Ich bin aber keine traditionelle Art von Mädchen und ich denke, um ein erfolgreicher Krieger zu sein, kann ich ihre alten Methoden, Dinge zu tun, nicht akzeptieren.«

»Aber die Grundlage der Magie liegt in den Traditionen«, argumentierte Clark.

Liv gab ihm einen tröstenden Blick, als sie sich zurückzog. »Das ist es, was sie *wollen,* dass du glaubst.«

Clark rollte fast die Augen, hielt sich aber zurück. »Du musst nicht bei allem so paranoid sein.«

»Und du musst nicht alles akzeptieren, was sie sagen, ohne es in Frage zu stellen«, konterte Liv. »Skeptisch zu sein ist nicht gegen das Gesetz.«

»Ja, aber je mehr Widerstand du leistest, desto weniger werden andere dich mögen«, erklärte Clark.

Liv nickte stolz. »Ich bin nicht hier, um Freunde zu finden, Bruder. Ich bin hier, um die Magie zu schützen.«

Er lächelte. Vielleicht war es die Verwendung ihres alten Spitznamens für ihn, oder dass sie leicht in ihre gewohnten Rollen zurückgefallen waren – Liv, die Unruhestifterin und Clark, der Menschenfreund. Ihre Eltern hatten immer gesagt, dass sie gut füreinander waren, aber Liv wusste, dass sie nie ahnten, dass die beiden eines Tages Ratsmitglied und Krieger sein würden. Es gab keine Möglichkeit, dass ihre

Eltern das voraussehen konnten, denn das hätte bedeutet, dass zuerst so viel Tod über die Familie hätte hereinbrechen müssen.

Mit einem plötzlich schweren Herzen lächelte Liv Clark aufrichtig an und wandte sich dem Eingang zu. Bevor sie mehr als ein paar Schritte gegangen war, hörte sie Clark sich zurückziehen und die große Tür geräuschvoll ins Schloss fallen.

Sie nahm sich die Zeit, den langen Korridor entlang zu gehen und beobachtete, wie die Symbole tanzten, während sie ihre Fingerspitzen über die Wand bewegte. Als sie fast am Eingang war, hielt sie an, Plato neben ihr.

Ohne sich umzudrehen, drehte Liv ihren Kopf, bis er eben mit ihrer Schulter war. »Ich weiß, dass du da bist«, sagte sie zu dem scheinbar leeren Flur. »Warum kommst du nicht raus und wir bringen das hinter uns.«

Kapitel 11

Die Fackeln im langen Korridor wurden für einen Moment schwächer, als ob sie den Atem anhalten und auf etwas warten würden. Liv blieb wie festgefroren stehen, den Rücken immer noch zum Flur, die Augen schauten über ihre Schulter. Sie hörte ein leises schlurfendes Geräusch in der Ferne, dann klang es nur wenige Meter von ihr entfernt und im nächsten Augenblick war es wieder weit weg.

Liv sah auf Plato herab. »Wie lange weißt du schon, dass sie da ist?«

Der Kater drehte sich um, setzte sich hin und betrachtete den leeren Flur. »Seit dem Moment, als du das Haus der Sieben betreten hast.«

»Die kleine Schleicherin hat mich so lange beobachtet?«, fragte Liv. »Ich dachte vorhin bereits, ich hätte jemanden gesehen.«

Plato kopierend, drehte sich Liv, ihre Arme vor ihrer Brust gekreuzt und die Augen wanderten suchend durch die leere Halle.

»Vielleicht versuchst du einen anderen Ansatz, da es nicht funktioniert hat«, bot Plato an.

Die Fackeln flammten leicht auf, als sich Livs Ärger aufbaute. »Okay, wie wäre es damit?«, sagte sie flüsternd zu Plato, bevor sie sich wieder umdrehte und zum Ausgang ging. »Oh, nun ja. Zu schade, dass du dein Gesicht nicht zeigen wirst. Bis später, du kleiner Geheimniskrämer.«

Ein eisiger Windhauch traf Liv im Gesicht, peitschte durch ihre Kleidung und machte es schwer, weiter zu gehen. Sie blieb stehen, nahm ihre Hand vor sich und schloss ihre Finger zur Faust, was bewirkte, dass die Luft auf einmal weggesaugt wurde. Als sie sich Plato wieder zuwandte, hatte sie einen seltsamen Ausdruck im Gesicht.

Er sah beeindruckt aus. »War es beabsichtigt, diesen Wind zu zähmen?«

Sie öffnete ihre Hand und erwartete halb, dass der Sturm ihr wieder ins Gesicht schlug. Als nichts passierte, zuckte sie mit den Schultern. »Das war reine Improvisation. Ich weiß nicht, woher das kam.«

»Magie ist meist Instinkt«, argumentierte Plato und richtete seinen Fokus wieder auf den langen, leeren Korridor. »Aber es scheint, dass deine kleine Freundin ihre eigenen Tricks hat.«

Liv fing ihr verworrenes Haar ein und ihre Finger blieben in mehreren Knoten stecken. »Okay, süßer kleiner Budenzauber mit dem Wind«, sagte sie mit lauter Stimme. »Du willst nicht, dass ich gehe, aber du bist nicht bereit, rauszukommen. Dir ist schon klar, dass das irgendwie nervig ist, oder?«

Plato sah sie verächtlich an. »Versuch ein wenig mehr Taktgefühl. Es könnte helfen.«

Liv seufzte. »Hey, hallo, kleiner Kumpel. Würdest du bitte rauskommen und spielen?«

Ein roter Ball materialisierte in der Mitte des goldenen Flurs und kontrastierte brillant mit dem blauen und grünen Boden.

Liv legte ihre Stirn in Falten und sie trat neben Plato. »Was soll ich *damit* machen?«

»Das ist ein Ball«, sagte Plato trocken. »Spiel mit ihm.«

Liv dachte einen Moment nach. »Wie?«

Platos zahmer Ausdruck wurde zu reinem Ärger. »Ich weiß es nicht. Geh und trete ihn oder so.«

Liv lachte. »Du weißt auch nicht wie man spielt.« Sie ging nach vorne und hob den roten Plastikball auf. »Bei aller Weisheit, lieber Plato, du bist genauso ahnungslos wie ich, wenn es darum geht, Spaß zu haben.«

»Ich bin einfach aus der Übung«, sagte er, seine grünen Augen auf einen Schatten gerichtet, der sich gerade erst gebildet hatte. »Jahrelanges Rumhängen mit dir hat mir das angetan.«

»Nun, niemand zwingt dich, mir Gesellschaft zu leisten«, neckte Liv. Nicht einmal hatte sie sich Sorgen gemacht, dass Plato jemals von ihrer Seite weichen würde. Er war die einzige Konstante in ihrem Leben. Immer da, wenn sie aufwachte und am Ende des Tages sich immer neben ihr zusammenrollend. Sie wusste vielleicht nicht immer, wo er war, aber sie wusste, dass er in der Nähe war.

Liv warf den Ball in die Luft und balancierte ihn auf den Fingerspitzen. »Weißt du, welches Spiel ich als Kind am wenigsten gemocht habe?«

Plato gähnte und hob gemächlich seine Pfote, um sie zu lecken. »Das ruhige Spiel?«

Sie warf ihm einen kalten Blick zu. »Nein, ich bin großartig in diesem Spiel. Es war Clark, der die Sache immer verdorben hat, als wir versuchten, uns für einen Mitternachtssnack in die Küche zu schleichen.« Liv warf den Ball auf den Boden. »›Bleib weg‹ war das schlechteste Spiel. Ian und Reese haben uns immer zum Spielen gebracht und ich habe nie gewonnen.«

»Größenbedingt«, sagte Plato einfach.

Liv hockte sich zu Boden und rollte den roten Ball nach vorne. »Alles, was ich je wollte, war ein gutes Spiel mit Hin und Her.«

Der Schatten verschob sich schnell und plötzlich materialisierte ein kleines Mädchen auf der anderen Seite des Balles und fing ihn ein. Ihre blonden Locken umrahmten ihr herzförmiges Gesicht und die typisch blauen Augen der Beaufonts. Liv musste nicht erraten, wie alt sie war. Sophia war drei Jahre alt, als Liv das Haus der Sieben verließ und nun war sie acht.

»Ich auch«, sagte die kleine Magierin, nahm den Ball in ihre kleinen Hände und hielt ihn dicht an ihrer Brust.

Liv nickte und versuchte so zu tun, als wäre die ganze Situation nicht sehr bizarr. In ihrer Welt versteckten sich Kinder nicht als Schatten oder schickten einen Windstoß auf Menschen, die sie nicht verlassen sollten. Sie erinnerte sich daran, dass dies jetzt ihre Welt war, mit all ihren Absurditäten. Außerdem war dies immer ihre Welt gewesen, auch wenn die letzten fünf Jahre alles für sie verändert hatten.

Liv rollte ihre Finger nach vorne. »Mach schon, wirf mir den Ball zu. So funktioniert das mit dem hin und her, oder?«

Sophia nickte und warf den Ball in Livs Richtung mit einer Kraft, die beeindruckte. Livs Finger brannten von dem Aufprall, als sie ihn fing.

»Du bist also Sophia?«, fragte Liv und warf den Ball sanft zu ihrer Schwester zurück. Das kleine Mädchen sah so aus, wie sie sich erinnerte, aber auch ganz anders mit ihren vollen Gesichtszügen und dem weggeschmolzenen Babyspeck.

»Erinnerst du dich an mich?«, entgegnete Sophia und fing den roten Ball.

»Natürlich«, sagte Liv lachend. »Erinnerst du dich an *mich*?«

Das kleine Mädchen schüttelte den Kopf.

»Du warst sehr klein«, murmelte Liv und Reue kroch sofort in ihren Bauch. Sophia würde sich wahrscheinlich nicht an ihre Eltern erinnern. Was für ein Segen und doch ein Fluch.

»Du bist gegangen«, stellte Sophia einfach fest, ihre kleine Stimme hatte ein großes Gewicht.

»Ich weiß«, antwortete Liv. »Ich konnte einfach nicht hier sein. Es ist schwer zu erklären.«

»Aber nun bist du wieder hier?«

Liv warf den Ball wieder zu ihrer Schwester. »Irgendwie schon. Ich habe die Rolle des Kriegers übernommen, nur bis du alt genug bist.«

»Das ist eine lange Zeit«, sagte Sophia, fing den Ball und setzte ihn vor ihren Füßen ab. Sie trug ein blaues Kleid, das bis zum Boden reichte und auf der Rückseite mit einer weißen Satinschleife gebunden war. Sie sah aus wie eine kleine Puppe mit ihren weichen Wangen und ihrer Stupsnase.

»Erzähl mir davon«, stimmte Liv zu und ging einige Schritte näher. Sie kniete nieder und sah zu dem kleinen Mädchen auf. »Geht es dir gut, Sophia? Vermisst du Ian und Reese?«

Sie nickte und kaute an ihrer Unterlippe. »Wirst du meine Schwester sein, jetzt, wo sie weg sind?«

Liv dachte einen Moment nach. »Ich war immer deine Schwester, auch wenn ich nicht hier war. Aber ja, ich komme vorbei und sehe dich, wenn ich hier bin. Vielleicht können wir Ball spielen und du kannst mir ein paar Spiele beibringen.«

»Wohin gehst du?«, fragte Sophia und zeigte auf die Tür am Ende des Flurs.

Liv drehte sich um. Erst dann wurde ihr klar, dass der Flur für ihre Schwester ganz anders aussah. Er hätte so ausgesehen, wie Liv es immer gesehen hatte, mit hellen Wänden und einem kurzen Flur. »Ich gehe nach Hause.«

»Kann ich mitkommen?«

Liv schüttelte den Kopf. »Nein, West Hollywood ist für Freaks, Verlorene und Einsame. Du gehörst hierher.«

»Aber du hast Clark gesagt, dass *du* nicht hierher gehörst«, sagte Sophia starrköpfig. Plötzlich erinnerte sich Liv. Sie hatte einen Geistesblitz von ihrer Mutter, die spielerisch ihren Vater so oft herausforderte, dass es zu einem nächtlichen Ritual wurde.

»Ich schätze, ich bin einer der Verlorenen und Einsamen«, sagte Liv und fügte hinzu, »ebenso ein Freak.«

Sophia blickte über ihre Schulter, als hätte sie ein Geräusch gehört. »Ian hat mir etwas für dich gegeben.«

Liv fühlte, wie sie sich nach hinten neigte und dachte fast, sie würde umkippen. »Was? Warum sollte er das tun?«

Sophia zuckte mit den Achseln und griff in die tiefe Tasche auf der Vorderseite ihres Kleides. »Er sagte, wenn ihm jemals etwas passiert, sollte ich es dir geben, aber niemandem davon erzählen.«

Sie zog ihre geschlossene Hand aus ihrer Tasche und hielt sie erwartungsvoll in der Luft. Liv hielt ihre Handfläche unter die des Mädchens und fühlte, wie etwas Schwereres, als sie erwartet hatte, in ihre Hand fiel.

»Sophia!« Clark rief vom anderen Ende des Flurs.

Livs Kopf ruckte hoch und sie zog ihre Hand zur Seite und sah Clark mit plötzlicher Beklemmung an.

Sein Gesicht wurde weicher, als er Sophia erkannte, die vor Liv stand. »Oh, gut, da bist du ja. Ich habe überall nach dir gesucht«, sagte Clark und ging auf sie zu.

Sophia zeigte auf Liv. »Ich wollte nur Hallo sagen.«

Clark nickte. »Ja, das kann ich sehen. Es ist doch schon spät, Soph. Du solltest jetzt besser ins Bett gehen. Du kannst später noch mehr Besuch haben. Es sei denn...« Er warf Liv einen erwartungsvollen Blick zu, Hoffnung in seinen Augen.

DIE REBELLISCHE SCHWESTER

Sie schüttelte sofort den Kopf. »Ich gehe jetzt einfach. Ich habe viel zu tun.«

Liv winkte ihrer jüngeren Schwester zu, das mysteriöse Objekt mit ihrer anderen Hand umklammernd, als sie sich zur Tür zurückzog.

Kapitel 12

Die Hitze des riesigen Kamins in Adler Sinclairs Privatstudio war ihm fast zu viel. Er zog den Seidenschal und seine Gewänder aus, bis nur noch sein Unterhemd und seine losen Hosen übrig blieben. Normalerweise würde er das Feuer nicht so heftig brennen lassen, aber sein Miniaturdrache Indikos war in einer seiner Häutungsphasen und wünschte die zusätzliche Wärme.

Adlers geliebte Kreatur lag vor dem Kamin, seine Nase fast zu nah am Feuer. Sein Maul war offen, als er keuchte und seine alte rötliche Haut schälte sich von seinem Körper und machte Platz für die schimmernden neuen Schuppen.

Decar betrachtete den Prozess mit leichtem Interesse, als er sich mit einem dicken Stück Pergament befächelte. »Wirklich, wir hätten uns in meinem Quartier treffen können.«

Adler schüttelte den Kopf und ging auf den großen Schreibtisch neben dem Kamin zu, wo das Tier, etwa so groß wie ein kleiner Hund, lag und hilflos aussah. »Nein, ich bin gerne bei Indikos, wenn er sich häutet. Das letzte Mal, als ich nicht da war, fing seine alte Haut Feuer. Es war so eine Verschwendung. Es ist eine sehr wertvolle Zutat für Tränke.«

Decar betrachtete den Drachen, bemerkte, wie nah er am Feuer war und sah, wie leicht die Haut ihren Weg in die Flammen finden konnte.

»Außerdem habe ich zu viel zu tun, um woanders zu sein«, fuhr Adler fort.

»Ich dachte, du sagtest, dass sich die Dinge verlangsamen sollten, jetzt, da die Positionen der Beaufonts wieder besetzt sind«, sagte Decar.

Adler nickte. »Die Dinge *werden* sich beruhigen, aber es gibt noch viel zu beachten. Diese neue Kriegerin... sie ist eine Herausforderung. Ich muss Vorkehrungen für sie treffen.«

Decar stand vom Ledersofa auf und ging weiter vom Kamin weg. Er öffnete das Fenster auf der anderen Seite des Raumes und streckte seinen Kopf für einen Moment raus. Als er zurückkam, waren seine weißen Haare durcheinander und seine blasse Haut war von der Winternacht gerötet. »Ihre Magie? Glaubst du, es war nur eine Spitze?«

Adler nickte und sah auf die verschiedenen Papiere herab, die auf seinem Schreibtisch verstreut waren. Er schob sie zur Seite und hob ein Tablet auf. Als er durch verschiedene Bildschirme ging, kam er zu demjenigen, auf dem er Olivia Beaufonts magische Statistiken aufgezeichnet hatte. Normalerweise blieben diese Dinge in der Kammer des Baumes, aber Adler hatte in der Vergangenheit Gründe über Gründe gefunden, Informationen auf seine persönlichen Geräte zu übertragen und jetzt schien niemand mehr zu bemerken, wenn er es tat.

»Es kann nur als eine angestaute Ansammlung von Magie erklärt werden«, sagte Adler. »Ich habe allen Grund zu glauben, dass sich das in ein oder zwei Tagen normalisieren wird.«

»War es klug, ihr zu erlauben, das Haus ungeschult zu verlassen, während so viel Magie durch sie fließt?«, hinterfragte Decar, sein Kopf wieder halb aus dem Fenster.

Adlers Aufmerksamkeit lag hauptsächlich auf dem Tablet in seiner Hand. Er blinzelte darauf und sah zerstreut auf. »Was? Ja, es ist in Ordnung. Das Mädchen ist kein Problem für uns.«

»Aber du hast gesagt, dass ihre magischen Level beispiellos sind«, sagte Decar, seine hellen Augen wanderten in Richtung Tablet, obwohl er von der anderen Seite im Raum nicht viel sehen konnte.

Adler schaltete das Tablet aus und vergrub es wieder unter den Papieren. Krieger hatten keinen Zugang zu den gleichen Informationen wie die Ratsmitglieder, was zu ihrem Besten war. Dies ermöglichte es ihnen, sich auf ihre Aufgaben zu konzentrieren und überließ den Ratsmitgliedern die Last der Information. So war die Balance aufgebaut und sie hatte jahrhundertelang funktioniert.

»Die Magie des Mädchens ist eine momentane Anomalie«, sagte Adler, seine Augen gingen zum Drachen, der immer noch am Feuer keuchte. Die Flügel Indikos entfalteten sich und schlugen für einen Moment, schürten das Feuer und schickten einen Stoß Hitze und Funken durch das große Studio.

Decar streckte seinen Kopf wieder aus dem Fenster und Adler schützte sein Gesicht vor der Hitzewelle. Als Indikos seine Flügel ruhen ließ, wagte Decar es, seinen Kopf zurück in den Raum zu ziehen. Er studierte den Drachen ärgerlich und sah dann seinen Bruder an.

»Woher willst du wissen, dass Olivia Beaufont kein Problem sein wird?«, fragte Decar. »Erinnerst du dich nicht, wie sie vorher war?«

Adler durchsuchte die Papiere auf seinem Schreibtisch und suchte nach einem bestimmten Bericht. »Sie war damals noch ein Kind und wurde durch den Tod ihrer Eltern verletzt. Sie machte ein paar Anschuldigungen, aber am Ende ging sie ohne Zwischenfälle.«

»Aber jetzt ist sie zurück und eine Kriegerin«, sagte Decar. »Sie ist in einer Machtposition.«

Adler lächelte seltsam und hielt die Zeitung hoch, nach der er gesucht hatte. »Miss Beaufont ist vielleicht eine der Sieben, aber Macht ist relativ.«

»Was ist das?«, fragte Decar und ging zum Schreibtisch, um einen genaueren Blick darauf zu werfen.

Adler sagte kein Wort mehr, sondern übergab den Bericht einfach an seinen Bruder.

Etwas funkelte in Decars Augen, als er aufblickte. »Du wirst ihr *diesen* Fall zuweisen?« Er lachte. »Das wird sie wochenlang beschäftigen, besonders da du verlangst, dass sie während der Arbeit trainiert.«

Adler nickte siegreich. Er hob einen weiteren Bericht auf und übergab ihn. »Und wenn sie damit fertig ist, werden die Ratsmitglieder ihr das zuweisen. Das ist es, woran ich heute Abend arbeiten wollte.«

Decar nahm es, überflog die Seite und lachte wieder. »Das ist brillant.«

»Es wird sie beschäftigen und vor Schaden bewahren«, sagte Adler stolz. »Siehst du, ich habe dir *gesagt,* dass es keinen Grund zur Sorge gibt.«

»Ich war nicht wirklich besorgt um das Mädchen«, sagte Decar. »Sie ist untrainiert, unseren Lebensstil nicht gewohnt und hat keinen richtigen Filter vor ihrem Mund. Ich wollte nur nicht, dass sie die Dinge behindert.«

»Und ich sagte dir, du sollst dir keine Sorgen machen, Bruder«, sagte Adler. »Wir mussten die offene Position des Kriegers besetzen. Ich hätte nur zu gerne die Beaufonts ersetzt, aber das hier ist noch besser. Zwei Amateure haben sich den Sieben an geschlossen. Wir hätten wirklich nicht mehr verlangen können.«

»Also, was machen wir jetzt?«, erkundigte sich Decar, nahm ein Taschentuch heraus und wischte sich den Schweiß von der Stirn.

»»Machen?««, echote Adler. »Wir müssen nichts *machen.*«
Er blickte auf seinen kleinen Drachen. Adler hatte ihn während seiner Reisen in Indien von einem Kaufmann erworben, der nicht verstand, dass das was er hatte nicht das Ei einer Schlange war. Sechs Monate später als Indikos schlüpfte, bestätigte Adler schließlich, dass er der Besitzer eines seltenen Miniaturdrachens war, der über einzigartige Kräfte wie die des Magiers verfügte. Seit einem Jahrzehnt war er sein treuester Begleiter und zeigte eine Hingabe, die die meisten nicht kannten. *Wenn nur alle in den Sieben so loyal wären,* dachte Adler oft.

»Also vermutest du, dass die Dinge von nun an ungestört laufen werden?«, hakte Decar skeptisch nach. »Du hattest diese Vermutung schon einmal.«

Die Unterstellung lag schwer in der Luft, aber Adler wies sie mit einer Handbewegung ab. Er ging zu einem Dekanter mit Brandy neben der Couch und goss zwei Gläser ein. Er gab das erste seinem Bruder und behielt das zweite für sich. »Keine Sorge, Decar. Ich glaube, das Haus der Sieben hat einen neuen Höhepunkt erreicht. Vorbei sind die Tage, an denen wir uns Sorgen machen mussten. In Zukunft wird das Haus wieder zur Normalität zurückkehren und dazu dienen, die Magie zu schützen, so wie es von Anfang an hätte sein sollen.«

Decar hob sein Glas an und stieß mit seinem Bruder an, bevor er einen Schluck nahm und seltsamerweise die zusätzliche Wärme genoss, die es in seinem Körper erzeugte.

Kapitel 13

Der Geruch von frisch gebrühtem Kaffee brachte heute nicht die gleiche Wärme wie sonst, als Liv den vollen Becher an ihre Lippen hob. Sie nahm ihn gleich wieder runter, bevor sie einen Schluck nahm, denn das Aroma drehte ihr den Magen um. Normalerweise trank Liv keinen Kaffee, aber die Umstände hatten es diesmal erforderlich gemacht. Sie war aus dem Haus der Sieben nach Hause zurückgekehrt und hatte dann nicht mehr schlafen können. Stundenlang hatte sie sich hin und her geworfen und seltsame helle Lichter wie ein Feuerwerk gesehen, sobald sie ihre Augen schloss. Erst um drei Uhr morgens hatte das schockierende Schauspiel dann endlich aufgehört sie wach zu halten.

Als ihr Wecker um sechs losging, hatte sie ihn fast durch ihre Wohnung geworfen. Erschöpft und mit einem stumpfen Summen in den Ohren hatte sich Liv aus dem Bett gequält, geduscht und frische Kleidung angezogen, bevor sie hinuntergegangen war, um die Werkstatt zu öffnen. Bemerkenswert pünktlich.

Niemand tauchte jemals um sieben Uhr morgens auf, um einen Toaster oder Staubsauger reparieren zu lassen, aber John wollte nicht auf die Vernunft hören. Er hatte immer darauf bestanden, dass der Laden früh geöffnet wird. Normalerweise machte es Liv nichts aus, denn sie konnte die ein oder andere zusätzliche Stunde nutzen bevor die Kunden kamen, um an den Projekten zu arbeiten, die sich immer im

Hintergrund zu stapeln schienen. An diesem Morgen konnte Liv jedoch kaum die Energie finden, ihren Kopf oben zu halten. Sie versuchte, den Becher mit dem dampfend heißen Kaffee wieder zu ihrem Mund zu führen, aber der Geruch ließ ihren Magen sofort vor Unbehagen rumpeln.

»Du brauchst Schlaf«, bemerkte Plato neben ihr auf der Werkbank.

»Du hast Recht«, sagte sie schlicht und einfach und stellte die Tasse Kaffee ab. »Du passt auf den Laden auf. Ich mache ein Nickerchen im Hinterzimmer. Wenn jemand etwas braucht, sag ihm, dass du ein sprechender Kater bist und ich ein Magier, der die ganze Nacht wach war und versucht hat, einen Sinn für sein neues, seltsames Leben zu finden. Alles klar?«

Plato tat so, als hätte er Liv nicht gehört und drehte seinen Kopf in Richtung ihrer Hand, die auf den Becher klopfte, der immer noch vor ihr stand. »Vielleicht macht der Ring bei Tageslicht mehr Sinn für dich. Du könntest versuchen ihn zu studieren, während der Laden ruhig ist.«

Liv blickte auf den Ring hinunter, der das seltsame Objekt war, das Sophia von Ian an sie weitergegeben hatte. Es war der Ehering ihrer Mutter, ein Erbstück, das seit langem in der Familie Beaufont weitergegeben wurde – aber das erklärte nicht, warum Ian Sophia gesagt hatte, sie solle es Liv geben, wenn ihm jemals etwas zustoßen sollte. Der Ring war eine Monstrosität, aber Liv hatte sich entschieden, ihn zu tragen, da sie nicht darauf vertrauen konnte, dass er irgendwo in ihrer Wohnung versteckt blieb. Der mittlere Diamant war riesig mit etwa fünf Karat und rund geschliffen. Um das Hauptjuwel herum befanden sich vierzehn kleinere Diamanten verschiedener Farben, jeweils hell und dunkel von blau, grün, rot, gelb, orange, lila und sogar schwarz. Das Band war aus Platin, und auf der Innenseite waren die Worte eingraviert: *Gemeinsam sind wir stark und ausgeglichen.*

Liv suchte auf der Werkbank nach den Lupen, die John oft für kleine Reparaturen brauchte. Sie fand sie, nahm sie in die Hand und sah sich den Ring genauer an. Die Handwerkskunst war unglaublich – nicht, dass Liv viele Edelsteine studiert hatte, aber sie konnte sofort erkennen, dass die Diamanten von höchster Qualität waren. Und das Band hatte keinen einzigen Kratzer.

»Das muss durch Magie geschützt sein«, murmelte sie, drehte den Ring um und suchte nach allem, was erklären würde, warum ihr Bruder wollte, dass sie ihn bekommen sollte. Frustriert zog sie die Brille ab.

»Ich verstehe es nicht«, sagte sie zu Plato. »Wollte Ian mir sagen, ich solle meine Jugend nicht allein verschwenden und dass ich heiraten soll?«

Plato schüttelte den Kopf und blinzelte auf den Ring zwischen Livs Fingerspitzen. »Ich glaube nicht, aber ich habe den starken Verdacht, dass er dir irgendwie einen Hinweis hinterlassen hat.«

Liv ließ ihren Arm sinken und stieß ein leises Knurren der Frustration aus. »Aber warum? Warum sollte ich einen Hinweis brauchen, es sei denn, es gibt ein Geheimnis zu lösen?«

Der Toaster neben ihr auf dem Arbeitsplatz zitterte. Liv dachte, dass da ein großes Erdbeben kommen würde, sprang auf, packte Plato und rannte zur Türöffnung, die den Laden von den hinteren Räumen trennte. Sie sah sich zaghaft um und wartete auf das große Zittern. Als nichts passierte, blickte sie verwirrt auf Plato herab.

»Was genau machst du da?«, erkundigte sich dieser trocken.

»Ich rette deinen haarigen Arsch vor einem Erdbeben«, erklärte sie und schaute auf den Toaster und die anderen Objekte auf dem Arbeitstisch, die noch schwangen.

»Welches Erdbeben?«, fragte Plato.

Liv sah sich um und bemerkte, dass die Geräte, die die staubigen Regale füllten, nicht wie die auf der Werkbank vibrierten. Ihre Stirn runzelte sich verwirrt. Plato wand sich aus ihrem Griff, hüpfte auf den Boden und sprang schnell wieder auf den Arbeitstisch.

»Darf ich vorschlagen, dass das Zittern weniger auf die Verschiebung tektonischer Platten zurückzuführen ist, sondern vielmehr auf einen bestimmten Magier, der lernen muss, seine Magie zu kontrollieren«, behauptete er kühn.

Liv blinzelte verwundert zu den Objekten. »Ich? *Ich* bin diejenige, die das macht?«

Plato nickte. »Genau wie gestern Abend, als du deinen Namen auf dem Baum der Sieben geändert hast oder die Flammen in den Fackeln angezündet hast.«

»Bist du sicher, dass ich das war?«, fragte Liv erstaunt.

Plato sah sie einfach an und sagte: »Komm schon, sei ehrlich.«

»Nun, wie bekomme ich es dazu, dass es aufhört?«, hakte Liv nach, als der Toaster noch härter rasselte und auf die Seite fiel.

Plato legte sich hin und legte seinen Kopf auf seine Pfoten. »Lass dich trainieren. Aber im Moment kümmerst du dich besser um *diesen* Kunden.«

Livs Augen weiteten sich vor Schreck und ihr Blick flog zum Eingang, in dem eine Gestalt zu erkennen war. Sein Rücken war zur Tür gewandt und er drückte sie mit seinem Hintern auf, da er einen großen Drucker in den Händen trug. Sie huschte nach vorne und fegte die verschiedenen

Werkzeuge von der Werkbank auf den Boden, wo sie wie besessen weiter herumschlugen.

Shane, ein halbwegs regelmäßiger Kunde, erschrak, als die Werkzeuge auf dem Boden klapperten und sich umdrehten, als er eintrat. »Was war das«, fragte dieser und suchte nach der Ursache für den Lärm.

Liv schlug mit beiden Händen auf den Toaster, der wild herumhüpfte. »Oh, nichts. Der dumme Kater hat gerade meine Werkzeuge runtergeworfen.«

Plato öffnete kurz und verächtlich ein Auge und schmiegte sich einmal mehr in eine Schlafposition.

Shane schüttelte den Kopf, sein strähniges schwarzes Haar fiel ihm ins Gesicht. Er trug sein gewohntes Metallica-Hemd und einen silbernen Ring im rechten Ohr. Ein Jahrzehnt zuvor war er ein Tournee-Rockstar mit verschiedenen bekannten Bands gewesen und hatte den Bass gespielt. Gegenwärtig gehörte ihm das Pfandleihhaus am Ende der Straße.

»Deshalb sollte man keine Tiere im Laden haben«, sagte Shane und gab dem Kater einen missbilligenden Blick. »Außerdem sind viele Menschen allergisch gegen Tiere.«

»Ja, aber er ist meine Art Trosttier, also muss ich ihn hier bei mir haben«, antwortete Liv und nagelte den Toaster mit ihren Ellbogen fest. Wie ein besessenes Wiesel versuchte dieser immer noch, ihrem Griff zu entkommen. Auf dem Boden hüpfte das Werkzeug weiter herum und klirrte sanft.

Shane kicherte. »Ich glaube nicht an diesen ganzen Trost-Tier-Mumbo-Jumbo. Ich nehme nur Drogen und fühle mich gut.«

»Drogen. Ich werde daran denken«, sagte Liv kurz und bündig. »Danke.«

Shane blickte über die Seite der Werkbank, wo die Werkzeuge tanzten. »Was ist da drüben los? Hast du noch eine andere Katze?«

»Ratten«, sagte Liv. »Beweg deinen Arsch, Plato, und kümmere dich endlich um das Ungeziefer.«

Plato hob den Kopf und gähnte, bevor er ihn wieder senkte.

»Verdammte Katzen… wie immer sind sie wertlos«, sagte Shane. »Mein Dobermann hätte diese Mäuse längst schon zum Frühstück verputzt.«

Nachdem er genug von diesem Gespräch hatte, stand Plato auf und machte einen Katzenbuckel. Er sprang von der Werkbank und verschwand hinter einem Regal mit Werkzeugen.

»Also, hast du etwas, das ich reparieren kann?«, erkundigte sich Liv und hob den Toaster auf, der immer noch am wackeln war und langsam heiß wurde.

»Ja, ein Punk hat mir den verkauft«, sagte Shane und schob den Drucker auf den Tisch. »Das Scheißding funktionierte die ganze Zeit, aber in dem Moment, als der Kerl weg war, hörte es auf zu funktionieren. Er kommt sicherlich nicht zurück, um das Ding wieder abzuholen. Daher dachte ich, John oder du könnten es vielleicht reparieren.«

Liv hielt den Toaster an ihre Brust, als wäre er ein kuscheliger Teddybär. »Ja, lass ihn einfach hier und ich schaue ihn mir an.«

Shane starrte sie an, als sie den Toaster umarmte und den Kopf schüttelte. »Eigentlich wollte ich dir etwas zeigen. Ich denke, die Platine hat einen Kurzschluss, aber es gibt auch ein Problem mit den Rollen. Deshalb hat er immer wieder blockiert, als ich ihn zum ersten Mal benutzte.«

Liv schaute über den Tisch, als Shane eine Klappe an dem Gerät öffnete.

»Siehst du, da drin.« Shane zeigte auf eine Stelle im Inneren. »Ich glaube, da ist etwas zwischen den Rollen.«

»Ja, ich sehe es«, entgegnete Liv hastig. »Ich kümmere mich darum. Keine Sorge.«

»Man kann es von da drüben nicht sehen«, sagte Shane. »Eigentlich kann ich versuchen, meine Finger da rein zu bekommen, wenn du diese Klappe festhältst.«

Die Werkzeuge auf dem Boden schlugen in einer Art Protest lauter als zuvor.

»Mach dir keine Sorgen deswegen!« Livs Stimme klang verzweifelt und mehrere Geräte fielen aus den Regalen. Staub und Kleinteile wurden durch den Aufprall verstreut. Shane schützte sein Gesicht vor der kleinen Explosion und sprang zurück. Liv krümmte sich und hielt den Toaster noch fester.

»Was zum Teufel war das?«, wunderte sich Shane und betrachtete die Geräte, die auf dem Boden verstreut lagen.

»Ich glaube, wir bekommen ein Erdbeben«, behauptete Liv eilig.

Shane runzelte seine Stirn. Er zog sein Handy heraus und öffnete eine App. »Ich habe keine Benachrichtigungen erhalten, die ich normalerweise bekomme, wenn es in meiner Nähe bebt.«

»Es ist sicherlich nur ein kleines Beben«, argumentierte Liv.

»Dieser Mixer flog vom Regal«, sagte Shane und zeigte auf das Gerät am Boden. »Und sieh dir den Schraubenschlüssel an!« Er zeigte auf die Werkzeuge, die auf dem Betonboden herumhüpften.

»Ja, du hast Recht, es wäre wahrscheinlich besser, wenn du wieder in deinen Laden zurück gehst. Nur um zu sehen, ob alles in Ordnung ist«, sagte Liv und schob Shane zur Tür.

Dieser schaute verwirrt, als ob er sie falsch verstanden hätte. »Ich habe nichts davon gesagt, dass ich in meinen Laden zurück möchte.«

»Nicht?«, fragte Liv gespielt erstaunt. »Ich hätte schwören können, dass du gesagt hast, dass du dir Sorgen darüber machst, wie sich das Erdbeben auf deinen Laden auswirken könnte.«

Shane schaute auf sein Telefon, das berichtete, dass es keine Erdbeben gegeben hatte. Dann verwandelte sich sein verwirrter Gesichtsausdruck in einen entspannten, als wäre er plötzlich in Trance. »Ja, du hast Recht. Ich sollte zurück in meinen Laden gehen.«

»Genau«, stimmte Liv zu, drückte Shane zur Tür raus, den Toaster immer noch an ihre Brust gedrückt. »Ich schaue mir den Drucker an und wenn ich einen Reparaturvoranschlag habe, rufe ich dich an.«

»Drucker?«, fragte Shane und schaute ihr über die Schulter. Als er das elektronische Gerät sah nickte er. »Richtig. Drucker. Das ist seltsam, ich habe das alles vergessen.«

Der Toaster riß sich schließlich aus Livs Armen los und sprang über ihren Kopf. Sie hechtete hoch, packte ihn und zog ihn wieder gegen ihre Brust.

»Was zum Teufel…«

»Erdbeben«, entgegnete Liv bestimmt und schnitt Shane das Wort ab. »Geh zurück in deinen Laden. Hier passiert nichts Seltsames.«

Wieder verlor er seinen verwirrten Gesichtsausdruck und er nickte stumpf. »Ja, du hast Recht.«

Als Shane ging, sprang ein weiterer Satz von Geräten aus den Regalen und zerschellte auf dem Boden.

Plato schaute aus der hinteren Ecke des Raumes heraus, nur sein Gesicht war sichtbar. »Nun, das war das Unterhaltsamste, was ich seit langem erlebt habe.«

DIE REBELLISCHE SCHWESTER

Liv öffnete einen alten Koffer voller Umzugsdecken, steckte den Toaster hinein und schlug den Deckel zu, bevor er entkommen konnte. Sie setzte sich auf den Koffer und hüpfte durch die Bewegung des Toasters. »Was soll ich tun? Plato, kannst du mir beibringen, wie ich meine Magie benutze?«

»Ich fürchte, das kann ich nicht, antwortete Plato und betrachtete die Stücke, die auf dem Boden herumsprangen. »Aber ich *kann* dir sagen, dass du dich entspannen musst. Je mehr du dich aufregst, desto schwieriger wird es für dich, deine Magie zu kontrollieren.«

»Wie soll ich mich hier entspannen?«, fragte Liv. »Der Laden ist ein Chaos, und ich glaube, ich habe gerade einen Kunden einer Gehirnwäsche unterzogen.«

»Ja, das war ziemlich beeindruckend. Schnelles Denken.«

»Hey, ich wollte das gar nicht tun!«, schrie Liv. Ein Glas mit Schrauben explodierte und schickte Glasscherben in alle Richtungen. Plato duckte sich zurück unter das Regal. Liv bedeckte ihr Gesicht mit ihren Armen.

»Hatte ich bereits erwähnt, dass du dich entspannen musst?«, erkundigte sich Plato. »Versuche zu meditieren. Wenn du deine Emotionen nicht unter Kontrolle bringst, wird es nur noch schlimmer, da sie eng mit deiner Magie verknüpft sind.«

»Meditieren?« Das schien für Liv eine sehr harte Sache zu sein, mit so vielen panischen Emotionen, die in ihrem Kopf wild Amok liefen.

»Entweder das, oder du kannst einen Schluck Whiskey trinken«, schlug Plato vor.

»Whiskey?«, fragte Liv. »Ich bitte dich, es ist noch früher Morgen.«

»Alkohol trübt magische Fähigkeiten und hat eine depressive Wirkung auf Emotionen«, erklärte Plato.

Liv schwang sich vom Koffer und der Toaster brach fast aus. Sie schenkte ihm keine Beachtung, als sie die oberste Schublade eines Aktenschranks neben der Werkbank herauszog. Liv holte eine halbvolle Flasche Whiskey heraus und zerrte den Korken mit den Zähnen heraus.

»Erinnere mich daran, dass ich John eine neue Flasche Whiskey kaufen muss«, sagte Liv und nahm einen Drink, während mehr Geräte aus den Regalen sprangen, als ob sie Selbstmord begehen wollten.

»Trink weiter, sonst schuldest du dem armen Mann mehr als eine Flasche Whiskey«, schlug Plato aus seinem Versteck heraus vor.

Liv presste ihre Augen zu und trank weiter, obwohl der Whiskey in ihrer Kehle brannte. Sie schluckte und spürte, wie das Feuer in ihr erstickt wurde, als der Alkohol ihren Bauch traf. Erst als die Flasche leer war, hörte Liv auf zu trinken. Sie hustete, der Whiskey kam durch die Nase und brannte in ihren Nebenhöhlen.

Als sie ängstlich umherschaute, beobachtete Liv, wie die Stücke und Teile auf dem Boden um ein paar Zentimeter rollten und dann in die andere Richtung zurückkehrten, fast wie taumelnde Betrunkene. Ihr Kopf schwirrte vom Alkohol und sie rülpste, unterhalten von dem Toaster, der gegen die Oberseite des Koffers klopfte. Auf einmal wurden die Geräte still.

Liv stieß einen riesigen Seufzer aus. »Endlich«, murmelte sie und sah sich in der Unordnung um.

»Ja und keinen Moment zu früh«, sagte Plato, duckte sich wieder unter das Regal und verschwand völlig.

Liv blickte zur Tür auf, als John den Laden betrat, wobei der Schock in seinem Gesicht stand.

Kapitel 14

»Was in Gottes Namen ist hier passiert?«, fragte John, griff mit der Hand an seine Brust und stolperte zurück.

Livs Synapsen funktionierten anscheinend im Moment nicht. Sie konnte nicht glauben, was sie getan hatte, oder dass sie John Stress bereitet hatte. Liv schüttelte die schuldvollen Emotionen ab und eilte vorwärts. »Es ist alles in Ordnung. Einige Kinder waren heute Morgen hier drin. Ich glaube, sie sind hinten eingebrochen. Sie waren in der Werkstatt, als ich hereinkam und ich habe sie weggejagt.«

John starrte ungläubig herum und betrachtete die verschiedenen kaputten Geräte. Dann, als hätten ihn seine Gedanken eingeholt, sah er Liv an und machte sich Sorgen, die Falten um seine Augen vertieften sich. »Geht es dir gut? Sie haben dich nicht verletzt, oder?«

Sie schüttelte den Kopf, von Schuld überflutet. »Es geht mir gut. Ich habe nur versucht, aufzuräumen, bevor du herkommst.«

John zeigte auf die leere Flasche, die noch in Livs Hand war. »Ich schätze, die Scheißkerle haben meinen ganzen guten Whiskey getrunken.«

Liv fand sich beim Nicken wieder, als sie ihren Mund bedeckte, damit John den Alkohol in ihrem Atem nicht riechen konnte. »Leider ja. Ich wollte das gerade in den Müll werfen.«

»Hast du schon einen Polizeibericht gemacht?«, erkundigte sich John. »Und die Tür hinten? Muss ich das Schloss reparieren?«

Liv musste ihm bald die Wahrheit sagen.... sobald sie sie besser verstand. »Nein, das ist ok. Ich habe das Schloss schon repariert. Du wirst nicht einmal merken, dass es jemand aufgebrochen hat. Und nein, ich hatte noch keine Gelegenheit, einen Polizeibericht einzureichen.«

»Diese Ganoven«, hakte John nach und zog sein Handy heraus. »Konntest du sie gut sehen?«

»Oh, ja«, sagte Liv, legte die Whiskeyflasche in den Mülleimer und nahm Besen und Kehrschaufel. Ihre dumme Magie hatte mehr als ein Dutzend Geräte zerstört. Sie musste herausfinden, wie sie das für John in Ordnung bringen konnte.

»Wie sahen sie aus? Wie viele waren es?«, fragte John, wählte die Polizei und drückte das Telefon ans Ohr.

»Es waren drei«, begann Liv. »Einer hatte kurze schwarze Haare, wie eine Schüssel geschnitten. Ein anderer hatte eine Art braunes lockiges Haar, und der letzte war kahl.«

John bedeckte das Telefon mit einer Hand. »Liv, hast du gerade die Drei Stooges beschrieben?«

Liv fegte den Boden und verdeckte ihr errötetes Gesicht. »Ich war noch im Halbschlaf, als ich in den Laden kam. Vielleicht konnte ich sie nicht so gut sehen.«

* * *

Es dauerte länger als gedacht den Laden aufzuräumen, während John mit der Polizei sprach. Es war schwer für sie, sich zu konzentrieren, während der Whiskey in ihrem Magen herumschwappte. Mit jeder Minute fürchtete sie, dass der

Alkoholgehalt nachlassen und ihre Magie wieder außer Kontrolle geraten würde. Deshalb war ihre Ausbildung entscheidend. Wenn sie die Dinge nicht bald in den Griff bekommen konnte, musste sie das Haus um Hilfe bitten. Das war allerdings das Letzte, was sie nach ihrer Unabhängigkeitsbekundung am Vorabend wollte.

»Okay, das war's«, seufzte John schwer, als er nach seinem Gespräch mit der Polizei den Laden wieder betrat.

»Was haben sie gesagt?«, fragte Liv und schüttete den Inhalt der Kehrschaufel in den Müll.

»Anscheinend gab es eine Reihe ähnlicher Vorfälle in der Gegend«, berichtete John. »Verdammte Kinder... haben nichts zu tun.«

Liv war erleichtert. Ihre Notlüge schien geklappt zu haben.

John sah sich den Mülleimer an, der mit Geräten gefüllt war, die zu kaputt waren, um sie zu reparieren und zog eine Grimasse. »Ich muss den meisten dieser Kunden für ihre Geräte etwas gutschreiben oder bezahlen.«

»Du kannst es von meinem Gehaltsscheck abziehen«, bot Liv an.

John sah sie verwirrt an. »Warum sollte ich das tun?«

»Nun, weil ich heute Morgen vielleicht ein paar Minuten zu spät war«, gab Liv eilig zurück. »Wenn ich pünktlich hier gewesen wäre, hätten die Kinder das alles vielleicht nicht getan.«

John lachte gutmütig. »Du warst in deinem Leben keinen Tag zu spät zur Arbeit. Nein, diese Dinge passieren, Liv. Wir räumen auf und es geht uns gut. Mach dir keine Sorgen.«

»Hey, John«, begann Liv, ihr Ton war vorsichtig. Sie wollte ihm alles über ihre Magie und Plato und ihre Familie erzählen – aber je länger sie zögerte, desto mehr glaubte sie, dass sie es nicht konnte. Was ist, wenn er sie ablehnte? Sie wegschob? Sie rauswarf? Nein, sie würde es ihm rechtzeitig sagen, sobald sie beweisen konnte, dass sie keine Gefahr für jemanden oder irgendetwas war. »Hast du heute deine Herzmedikamente genommen?«, fragte sie schließlich, um das Thema zu wechseln.

Er sah sie zerstreut an und nickte dann. Er zog die Pillenflasche aus seiner Jackentasche, öffnete sie und nahm eine der kleinen weißen Pillen. »Heute werde ich nicht gegen dich ankämpfen, obwohl ich mir wünschte, diese Heiden hätten mir etwas Whiskey übrig gelassen.«

Liv drehte John den Rücken zu und tat so, als würde sie eines der Regale aufräumen. *Kauf John noch mehr Whiskey*, machte sie sich eine Gedankennotiz.

»Vielleicht bringt mir Rory heute etwas mit«, sinnierte John. »Ich könnte die Arbeit hiernach gebrauchen.«

Liv drehte sich um, eine Idee kam ihr in den Sinn. »Für wie viel verkauft er sie dir?«

»Verkaufen?«, gab John zurück. »Das tut er nicht. Rory gibt sie mir einfach. Er sagt, es sind Dinge, die er auf dem Schrottplatz findet.«

»Wirklich?«, erkundigte sich Liv.

»Ja, und das meiste davon braucht nicht einmal viel Reparatur. Du kennst das von der Arbeit an diesen Sachen in der Vergangenheit«, sagte John und wedelte zu der Vitrine im Laden, wo die reparierten Geräte ausgestellt waren. »Also ist wirklich alles reiner Profit, was Rory mir bringt.«

»Erwartest du ihn heute?«, fragte Liv hoffnungsvoll.

John kratzte sich am Kopf. »Ich weiß nie, wann ich den Kerl sehen werde. Er taucht einfach irgendwann auf.«

»Nun, weißt du wo er wohnt?«

John blickte von dem Stapel von Geräten auf, die er zu durchsuchen begonnen hatte. »Ich bin mir nicht sicher. Warum willst du das wissen?«

»Ich frage mich nur, woher er seine Sachen hat«, log Liv. »Ich dachte, ich könnte ein paar Plünderungen für dich machen. Mithelfen, das auszugleichen, was heute hier passiert ist.«

John hob einen elektrischen Heizofen auf und untersuchte ihn. »Ich denke, wir können das hier retten.« Er reichte das Heizgerät an Liv. »Vielleicht kannst du versuchen, ihn zu reparieren. Und mach dir keine Sorgen, dass du etwas tun musst, um den heutigen Tag wieder gutzumachen. Es ist ja nicht so, als wäre es deine Schuld.«

Die Schuld war fast zu viel für sie. Sie griff nach dem Heizofen und biss sich fest auf die Lippe.

Der Toaster klopfte stark an die Oberseite des Vintage-Koffers und ließ den Deckel leicht aufklappen.

Livs Augen erweiterten sich bei dem Anblick. *Verdammt, was zum Teufel war mit dem verdammten Toaster los?*

John drehte sich zu dem Geräusch um und sah den Koffer misstrauisch an. »Stöbert Plato irgendwo herum?«

»Ja«, sagte Liv und ging schnell nach hinten. »Dieser unruhestiftende Kater rumort wahrscheinlich irgendwo hier rum.«

»Wohin gehst du?«, fragte John.

»Nach hinten, um diesen Heizofen zu reparieren«, sagte Liv und verschwand, bevor John protestieren konnte. Sie wussten beide, dass die besseren Werkzeuge vorne auf der Werkbank waren, aber Liv konnte es nicht riskieren, gerade jetzt bei John zu sein, da sie dann wahrscheinlich ein noch größeres Chaos anrichten würde.

Sie atmete tief durch und drückte ihre Augen zu. Der Whiskey ließ schneller nach, als sie es erwartet hätte oder vielleicht war ihre Magie so schwer zu unterdrücken.

Liv zählte von zehn herunter und stellte sich vor, wie sie mit einem Aufzug nach unten fuhr. Es war eine Technik, die sie oft benutzte, um einzuschlafen. Als sie fast im ersten Stock war, fühlte sie sich viel entspannter.

»Wirst du dich für den Rest des Tages hier hinten verstecken, oder was hast du vor?«, rief Platos Stimme und Livs Augen gingen auf.

Sie nickte dem Kater zu, der auf der überfüllten Werkbank vor ihr stand. »Ich denke, das ist der beste Plan im Moment, es sei denn du hast eine bessere Idee.«

»Alle deine Probleme auf mich zu schieben, scheint Teil deines Plans zu sein«, sagte Plato beleidigt.

»Ja, tut mir leid«, sagte Liv und benutzte einen Schraubendreher, um die Rückseite des Heizofens zu öffnen.

»Warum benutzt du nicht deine Magie, um das in Ordnung zu bringen, wie bei der Mikrowelle?«, schlug Plato Richtung Heizofen nickend vor.

»Weil ich nicht weiß, was ich tue«, argumentierte Liv. »Was ist, wenn ich es in die Luft jage oder auch die Rückseite des Ladens in eine Katastrophe stürze?«

»Was ist, wenn du es reparierst?«, konterte Plato. »Und jetzt, da du entspannt bist, scheinst du die Kontrolle zu haben. Du darfst einfach nicht zulassen, dass sich deine Emotionen wieder selbstständig machen.«

Liv sah in die Rückseite des Heizofens. »Kurzschluss... ein weiteres Gerät, das nicht gerettet werden kann.«

Die Gegenstände auf dem Tisch begannen zu zittern.

»Beruhige dich«, warnte Plato.

Livs Augen weiteten sich, als die Gegenstände auf dem Tisch anfingen, wilder herumzuspringen. Sie schloss die Augen und begann wieder von zehn rückwärts zu zählen und versuchte, die sanften Klopfgeräusche auszublenden.

Als sie erstarben, öffnete sie ihre Augen wieder, ein erleichtertes Lächeln auf ihrem Gesicht.

»Gut«, lobte Plato. »Jetzt versuche, die Energie auf die Reparatur des Heizofens zu konzentrieren.«

Liv durchbohrte das kaputte Gerät mit ihrem Blick und sah es als repariert an, wie sie es mit der Mikrowelle getan hatte. Sie fühlte, wie Energie wie Rauchfetzen aus ihr herausströmte, die Teile des Heizofens umfloss und sie veränderte.

In ihrem Kopf sah sie, wie die Heizung funktionierte. Irgendwie konnte sie tief in das Gerät blicken und beobachten, wie die Teile wieder in einen funktionierenden Zustand versetzt wurden. Es fühlte sich an, als könne sie absichtlich an mehreren Orten gleichzeitig sein. Es war brillant und inspirierend und eines der absolut erstaunlichsten Gefühle, die sie je erlebt hatte.

Funken sprangen aus dem Heizofen und zwangen Liv, mit ihrer Hand ihr Gesicht schützen. Plato sprang vom Tisch und ging wieder in Deckung. Rauch wehte aus dem Gerät, das Feuer gefangen hatte.

Liv rannte nach hinten, wo sich der Feuerlöscher befand, sie riss ihn von der Wand und kehrte zurück, als das Feuer wuchs und die Werkbank anschmorte. Sie besprühte den Heizofen und schickte weißen Schaum überall hin.

»Was ist da hinten los?«, rief John von vorne aus dem Laden.

»Nichts!« schrie Liv, stoppte den Feuerlöscher und winkte mit den Händen, um den Rauch zu verteilen.

»Rieche ich Rauch?«, fragte John besorgt.

»Verdammt. Verdammt noch mal. Verdammt«, murmelte Liv atemlos, setzte den Feuerlöscher ab und begann wieder aufzuräumen. »Nein, du wirst nur senil, alter Mann.«

»Ja, da hast du vermutlich Recht«, antwortete er mit einem Lächeln.

Liv nahm den Heizofen und warf ihn in den Mülleimer. »Ich bin heute echt zu nichts zu gebrauchen. Ich sollte einfach nach Hause gehen und aufhören, John Ärger zu machen.«

»Oder du könntest ins Haus der Sieben gehen und ihre Ausbildung annehmen«, bot Plato an, materialisierte wieder auf dem Tisch und schnüffelte vorsichtig am weißen Schaum.

Liv verzog ihr Gesicht bei der Idee. »Ich bin mir nicht sicher, ob ich schon so verzweifelt bin.«

»Oder«, sagte Plato und zog das Wort in die Länge, »du kannst versuchen, den Riesen um Rat zu bitten.«

Liv seufzte und sah auf die Stelle, an der sich der Heizofen befunden hatte. Sie war nun dauerhaft angekokelt. »Ich würde ja, aber ich weiß nicht, wie ich ihn finden soll.«

»Ich weiß, wo er ist«, sagte Plato.

Liv sah auf. »Wirklich? Warum hast du nichts gesagt? Wo ist er?«

»Vorn im Laden mit John«, sagte Plato mit einem Hauch Vergnügen in seiner Stimme.

Kapitel 15

»Warte«, sagte Liv, ging zur Tür und schaute durch das Fenster.

Rory stand tatsächlich neben John und sah sich mit einem besorgten Gesichtsausdruck im Laden um. Er war so groß, dass John seinen Kopf heben musste, um ihn anzusehen. Neben ihm befand sich eine große Kiste, aus der verschiedene Drähte über die Seite hingen.

Liv blickte vorwurfsvoll zurück zu Plato. »Warum hast du mir nicht eher gesagt, dass er hier ist?«

»Ich dachte wirklich, du könntest den Heizofen reparieren«, antwortete der Kater mit nicht wenig Schadenfreude in der Stimme.

Liv sah sich das Chaos an, das sie angerichtet hatte und die Gegenstände auf dem Tisch begannen wieder zu klappern. »Hab das nächste Mal etwas weniger Vertrauen in mich«, bemerkte sie und steckte ihren Kopf durch die Schwingtür, die die Rückseite des Ladens von der Vorderseite trennte.

»Hey«, sagte sie beiläufig und zog die Aufmerksamkeit beider Männer auf sich. »Oh, Rory, du bist hier. Ich hatte keine Ahnung.«

Der Riese starrte sie misstrauisch an und sagte kein Wort.

»Nun, da du hier bist, würde es dir etwas ausmachen, etwas für mich aus dem obersten Regal hier hinten zu holen?«, fragte Liv und zeigte hinter sie. »Es ist ganz oben im obersten Regal und ich kann es nicht erreichen.«

III

»Warum benutzt du nicht die Leiter?«, mischte sich John ein.

»Sie ist kaputt«, log Liv.

John runzelte die Stirn. »Die auch? Verdammt, dieser Laden fällt vor meinen Augen auseinander.«

»Ich werde es in Ordnung bringen«, sagte Liv. »Keine Sorge. Aber Rory, wenn ich deine Hilfe bekommen könnte, wäre das toll.«

Der Riese nickte John beruhigend zu. »Ich bin gleich wieder da. Schau die Kiste durch und sag mir, was du haben willst. Du kannst auch alles haben.«

John nickte und vertiefte sich in die Kiste vor ihm.

Liv eilte zurück in den Arbeitsbereich und begann, hin und her zu gehen. Was sollte sie zu diesem Riesen sagen? Wie konnte er ihr helfen? Sie war sich nicht sicher, aber von all den Leuten die sie kannte, war er der einzige, bei dem sie sich sicher war, dass er etwas über Magie wusste. Zumindest hoffte sie, dass ihr Instinkt damit Recht hatte. Andernfalls war sie im Begriff, sich selbst zum Narren zu machen.

Liv erstarrte, als Rory sich durch die Türöffnung duckte. Sein Blick fiel auf die Brandspuren und den Schaum auf dem Arbeitstisch und die Gegenstände, die um ihn herum schwangen.

»Ich wusste, dass ich ungebändigte Magie spüre«, sagte er mit leiser Stimme.

»Das hast du gespürt?«, fragte Liv erleichtert. »Als du hier aufgetaucht bist?«

Rory schüttelte den Kopf. »Ich habe es schon kilometerweit entfernt gefühlt. Es war, als ob eine magische Bombe hochging. Deshalb bin ich hierhergekommen.«

Livs Gesicht errötete. »Ja, anscheinend weißt du also von Magie. Das ist eine gute Sache. Ein Problem weniger.«

DIE REBELLISCHE SCHWESTER

Plato kletterte die Leiter an den hohen Regalen hinauf, setzte sich oben hin und sah gelangweilt auf sie herab.

Rory starrte den Kater einen Moment lang an, bevor er Liv ansah. »Also brauchst du meine Hilfe nicht, um etwas von oben zu holen?«

Liv drehte ihre Finger zusammen und versuchte, den besten Ansatz zu finden. »Nein, ich muss ein Geständnis machen und ich brauche deine Hilfe.«

»Abgesehen davon, dass du diejenige bist, die den Laden zerstört hat und dass dein Kater mit den Leuten spricht?«, erkundigte sich Rory und sah überhaupt nicht beeindruckt aus.

Plato hob seine Pfote und leckte sie. »Ich rede nur mit Liv, nicht mit den Leuten.«

»Ja, außerdem«, sagte Liv kleinlaut und betrachtete die Objekte, die weiterhin auf dem Tisch vibrierten.

Rory verschränkte seine großen Arme vor seiner Brust und runzelte die Stirn. »Dann leg mal los.«

Liv atmete langsam ein, beim Ausatmen beruhigten sich die Werkzeuge ein wenig und machten nicht mehr so viel Lärm. »Also, wie sich herausstellte, bin ich ein Magier und habe gerade meine Magie freigeschaltet bekommen. Ich habe keine Ahnung, wie man sie benutzt und ich brauche dringend jemanden, der mir helfen kann. Ansonsten fürchte ich, ich werde diesen Laden zerstören.«

Rory sah sich die Brandspuren auf dem Tisch an. »Ich fürchte, du wirst es noch schlimmer machen. Wenn du so weitermachst, zerstörst du vielleicht halb Los Angeles.«

Liv erzwang ein Lachen. »Jetzt lass uns nicht übertreiben.«

Die Schrauben rollten alle auf einmal vom Arbeitstisch und hüpften auf dem Boden wie mexikanische Springbohnen. Rory sah sie herausfordernd an.

Liv fuhr mit ihren Fingern nervös durch ihr Haar. »Ja, nun, vielleicht bin ich etwas außer Kontrolle. Es ist nur so, dass ich nicht an meine Magie gewöhnt bin und anscheinend wird sie durch meine Emotionen beeinflusst.«

Rory nickte. »Und was willst du von mir?«

»Ich habe mir gedacht, dass du vielleicht, da du eine magische Kreatur bist…«

Er hustete kurz.

»Magische Person«, korrigierte sie, aber der Ausdruck auf seinem Gesicht wurde nicht weicher. »Wie auch immer, ich kenne mich damit nicht gut aus, aber ich dachte, du könntest mich vielleicht an jemanden weiterleiten, der mir helfen kann.«

»Dir helfen, was genau zu tun?«, fragte Rory.

»Mich trainieren, meine Magie gefahrlos zu benutzen«, antwortete Liv.

»Warum fragst du gerade mich das?«, erkundigte sich Rory. »Wenn du ein Magier bist, der gerade seine Magie freigeschaltet hat, hast du Zugang zum Haus der Sieben. Sie werden dich sicher ausbilden.«

Liv schüttelte den Kopf. »Das ist es ja gerade. Ich will ihre voreingenommene Hilfe nicht.«

Zum ersten Mal überhaupt verschwand der skeptische Ausdruck auf dem Gesicht des Riesen. Eine Gemeinsamkeit schien die beiden zu verbinden. »Also bist du nicht im Haus der Sieben?«, fragte Rory.

Liv sah auf den Boden hinunter. Riesen waren keine Fans des Hauses der Sieben. Liv wollte Rory alles erzählen, aber sie kannte ihn nicht gut genug, um zu wissen, ob er sie sofort ablehnen würde. Sie musste das sorgfältig behandeln. »Es ist kompliziert«, gab sie zu.

»Warum war deine Magie blockiert?«, hakte Rory nach.

»Ich wollte sie nicht und ich gab sie auf, damit ich nicht dem Haus unterstehen musste«, sagte Liv. Es war keine Lüge, aber es war nicht die ganze Wahrheit.

»Und jetzt?«, fragte Rory.

»Nun, *du* hast Magie, oder?«

Er blinzelte sie unwillig an und beantwortete die Frage nicht.

Liv hustete. »Richtig. Ja, natürlich tust du das. Und du weißt, wie viel besser dein Leben damit ist. Ich habe beschlossen, meine Magie anzunehmen.«

»Aber du hast offensichtlich keine Ahnung, was du damit anstellst«, betonte Rory und deutete zum Laden.

»Ich weiß, was ich tue«, argumentierte Liv. »Ich weiß einfach nicht, wie ich es kontrollieren soll.«

Rory sah sie skeptisch an.

Liv wurde weicher. »Okay, gut. Ich weiß nicht, was ich tue. Deshalb brauche ich deine Hilfe. Kennst du jemanden, der mich ausbilden kann? Ich habe kein Geld, aber ich kann im Austausch für Hilfe arbeiten.«

»Diejenigen, die ich kenne, würden nichts im Austausch für Hilfe wollen«, antwortete Rory. »Einen Magier davon abzuhalten, seine Kräfte zu missbrauchen, wäre ihnen genug.«

»Wow, also wirst du mich zu jemandem schicken, der sich mit Magie auskennt? Sind sie gut ausgebildet? Wo kann ich sie finden?«

Rory betrachtete sie für einen Moment und nickte dann. »Ja, sie sind die besten, die ich für die Ausbildung kenne, aber ich weiß, dass man, wenn man mit ihnen zusammenarbeiten will, alles ernst nehmen muss, was sie sagen.« Er sah die Gegenstände an, die auf dem Tisch herumklirrten. »Du wirst daran arbeiten müssen, dich selbst zu disziplinieren, oder ich vermute, dass sie dich nicht weiter trainieren werden.«

Liv nickte. »Ja, das kann ich machen. Ich werde alles tun, was nötig ist. Sag mir einfach, wo ich diese Person finden kann.«

Rory steckte seine Hand in seine Hosentasche und zog ein zerrissenes Stück Papier heraus. Er gab es Liv. »Hier ist die Adresse. Du kannst sie dort finden.«

Sie rollte es aus und war verwirrt. »Warte, da ist nichts drauf. Es ist leer.«

Rory nickte. »Finden Sie diese Person heute gleich nach der Arbeit. Sobald du losgefahren bist, erscheint die Adresse auf dem Papier.«

»Oh, wie Magie?«, fragte Liv lachend.

Rory wirkte nicht amüsiert. »Und in der Zwischenzeit halte dich von der Elektronik fern.«

Liv starrte ihn entgeistert an. »Ähm, wie soll ich das machen? Ich arbeite in einer Elektronikwerkstatt.«

Rory sah die Werkzeuge an, die zum Rand des Tisches hin wippten, um dann über die Seite zu springen. »Ich werde John sagen, dass du im hinteren Büro bist und heute an der Buchhaltung arbeitest.«

Liv fühlte sich besser, das war eine gute Ausrede. »Wir *sind* mit den Akten und so im Rückstand.«

»Ja, Papier ist gut«, meinte Rory. »Geh nur nicht in die Nähe von elektronischen Geräten. Sie leben von ungezügelter Magie.«

Liv nickte und ging zum Büro, das vollgestopft war mit überfälligen Rechnungen und anderen Belegen. Als sie fast vor der Tür stand, hielt sie inne. »Oh, und diese Person, die ich später treffe... wie heißt sie?«

Rory sah unsicher auf den Boden hinunter. »Ich werde ihr sagen, dass sie dich erwarten soll. Sie kann sich selbst vorstellen.«

Kapitel 16

Für den Rest des Tages verließ Liv das Büro nicht. Zu ihrer Erleichterung ereignete sich kein weiteres seltsames Unglück im Zusammenhang mit ihrer Magie. Als Bonus fand Liv einen Rabatt, den John vergessen hatte einzulösen sowie drei Kunden, die sie nicht abgerechnet hatten. Das gefundene Geld deckte mehr als den Schaden, den sie dem Laden zugefügt hatte. Sie fühlte sich nicht wirklich besser, aber es milderte die Schuld ein wenig.

Als Liv das Büro verließ war sie erleichtert, dass der Bereich, in dem die Verbrennungsspuren von dem Heizofen gewesen waren, nun unberührt aussah. Auf dem Tisch, neben einer Reihe von übersichtlich angeordneten Werkzeugen, saß der Heizofen und sah so gut wie neu aus. Liv wagte es nicht, näher an den Arbeitsplatz zu kommen. Stattdessen wich sie zum Ausgang zurück.

»Ich gehe los, John«, rief Liv nach vorne zum Laden.

»Bis morgen«, antwortete dieser und steckte seinen Kopf durch die Schwingtür. »Oh, und gute Nachrichten. Sie haben die Ganoven schon erwischt.«

»Was? Die Ganoven?«, fragte Liv entgeistert und hielt vor der Tür inne.

John nickte stolz. »Sie leugnen, hier eingebrochen zu haben, geben aber zu, dass sie noch viele andere Probleme in der Gegend verursacht haben. Die Polizei sagt, unser Bericht hat sie auf ihre Spur gebracht, gut gemacht.«

Liv nickte und pflasterte ein falsches Lächeln auf ihr Gesicht. »Das ist großartig. Nun, wir sind für heute fertig. Pass auf dich auf und bleib nicht die ganze Nacht hier.«

»Oh, ich muss heute Abend überhaupt nicht lange arbeiten«, sagte John und ging in Livs Richtung »Rory hat für mich aufgeräumt, als ich zum Mittagessen ging. Als ich zurückkam, war der Laden makellos. Ich will eigentlich nichts vorne machen, ich habe solche Angst, dass ich die Ordnung wieder durcheinander bringe.«

Liv lachte. »Ja, halte es so lange wie möglich sauber.«

»Und die Geräte, die Rory mir brachte, waren alle einwandfrei«, fuhr John fort, »was mir die Arbeit erleichtert. Ich habe sie einfach in das Verkaufsregal gelegt und sie alle im Handumdrehen verkauft.«

Diesmal lächelte Liv wirklich. »Nun, dann war es doch kein so schlechter Tag.«

»Der beste, den ich seit einer Weile hatte«, sagte John zu ihr.

»Das ist wunderbar.« Liv strahlte. »Und das Büro ist auch sauber und ich habe einige überfällige Rechnungen gefunden. Der Bericht liegt auf deinem Schreibtisch.«

John blickte in sein Büro, sein Gesicht erhellte sich, was ihn jünger aussehen ließ. »Oh, schau mal da. Die Oberseite meines Schreibtisches ist hellbraun. Ich habe sie so lange nicht mehr gesehen, dass ich es vergessen hatte. Ich kann nicht glauben, dass du heute so viele Fortschritte gemacht hast.«

Liv sah auf Plato herab. »Ich hatte Hilfe.«

John kicherte und hob den Bericht an der Ecke seines Schreibtisches auf. Seine Augen weiteten sich, als er die Gesamtsumme las. »Stimmt das?«

Liv nickte. »Ja, und es war nur Geld, das darauf wartete, gefordert zu werden.«

Die Rebellische Schwester

»Nun, das werde ich«, erklärte John und lachte ſtärker. »Es iſt, als hätte ich Glück. Vielleicht renoviere ich deine Wohnung mit einem Teil von dem Geld.«

Liv schüttelte den Kopf. »Nein, bitte nicht. Ich mag meine Wohnung so wie sie iſt. Aber der Laden könnte ein schöneres Schild gebrauchen.«

John ſtimmte mit einem Nicken zu. »Dann wird es ein neues Schild geben.«

Liv winkte John zu, als sie und Plato hinten aus dem Laden in die überfüllte Gasse gingen. Vielleicht wäre das morgen ihr Job: die alten Kiſten und den Müll, den sie dorthin geworfen hatten, aufzuräumen. Alles, um sie von der Elektronik fernzuhalten und um John kein weiteres Mal Unordnung zu verursachen. Bislang war aus dem Vorfall an diesem Morgen jedoch kein wirklicher Schaden entſtanden. Ganz im Gegenteil. Und hoffentlich würde derjenige, zu dem Rory Liv geschickt hatte, ihr helfen, damit sie nie wieder die Kontrolle über ihre Magie verlor.

* * *

Liv schaufelte sich einen Löffel Makkaroni mit Käse in den Mund und ſtarrte auf das Stück Papier, das Rory ihr gegeben hatte. Es war immer noch leer.

»Wann wird es mir die Adresse zeigen?«, fragte Liv grübelnd und aß an der Küchentheke, die als ihr Schreibtisch und Essbereich fungierte. Sie hatte nichts gegen die kleine Wohnung, denn sie konnte ihre Heimſtatt in weniger als fünfzehn Minuten komplett reinigen. Außerdem musste sie nur drei Meter von ihrem Bett zum Waschbecken gehen, um mitten in der Nacht einen Schluck Wasser zu holen.

»Er sagte, dass die Adresse erscheinen wird, wenn du aufbrichst«, bemerkte Plato und aß auch an der Küchentheke. Seine Schüssel mit Futter war fast leer.

»Ja, aber woher weiß ich, welchen Weg ich gehen soll?«, hakte Liv nach.

»Ich würde dafür stimmen, in die ländlichere Richtung zu gehen, um zu vermeiden, dass Elektronik aus Versehen ausgelöst wird«, riet Plato.

Liv blickte auf den Schrank, in dem sie die meisten ihrer Geräte aufbewahrte seit sie ihre Studiowohnung bezogen hatte. »Das ist wahrscheinlich ein guter Plan.«

Sie stopfte sich den letzten Bissen Makkaroni in den Mund und fühlte sich viel hungriger als sonst. Zu ihrer Überraschung war sie immer noch hungrig obwohl sie eine ganze Schachtel Makkaroni mit Käse gegessen hatte. Liv öffnete ihren Kühlschrank und verschaffte sich einen Überblick über die erbärmlichen Optionen: drei Käsestäbchen, ein Beutel mit Karotten und ein Glas Gurken.

»Ich muss echt mal wieder einkaufen gehen«, meckerte sie, knallte die Kühlschranktür zu und öffnete die Speisekammer.

»Und wann wirst du das tun? Nachdem du heute deine magische Lektion gehabt hast, aber vor deiner ersten Schicht als Krieger für das Haus der Sieben?«, erkundigte sich Plato, der mit seinem Essen fertig war und ziemlich zufrieden aussah.

Liv öffnete die Speisekammer und ein Lächeln erschien auf ihrem Gesicht. Sie griff mit Freude nach dem Beutel mit Doritos. »Treffer! Ich dachte eigentlich, ich hätte die schon gegessen.«

Plato leckte sein Maul und reinigte sich nach dem Essen. »Warum besteht der größte Teil deiner Ernährung aus Käse?«

Liv öffnete den Beutel und inhalierte den herrlichen Duft von Milchpulver und Gewürzen. »Ich bin ein Cheesetarier.«

»Das Wort gibt es nicht«, kommentierte Plato trocken.

»Eine Katze die widerspricht sollte es eigentlich auch nicht geben«, gab Liv mit vollem Mund zurück.

»Zurück zum Gespräch über deinen Zeitplan und den Mangel an Zeit, um richtig einzukaufen«, begann Plato.

Liv schob drei Chips auf einmal in ihren Mund und zwickte dabei die Seiten ihres Mundes, um sie alle hineinzubekommen.

»Ich denke, du solltest deine Prioritäten überdenken.«

»Du hast nur Angst, dass ich keine Zeit habe, Katzenfutter zu kaufen«, neckte Liv.

Plato schüttelte den Kopf. »Es könnte dich überraschen, zu wissen, dass ich nicht auf dein Füttern angewiesen bin. Es ist einfach eine Sache, die ich dich großzügigerweise tun lasse.«

»Das überrascht mich überhaupt nicht«, sagte Liv und leckte ihre Finger ab. »Du erscheinst magisch regelmäßig und vermeidest es, mir zu sagen, wo du warst, und du weißt Dinge, die die meisten Magier, mit denen ich aufgewachsen bin, nicht einmal ahnen. Ich bin sicher, du kannst dich selbst ernähren und viele andere Dinge tun, von denen du mir nichts gesagt hast.«

»Ich handle mit Aktien, während du schläfst«, gab Plato zu. »Na, bist du glücklich? Ich habe ein Geheimnis über mich preisgegeben.«

Liv lachte. »Ich glaube nicht eine Sekunde lang, dass du bezüglich des Aktienhandels lügst, aber ich fürchte, dass es nur die Oberfläche deiner mysteriösen Fassade ankratzt.«

»Also, zurück zu deiner Arbeitsbelastung«, sagte Plato. »Aufträge als Krieger werden große Teile deiner Nächte und möglicherweise der Tage in Anspruch nehmen.«

Liv schaute in den einstmals vollen Beutel Doritos, nur um dort nur noch wenige Chips am Boden zu finden. *Wo waren sie alle so schnell hingekommen?* Sie runzelte die Stirn und sah den Kater an. »Ja, und?«

»Und du wirst auch tagsüber trainieren müssen«, begründete Plato.

Liv hatte die Krümel am Boden des Beutels aufgenommen. »Das sagtest du bereits, aber was meinst du damit?«

»Also, du solltest ernsthaft in Betracht ziehen, deine Stunden im Elektronikgeschäft zu reduzieren oder ganz aufzugeben.«

Liv starrte den Kater geschockt an. »Nun, es sieht so aus, als hätte ich aus Versehen dein Futter vergiftet und das Ergebnis ist, dass du deinen verdammten Verstand verloren hast.«

Plato schüttelte den Kopf. »Ich denke, es ist eine Überlegung wert.«

Liv zerknüllte den leeren Beutel und fühlte sich immer noch seltsam hungrig. Sie schnappte sich einen Becher vom Waschbrett und füllte ihn unter dem Wasserhahn. »Ich werde nicht aufgeben. Außerdem brauche ich diesen Job.«

»Das tust du eigentlich nicht«, argumentierte Plato. »Du hast vielleicht keine formelle Vereinbarung mit dem Haus unterzeichnet, aber Krieger haben ein angenehmes Leben. Du hast den Vorteil des Lebens im Haus der Sieben abgelehnt, aber du wirst trotzdem einen stattlichen Lohn für die Fälle erhalten, an denen du arbeitest.«

Liv rollte mit den Augen. »Im Haus der Sieben zu leben ist kein Vorteil. Es ist voll von muffigen Magiern, die denken, dass sie besser sind als alle anderen.« Sie sah sich liebevoll in ihrer winzigen Studiowohnung um, die mit Aquarellen und Acrylbildern dekoriert war, die sie bei Straßenhändlern gekauft hatte. Ihr Sofa und ihr Couchtisch waren aus zweiter Hand von dem indischen Mann, der früher unter ihr gelebt hatte. Das Sofa war in gutem Zustand, mit Stoff bezogen mit einem Muster aus Pastellfedern. Der Couchtisch sah noch brandneu aus und auf der Oberfläche war ein Traumfänger abgebildet. Darunter waren die Worte: ›Du bist frei geboren, um alles zu sein, wovon du träumst.‹

Der Mann hatte die Möbel an Liv für einen halben Liter Sahneeis mit Keksen und einen Beutel mit Fruchtdrops verkauft. Es war alles, womit sie ihn bezahlen konnte, aber er hätte es ihr wahrscheinlich auch kostenlos gegeben weil er die Möbel vor seinem unerwarteten Umzug loswerden wollte. Allerdings nahm Liv keine Almosen, also hatte sie darauf bestanden, dass sie *etwas* bezahlte. Sie wünschte sich zwar, sie hätte jetzt noch diesen halben Liter Eiscreme, aber sie liebte ihr Sofa, das sich zu einem klobigen Bett auseinander klappen ließ.

»Außerdem hat das Haus nicht den gleichen Charme und Charakter wie meine Wohnung«, fuhr Liv fort.

»Es gibt einen riesigen schwarzen Abgrund und einen Saal mit einer geheimen Sprache«, argumentierte Plato. »Ich würde sagen, es hat viel Charakter.«

»Und egal, wie viel ich als Krieger verdiene, ich brauche immer noch den Job, um für John zu arbeiten«, bestand Liv darauf. »Es gibt mir das Gefühl, dass ich einen Ort habe, an den ich gehöre.«

»Du bist jetzt ein Krieger für das Haus der Sieben, die angesehenste Organisation von Magiern der Welt«, sagte Plato. »Ich würde sagen, du hast einen Ort, zu dem du gehören kannst. Wenn du nur willst.«

»Sie sind ein Regierungsorgan, genau wie ein Haufen Politiker in einem stickigen Senatsgebäude«, sagte Liv und nahm einen Schluck Wasser.

»Dann kündigst du also nicht deinen Job?«, hakte Plato nach, aber in seinen Augen war plötzlich etwas anderes – vielleicht ein Funke Unfug.

»Auf keinen Fall«, sagte Liv. »Ich muss nur dafür sorgen, dass alles funktioniert.«

»Ich dachte mir, dass du das sagen würdest«, verkündete Plato und sprang von der Arbeitsplatte herunter.

Livs Mund fiel auf. »Warum hast du dann gefragt?«

»Nur um zu sehen, ob dir die Magie schon zu Kopf gestiegen ist.« Plato blickte von der Wohnungstür aus zu ihr zurück. »Nun, gehen wir jetzt oder nicht? Wir sollten diesen mysteriösen Lehrer nicht warten lassen.«

Liv schüttelte den Kopf über den Kater und nahm das leere Stück Papier. »Ja, ich bin bereit.«

Kapitel 17

»Du willst mich wohl verarschen?«, murmelte Liv und las die Adresse auf dem kleinen Stück Papier.

»Ist es weit weg?«, erkundigte sich Plato und sah sie vom Boden aus an.

Sie schüttelte den Kopf und gab ihm einen kurzen Blick auf das Papier.

»Ich kann es nicht sehen«, sagte Plato.

»Oh, nun, es ist...«

»Sprich die Adresse nicht aus«, warnte der Kater und unterbrach sie. »Es liegt ein Zauber auf dem Papier, so dass nur die Person, der es gegeben wurde, es lesen kann. Wenn diese Person dann die Adresse teilt, vergessen es beide automatisch.«

Liv runzelte die Stirn. »Ich habe noch nie von so einer Magie gehört.«

Plato nickte. »Die Riesen und andere magische Kreaturen haben eine andere Art, ihre Magie zu nutzen. Sie ist an verzauberte Objekte gebunden.«

»Nun, ich hoffe, zu wem auch immer mich Rory schickt, weiß von der Magie der Magier«, sagte Liv, schritt den Bürgersteig entlang und folgt der Karte in ihrem Kopf. Sie hatte die letzten fünf Jahre damit verbracht, diese Stadt zu erkunden und sich in die meisten ihrer Kuriositäten zu verlieben. Sie war nicht an einem bestimmten Ort gewesen, als sie im Haus der Sieben lebte, da das Haus kein Teil von irgendwo war, sondern seine eigene Position hatte, wie eine unabhängige Stadt. Nachdem sie dort rausgekommen war, war es schön gewesen, Los Angeles zu erkunden und ihre Identität in den vielen fremden Stadtteilen zu finden.

Liv kam um eine Ecke und hielt inne. Die Straße war dunkel, hohe Bäume säumten den Bürgersteig und beschatteten den größten Teil der Fläche. Sie blickte zu den ausgebrannten Straßenlaternen und wünschte sie würden leuchten. Auf der Straße schlurften Obdachlose herum, schoben Wagen oder schlugen neben verschiedenen Gebäuden ein Nachtlager auf.

»Du hast keine Angst, oder?«, fragte Plato flüsternd.

Liv verspottete ihn. »Sprich für dich selbst, du Angsthase.«

»Ha-ha, sehr witzig.«

Hinter einem der Bäume taumelte eine Gestalt heraus – ein Mann, der zuviel Kleidung und eine Strickmütze trug, die eines seiner Augen verdeckte. In einer Hand hielt er eine Flasche Schnaps und die andere griff nach Liv. »Hey, Liebling. Was führt dich hierher? Suchst du etwas Spaß?«

Liv sprang einige Meter zurück. Der Obdachlose hatte den stummen Hinweis allerdings nicht verstanden und kam schnell auf sie zu. Liv hob ihre Hand, um ihn aufzuhalten. »Alter, wenn du noch einen Schritt näher kommst, trete ich dir in die Eier.«

Sie wusste nicht wirklich, wie man einen solchen Angriff durchführt, aber sie wusste, wie man Blödsinn redet. Das war besser, als zu wissen, wie man kämpft, dachte sie.

»Ehrlich, ich versuche nur freundlich zu dir zu sein, Schätzchen«, sagte der Mann mit einem grollenden Lachen.

»Nimm dein freundliches Verhalten und steck es dir woanders hin«, entgegnete Liv und Hitze begann sich in ihrer Brust zu sammeln.

»Oh, Leute, schaut mal, wir haben hier eine Temperamentvolle«, rief der Mann.

DIE REBELLISCHE SCHWESTER

Hinter ihm bewegten sich weitere Gestalten und als sie in Sicht kamen waren es zwei Männer, die in ihrer bauschigen, schmutzigen Kleidung dem ersten ähnlich sahen und sie gierig anstarrten.

Verdammt und zur Hölle, dachte Liv und ging noch einen Schritt zurück. Sie sah sich nach Plato um und war nicht wirklich überrascht, als sie feststellte, dass er sich in Luft aufgelöst hatte. *Muss schön sein, das zu können.*

»Komm jetzt her, Liebling, und erzähl mir, was ein nettes Mädchen wie du hier in so einer Gegend macht.«, schlug der Mann vor, bevor er einen langen Schluck aus seiner Flasche nahm. Er gab den Alkohol dem Mann neben sich und taumelte in Livs Richtung.

Sie duckte sich nach unten und glitt zur Seite, als der Typ auf sie zusprang, stolperte und von dem Schwung auf den Bürgersteig fiel. Einer der anderen Männer griff nach ihr, aber sie drehte sich schneller zur Seite als er, rammte ihre Schulter hart in seine und schubste ihn in den dritten. Als sie kollidierten, fiel die Flasche aus den Händen des Mannes und zerbrach auf dem Boden.

Der Obdachlose, der auf den Bürgersteig gefallen war, stand mit wütendem Gesicht langsam auf. Er beugte sich vor und hob ein Stück der zerbrochenen Flasche auf und bedrohte damit Liv. »Jetzt schau, was du getan hast«, sagte er wütend. »Dafür wirst du bezahlen müssen.«

Die drei Männer drängten sich um Liv herum und kesselten sie mit den Bäumen und Gebäuden hinter ihr ein.

Sie hielt ihre Fäuste hoch und war bereit, dem ersten Mann auf sein gutes Auge zu schlagen, wenn er einen weiteren Schritt nach vorne machte.

Aus den Schatten kam ein lautes Knurren, als ob sich ein riesiger Löwe im Dunkeln versteckte.

Die Männer erstarrten alle und sahen sich gegenseitig an.

»Was war das?«, fragte der Mann in der Mitte.

Wieder klang das Knurren, diesmal lauter als vorher. Ein Mann stolperte zurück. Ein anderer klatschte sich die Hände an die Ohren und versuchte, das Geräusch der drohenden Gefahr zu blockieren. Der Anführer wirbelte herum und rannte zur Ecke, wo die Straßenlaternen noch funktionierten, die anderen direkt hinter ihm.

Liv atmete erleichtert aus, dankbar, dass sie sich nicht die Hände an den Gesichtern dieser Männer verletzen musste. Sie hätte es getan und vielleicht hätte sie verloren, aber sie wäre nicht zurückgewichen.

Liv drehte sich zum Schatten und verschränkte ihre Arme über der Brust. »Und ich dachte schon, du hättest mich im Stich gelassen.«

Plato schlenderte mit einem selbstgefälligen Gesichtsausdruck aus der Dunkelheit. »Das würde ich nie tun. Ich dachte nur, es wäre hilfreich, wenn man mich nicht sieht.«

»Danke. Und gut mitgedacht«, sagte Liv und blickte sich um. Sie zeigte auf ein winziges Haus am Ende des Blocks. »Ich glaube, das ist der richtige Ort.«

»Wie charmant«, sagte Plato und sah sich das Gebäude an. Es befand sich zwischen einem verlassenen Lebensmittelladen und einem rostigen Lagerhaus.

Das Haus hatte sich in diesem überwiegend industriell geprägten Gebiet gehalten, während der Rest des Stadtteils mit Gebäuden überfüllt war, die so aussahen, als wären sie kurz vor dem Einstürzen. Obwohl das kleine Häuschen früher wahrscheinlich niedlich gewesen war, brauchte es im Moment frische Farbe. Die Hälfte der Veranda sah einsturzgefährdet aus. Die Straße vor dem Haus war dunkel, aber das Haus strahlte hell, jedes Fenster war beleuchtet.

Liv blickte Plato zaghaft an. »Nun, Hänsel, bereit, möglicherweise Kuchen zu werden?«

»Sicher und keine Sorge, das werde ich nicht zulassen«, antwortete er ruhig. »Ich stehe hinter dir.« Platos Körper flackerte und er verschwand.

Liv seufzte. »Danke, aber ich würde mich besser fühlen, wenn du hier geblieben wärst.«

Obwohl Plato nicht antwortete wusste Liv, dass er in ihrer Nähe war.

Sie hielt inne und blickte auf das eigenartigerweise gewöhnliche Haus in seiner bizarren Lage. *Okay, wird schon schiefgehen,* dachte sie und fühlte sich nach dem langen Tag plötzlich erschöpft. Liv schüttelte das ab und stieg vorsichtig auf die Veranda, aus Angst, dass sie durch die Bodenbretter brechen könnte.

Sie hatte die Hand schon angehoben, um an die Tür zu klopfen als diese ein paar Zentimeter geöffnet wurde und ein grünes Auge, teilweise von lockigen braunen Haaren umrahmt, von oben auf sie herabschaute.

Rory zog die Tür ganz auf, um seine große Gestalt zu enthüllen, die gebeugt war, um nicht mit dem Kopf an die niedrige Decke zu stoßen. Er blickte an Liv vorbei und schüttelte den Kopf. »Wayne und seine Freunde sind harmlos. Du hättest sie nicht erschrecken müssen.«

Liv schaute über ihre Schulter, bevor sie den Riesen ansah. »Er hat mich belästigt. Ich habe mich selbst geschützt.«

»Sich selbst zu schützen bedeutet eigentlich eher, Ärger zu vermeiden, als sich den Weg aus ihm herauszukämpfen«, sagte der Riese, trat zurück und streckte seinen langen Arm aus, um Liv im Haus willkommen zu heißen.

Sie trat vorsichtig über die Schwelle und erwartete, dass sich das Haus zu etwas Großartigem öffnet, wie es das

Haus der Sieben tat, obwohl es äußerlich wie ein heruntergekommener Laden aussah. Allerdings sah das Häuschen völlig normal aus, als sie eintrat. Eigentlich sah es so aus, als gehörte es einer Großmutter mit seinen alten, gemütlichen Möbeln, die mit handgestrickten Decken verziert waren.

An den Wänden hingen Ölgemälde von Pferden, die auf grünen Feldern grasten und Kätzchen, die sich vor schneebedeckten Fenstern zusammenrollten. Auf den Kaffee- und Beistelltischen lagen kunstvolle Deckchen und auf ihnen standen zierliche Lampen mit Pastellschirmen.

Liv sah sich immer noch um, als Rory in das Wohnzimmer kam, in dem die Decke etwas höher war als im Eingangsbereich und er deshalb richtig stehen konnte. Er setzte sich in einen Sessel und ließ die Federn ächzen.

»Nun, willst du zuerst eine Tour oder können wir endlich anfangen?«, fragte Rory und sah sie skeptisch an, als sie die Einrichtung des Wohnzimmers studierte.

Liv blinzelte ihn überrascht an. »Du? *Du* bist derjenige, der mich ausbilden will meine Magie zu benutzen?«

»Was hast du erwartet, einen Magier?«, erkundigte sich Rory.

»Nun, ich dachte nur... ich meine, ich wusste es nicht. Und du hast mir keine Informationen gegeben.«

»Und du fragst dich zweifellos, ob ein Riese gut genug ist, um dir, einem Magier, beizubringen, wie man seine Magie einsetzt«, meckerte Rory, ein Hauch von Verärgerung in seiner Stimme.

»Das habe ich nicht gesagt«, protestierte Liv. »Ich weiß einfach nicht, wie das funktioniert.«

Rory sah sie unsicher von der Seite an. »Was ist mit deinen Eltern? Du hast deine Magie von ihnen bekommen. Warum bilden Sie dich nicht aus?«

Liv schluckte. »Sie sind tot.«

Rory nickte, fast so als hätte er diese Antwort erwartet. »Und deine andere Familie? Großeltern, Tanten, Onkel?«

Liv schüttelte den Kopf. »Ich habe zu keinem von ihnen Kontakt.«

Rory schürzte seine breiten Lippen. »Irgendwas stimmt bei all dem nicht. Du hast kürzlich deine Magie freigeschaltet bekommen, aber warum? Normalerweise macht ein Magier das nicht freiwillig. Hast du Probleme mit dem Haus der Sieben oder etwas in der Art?«

Liv sah hinter sich zur Tür und fragte sich, ob sie einfach gehen sollte. Die feindlichen Untertöne, die sie von Rory wahrnahm, ließen sie sich nicht wirklich willkommen fühlen.

»Was ist das an deiner Hand?«, fragte Rory und schnellte von seinem Sessel hoch, was den Boden laut knarren ließ.

Liv zog ihre Hand an ihre Brust und bedeckte den Ring mit ihrer anderen Hand. »Es ist nichts. Nur einen Ring, den ich gefunden habe.«

Rory verengte seine Augen und streckte seine riesige Hand auf eine fordernde Weise aus. »Lass mich dieses ›Nichts‹, diesen Ring sehen, den du gefunden hast.«

Liv überlegte, wieder aus dem kleinen Häuschen zu verschwinden, aber dann blieb ihr nur eine Möglichkeit zum Training. Stattdessen hob sie ihr Kinn an und streckte stolz ihre Hand aus. Das würde nur funktionieren, wenn sie sich eingestehen würde, wer sie war und instinktiv wusste sie das.

Rorys Blick senkte sich und er knurrte, als er den großen Ring sah. Er sah missbilligend zu ihr auf. »Du bist eine der Sieben.«

Liv schüttelte zuerst den Kopf, korrigierte sich dann aber selbst. »Das bin ich, aber erst seit gestern Abend. Meine

Geschwister wurden kürzlich getötet und das brachte mich in die Position des Kriegers. Ich habe entschieden, die Rolle zu übernehmen. Sie gaben meine Magie frei, damit ich den Platz meiner Familie im Haus schützen kann.«

Wieder knurrte Rory, stampfte zurück zum Stuhl und nahm Platz. »Warum würdest du, ein potentieller Royal, in einer Studio-Wohnung leben und für John arbeiten? Warum war deine Magie überhaupt erst blockiert? Hast du etwas falsch gemacht?«

Liv seufzte. »Ja. Ich habe das Haus herausgefordert und ihnen gezeigt, dass mir ihr Umgang mit dem Tod meiner Eltern so gar nicht gefällt. Als ich von dieser Institution die Nase voll hatte, habe ich meinen Platz innerhalb des Hauses aufgegeben. Weil meine Familie aber zu den Gründern gehört beschlossen sie, meine Magie zu blockieren als ich sie verließ.«

Rory nickte. »Das macht Sinn. Das Haus würde nicht wollen, dass ein mächtiger Magier mit Tendenz zur Rebellion Magie zur Verfügung hat.«

»Nun, es war *meine* Entscheidung«, argumentierte Liv. »Ich wollte nichts mit Magie zu tun haben. Ich wollte so weit wie möglich davon entfernt sein.«

»Bis jetzt«, sagte Rory.

Liv atmete kräftig aus. »Ich kann nicht ewig vor mir selbst weglaufen. Selbst als meine Magie blockiert war, fand sie immer noch Wege irgendwie durchzukommen.«

Rory runzelte die Stirn. »Bist du dir da sicher? Das Haus hat die Kräfte eines Magiers eigentlich immer fest im Griff.«

Liv nickte. »Ja, ich dachte, ich würde meinen Verstand verlieren, aber Plato kann bestätigen, dass ich sie mehrmals benutzt habe.«

»Ich glaube dir«, gab Rory zu. »Ich wusste, dass ich schon früher etwas Magisches an dir gespürt habe.«

»Also, kannst du mir helfen?«, fragte Liv. »Ich kann nicht zulassen, dass sich das von heute morgen wiederholt. Ich spüre, wie die Energie der Magie in mir fließt und ich musste alles geben, um sie heute Nachmittag nur ansatzweise in Zaum zu halten. Ich habe das Gefühl, dass sie explodieren könnte, wenn ich nicht vorsichtig bin.«

Der Riese betrachtete Liv für einen langen Moment und schüttelte den Kopf. »Ich weiß nicht. Einem abtrünnigen Magier zu helfen, seine Magie unter Kontrolle zu bekommen, ist eine Sache. Einem Krieger aus dem Haus der Sieben zu helfen, eine ganz andere.«

»Ich verstehe, dass das Haus seine Macht missbraucht und ein System eingerichtet hat, das hauptsächlich Magiern dient«, begann Liv. »Meine Eltern kämpften jahrelang gegen viele dieser Praktiken. Ich habe von klein auf gesehen, dass das Haus Gesetze zwar geschaffen, aber nicht der Gerechtigkeit gedient hat. Es ist nicht dasselbe und ich garantiere, dass ich nicht wie der Rest von ihnen bin.«

»Aber du arbeitest jetzt für sie«, antwortete Rory kalt.

»Ja, nun, ich dachte, wenn mir die Arbeitsweise nicht gefällt, könnte ich ein Teil der Veränderung sein«, konterte Liv. Sie hatte hauptsächlich versucht, den Platz ihrer Familie im Haus zu retten, aber tief im Inneren wollte sie den Kreuzzug ihrer Eltern weiterführen. Sie hatten versucht, etwas zu bewirken, indem sie die Funktionsweise des Hauses änderten und vielleicht hätten sie es geschafft, wenn sie weitergelebt hätten.

»Und du hast nichts dagegen, von einem Riesen ausgebildet zu werden?«, erkundigte sich Rory nach reiflicher Überlegung.

Liv zuckte mit den Schultern. »Solange du weißt, was du tust und mir helfen kannst, ist es mir egal, wer du bist. Das

Letzte was ich tun will ist, ins Haus zu gehen und ihre Ausbildung zu akzeptieren.«

Rory betrachtete sie skeptisch, die Linien auf seiner Stirn wurden tiefer. »Die meisten Magier ziehen es vor, mit anderen Magiern zusammenzuarbeiten und zu trainieren. Du lebst und arbeitest in der Nähe von Sterblichen. Du hast eine Rolle abgelehnt, für die die meisten Magier getötet hätten. Und jetzt bittest du mich, einen Riesen, dich zu trainieren. Warum bist du so anders, Liv?«

»Ich habe abgedankt weil ich es satt hatte, zuzusehen wie Magie alles in meinem Leben durcheinander brachte«, begann Liv. »Ich habe ihr nicht vertraut. Ich vertraue den Sterblichen, denn bei ihnen ist das, was man sieht, meist das, was man dann auch bekommt. Es ist mir egal, ob du ein Elf oder ein Zentaur oder was auch immer bist. Wenn du mir helfen kannst, dann ist das das Wichtigste.«

»Du bist eine sehr seltsame Magierin.« Rory stand von seinem Stuhl auf und ging durch eine offene Tür in eine helle Küche.

»Ähm, was bedeutet das? Wirst du mich ausbilden?«, rief Liv vom Wohnzimmer herüber.

»Ich werde versuchen, dich auszubilden«, sagte Rory in der Küche und machte viel Lärm. »Aber bevor wir anfangen gibt es etwas, das du brauchst.«

Einen Moment später kam Rory mit einem Teller voll Wurst und Käse zurück.

Liv sah es zögernd an, als er es auf den Couchtisch stellte.

»Mach schon und iss«, drängte der Riese.

»Warte, was ich brauche ist Wurst und Käse?«, fragte Liv.

Rory nickte. »Hungrig und müde mit Magie zu hantieren ist ein garantiertes Rezept für eine Katastrophe. Die Verwendung von Magie wird deine Reserven schnell erschöpfen, also habe immer etwas zu essen bei dir. Es ist auch wichtig, dass du immer so viel Ruhe wie möglich hast.«

Liv nahm ein Stück Wurst, schön zusammengerollt und mit einem Zahnstocher befestigt. Sie nahm einen Bissen und genoss den herzhaften Geschmack, als sie sich im seltsamen Wohnzimmer umsah. »Danke. Hat dir schon mal jemand gesagt, dass das Zimmer hier eher an deine Großmutter erinnert?«

Kapitel 18

Livs Mund klappte staunend auf, als sie Rory in seinen Garten folgte. Die Lichter des Hauses und die Flammen einer Feuerstelle machten den Garten sichtbar. Der überdimensionale Rasen wurde von üppigen Sträuchern und hoch aufragenden Bäumen begrenzt, die den Blick auf die Lagerhallen und die schmutzige Gasse versperrten. Ganze Reihen von Blumen explodierten mit Farbe in den überquellenden Beeten. Obst und Gemüse füllten die Beete in der Mitte des Gartens. Auf der Terrasse befanden sich eine gelbe Schaukel, die Feuerstelle und eine Hängematte.

»Ich habe mich schon gefragt, wo du dein Haus hingezaubert hast«, sagte Liv und sah sich im unberührten Garten um.

Rory betrachtete sie ungläubig. »Das ist keine Magie. Ich habe jeden Zentimeter dieses Gartens selbst gestaltet. Obwohl ich Magie benutzt habe, um Teile davon zu verbessern, wurde das meiste in harter Handarbeit getan.«

Liv sah sich noch einmal verschiedene Teile des Hofes an und wollte nicht glauben, dass alles echt war. »Wow. Du hast das alles getan?«

»Magier ziehen es vor, Magie zu benutzen, um ihre Häuser zu gestalten, indem sie jeden Aspekt so verbessern, dass er täuschend echt wie etwas anderes aussieht. Sie sind nicht zufrieden mit Wohnungen, die tatsächlich klein sind. Stattdessen kreieren sie eine Villa in einem Bungalow oder

DIE REBELLISCHE SCHWESTER

verwandeln etwas völlig Normales und Feines in etwas Unerhörtes, nur weil sie die Dinge nicht so akzeptieren können, wie sie sind. Sie sind nie zufrieden mit mittelmäßig oder einfach.«

»Nun, per Definition ist Mittelmäßigkeit nicht das, wonach die meisten streben«, argumentierte Liv, obwohl sie mit allem, was Rory gesagt hatte, einverstanden war. Dennoch musste sie des Teufels Advokat spielen. Immer.

»Die Dinge so zu genießen, wie sie wirklich sind, ist eine Kunstform«, konterte Rory. »Magier bekommen Ärger, weil sie ihre Häuser überzaubern oder ihre Autos aufrüsten, bis sie gefährlich sind, oder weil sie zu viele Jugendtränke auf ihren Gesichtern verwenden. Es ist selten, dass eine magische Kreatur für eines dieser Verbrechen in Schwierigkeiten gerät.«

»Also dieser Garten....«, fragte Liv, streckte die Hand aus und berührte eine weiche Hibiskusblüte.

»Ich habe ihn selbst geschaffen, die Beete umgegraben, die Pflanzen eingesetzt und sie jeden Tag gepflegt«, sagte Rory.

»Mit wenig oder gar keiner Magie?«, wollte Liv wissen.

Er zuckte mit den Schultern. »Ich bin dafür, dass ich mein Leben mit Magie einfacher mache, aber was du siehst, ist echt. Außerdem mache ich die meisten Aufgaben selbst. Es hat etwas Ehrliches, Dinge ohne Magie zu tun. Eine übermäßige Abhängigkeit von ihr ist gefährlich.«

»Warum gerade Gärten?«, fragte Liv und bemerkte ein Paar reflektierende Augen, die sie irgendwo in einem Busch erkannte.

»Riesen und viele andere magische Kreaturen fühlen sich in einem Garten oder Wald am wohlsten«, erklärte Rory. »Viele meiner Vorfahren kämpften gegen die Bewegung, dass wir richtige Häuser haben sollten, anstatt im Wald zu leben. Doch das Haus der Sieben hat viele Jahre gedrängt und jetzt leben die meisten Leute, die ich kenne, in einem Haus und geben vor, Sterbliche zu sein, anstatt eigener Wege zu gehen.«

Das war kein Teil der Geschichte, die Liv beigebracht worden war. In ihren Geschichtsbüchern stand, dass das Haus viele magische Kreaturen vor Hunger und Krankheit gerettet hatte, indem es sie über die Möglichkeiten eines anspruchsvollen Lebens aufgeklärt hatte. Wie oft hatte sie schon gehört, dass es Magier waren, die Riesen die Technologie der Klempnerei und Elektrizität schenkten, was geholfen hatte, ihre Rasse zu retten?

»Also, wie wird dieses Magietraining vor sich gehen?«, fragte Liv.

»Magie funktioniert genau so wie jeder deiner Sinne«, begann Rory. »Sie kann passiv sein, wie wenn man durch den Garten schlendert und eine Rose riecht. Oder sie kann aktiv sein, wie wenn man auf der Jagd nach einem Marienkäfer ist und ihn mit den Augen finden muss. Im Gegensatz zu deinen anderen Sinnen ist Magie jedoch an deine Emotionen gebunden, und wenn du die nicht im Griff hast, wird sie alles überwältigen.«

»Okay, sich um die Emotionen kümmern«, sagte Liv. »Ich kann das tun. Was kommt als nächstes?«

Rory schüttelte den Kopf. »Nein, zuerst üben wir die Beherrschung deiner Emotionen , *dann* verfeinern wir deine magischen Fähigkeiten. Im Moment weißt du wahrscheinlich nicht, wie du deine Magie nutzen kannst, um eine Tasse Tee zu machen, aber wenn du zuerst deine Emotionen besiegst, werden dir die härtesten Zauber ganz natürlich vorkommen.«

DIE REBELLISCHE SCHWESTER

»Nun, soll ich mich auf dieser Hängematte ausstrecken, damit wir eine Therapiesitzung machen können?«, fragte Liv provokant.

Rory zeigte auf ein leeres Blumenbeet. Daneben materialisierte eine Schaufel, dann ein Paar Handschuhe. »Ich möchte, dass du ein Loch gräbst.«

Liv hielt ihren Finger hoch und versuchte, sich an den Zauber zum Graben zu erinnern. Er war in den hintersten Regionen in ihrem Gedächtnis verborgen; zu weit zurück, als dass sie sich daran erinnern konnte. Rory umfasste mit seiner großen Hand Livs und bedeckte ihre Finger, ihr Handgelenk und einen Teil ihres Armes.

Sie sah verwirrt zu ihm auf. »Soll ich nicht einen Zauber benutzen, um das Loch zu graben? Ich schätze, es gibt andere magische Wege, es zu tun.«

»Es gibt sie, aber ich möchte, dass du einen nicht-magischen benutzt.«

»Was?«, fragte Liv erstaunt. »Du willst, dass ich ein Loch von Hand grabe?«

Rory nickte und schwang sich in die überdimensionierte Hängematte. Er sah aus wie ein großes Baby in einer Schaukel. »Mach schon. Wir haben nicht die ganze Nacht Zeit.«

Liv zog ihr Mobiltelefon aus der Gesäßtasche und sah nach der Zeit. »Ich habe eigentlich nur etwa eine Stunde Zeit, bevor ich im Haus fällig bin.«

Rory zeigte auf den Haufen Dreck. »Dann leg jetzt besser los.«

Liv meckerte, als sie die Handschuhe anzog und die Schaufel nahm. Das Werkzeug machte kaum Fortschritte, als Liv es in den weichen Schmutz grub. Sie blickte mit einem fragenden Blick auf Rory zurück. »Wo soll ich den Dreck hinschaufeln?«

Er zuckte mit den Schultern. »Das spielt keine Rolle.«

Liv nickte und warf den Dreck in seine Richtung.

Er bückte sich und fächelte den Dreck weg, der durch den Wind in seinem Gesicht zu landen drohte. »Das ist nicht das, was ich meinte.«

»Nun, das nächste Mal solltst du vielleicht spezifischer sein, magischer Instruktor«, sagte sie und stieß die Schaufel in den Dreck und leerte sie dann einen Meter vom Loch entfernt.

»Bist du sicher, dass du nicht nur versuchst, kostenlose Arbeitskraft aus mir herauszuholen?«, fragte Liv nach ein paar Minuten.

Der Riese sah sie an und dann das Loch. »Glaub mir, wenn ich kostenlose Arbeitskraft wollte, würde ich jemanden mit etwas mehr Muskeln wählen. So wie es aussieht, werde ich die ganze Nacht hier sein und darauf warten, dass dieses Loch gegraben wird.«

»Wie tief willst du es haben?«, fragte Liv stöhnend.

»Tief genug.«

Sie rollte mit den Augen. »Nochmals, ich verstehe nicht, wie mir das mit meiner Magie helfen soll.«

»Es geht um Kontrolle, kleiner Grashüpfer.«

Sie brachte die Schaufel herum und warf ihren Inhalt wieder in Richtung Rory. Mit einer Handbewegung flog der Schmutz zurück zu Liv und traf sie ins Gesicht.

Rory lachte dröhnend darüber und sein Gesicht veränderte sich.

»Hey, du siehst nicht aus wie ein Oger, wenn du lachst«, stellte Liv fest.

»Und du siehst aus wie eine Braut, die für einen Troll geeignet ist, mit dem Dreck in deinem Gesicht«, entgegnete Rory und lachte immer noch.

DIE REBELLISCHE SCHWESTER

Zwanzig Minuten später, als das Loch ein paar Meter tief und breit war, drehte sich Liv zu Rory um, der schnarchte.

»Hey, ist das schon tief genug?«

Er öffnete ein Auge und setzte sich weiter auf. »Ja, das reicht.«

»Okay, was jetzt?«, fragte sie.

Rory schnippte mit dem Finger zum Loch und der ganze Dreck stieg in die Luft und füllte es wieder auf.

»Warte! Warum hast du das getan?«, schrie Liv, ihr Gesicht rot vor Hitze. Die Feuerstelle neben der Schaukel flammte auf, ihre Sicht war vorübergehend rot und die Geräusche im Garten wurden verstärkt.

»Grab das Loch noch einmal«, sagte Rory.

»Was? Das ist verrückt!«

»Grab das Loch noch einmal«, wiederholte er.

»Aber...«

»Das ist ein Befehl«, machte Rory klar. »Wenn es dir nicht gefällt, verschwinde.«

Liv fluchte vor sich hin und zog die Handschuhe wieder an. Ihre Hände waren bereits wund vom Graben und ihr Rücken schmerzte. Das Graben des Lochs war wahrscheinlich eine der anstrengendsten Dinge, die sie jemals körperlich gemacht hatte, was durch den Schweiß bewiesen wurde, der in ihre Augen strömte.

»Ich beschwere mich nicht, ich verstehe nur nicht, wie das Graben eines Lochs mir beibringt, wie ich meine Magie benutze«, sagte Liv zwischen heftigen Atemzügen.

»Ich bringe dir nicht bei, wie man deine Magie benutzt«, sagte Rory durch ein lautes Gähnen. »Ich bringe dir bei, wie man sie kontrolliert.«

»Wo ist der Unterschied?«, fragte Liv.

»Du weißt bereits, wie man Magie einsetzt«, antwortete Rory. »Sie ist Teil deines Instinktes, wie die Verwendung deiner Sinne. Was du *nicht* kannst, ist sie von allem anderen zu isolieren. Sie ist zusammen mit deinen anderen Sinnen verworren, deshalb hast du fast Johns Laden zerstört.«

»Aber es hat alles geklappt«, gab Liv defensiv zurück. Nach weiteren zwanzig Minuten war das Loch identisch mit dem letzten. Liv drehte sich um und legte ihren Arm auf die Schaufel. »Okay, ich habe dir noch ein weiteres Loch gegraben. Was jetzt?«

Rory zeigte erneut auf den Schmutz und dieser fegte wieder zurück in das Loch. »Grab es noch mal.«

Livs Augen weiteten sich vor Frustration und plötzlich war ihre Sicht dunkelrot. Ihre Hand zog sich um den Schaufelgriff zusammen und das Holz splitterte in ihren Fingern. Der Boden begann unter ihren Füßen zu zittern. Das Windrad in der Ecke des Hofes geriet außer Kontrolle als ein plötzlicher Wind durch den Garten fegte.

Rory setzte sich auf und sah siegreich aus. »Nur zwei Mal das Loch graben und schon habe ich dich soweit. Wie ich schon sagte, du bist ein Heißsporn.«

»Das bin ich nicht!« schrie Liv und die Schaufel brach in zwei Teile und die Stücke fielen zu Boden.

Rory starrte die zerbrochenen Teile der Schaufel mit kaum verhohlenem Vergnügen an. »Jetzt isoliere deine Emotionen von deiner Magie.«

»Wie soll ich das machen?«, fragte Liv, ihr Inneres vibrierte vor Wut.

»Stell dir einfach vor, sie in ein Fach zu legen, in dem sie nicht in der Lage sind, deine Sinne zu beeinflussen«, befahl Rory.

Liv drückte die Augen zu und fühlte sich noch frustrierter als zuvor. Der Boden rumpelte weiter unter ihr und warf sie fast aus dem Gleichgewicht.

DIE REBELLISCHE SCHWESTER

»Nimm die Wut, die du auf dich und mich empfindest und sperre sie weg«, fuhr Rory fort. »Dann fühle, was übrig ist.«

Als Liv klein und ängstlich war, brachte ihr ihre Mutter eine ›Angst‹-Kiste aus Holz mit, die angeblich durch einen besonderen Zauber geschützt war. Liv tat dann so, als würde sie alles, wovor sie Angst hatte, in die Kiste stecken. Ihre Mutter erklärte ihr dann, dass sobald sich die Kiste schließt die Ängste sie nicht mehr beeinflussen konnten. Es funktionierte immer... nun, bis es das nicht tat, als ihre Eltern starben und die Ängste zu groß für die Kiste waren.

Liv stellte sich eine ähnliche Kiste in ihrem Kopf vor. Diesmal hieß sie ›Emotionen‹. Sie visualisierte, wie sie all ihre Frustrationen und Unsicherheiten und Wut in die Kiste steckte, dann schloss sie sie ab.

Als ob sie in einer Wüstenebene stünde, blickte Liv auf die Weite ihres Geistes, die ›Emotionen‹-Kiste direkt neben ihr. Das ständige Zittern unter ihren Füßen verklang langsam, bis der Boden wieder stillstand. Das laute Rascheln der Bäume ließ zu einer sanften Melodie nach. Der rote Schleier, der ihre Sicht einfärbte, verschwand. Plötzlich spürte sie jeden ihrer Sinne noch genauer: Den Geschmack der Herbstluft, den Geruch von Gras, das Gefühl der Luft, die sich sanft in ihrem Haar verfing. In ihrem Körper wurde ihr eine Kraft bewusst, die wie eine Uhr tickte und gleichzeitig wie ein Fluss floss. Sie war überall in ihr, mit allem verbunden und durch nichts gebunden. Zum ersten Mal in ihrem Leben spürte Liv ihre Magie in ihrer reinsten Form. Sie war allumfassend, unaufhaltsam und völlig faszinierend. Sie sah sie vor ihrem geistigen Auge, sie floss wie Bänder und glitt über die Ebenen ihres Bewusstseins. Sie bewegte sich wie ein Drache, flog frei, uneingeschränkt in dieser Form. Sie blickte auf die Emotionsbox hinunter und verstand, wie sie nun die Zügel ihrer Magie in der Hand hielt. Das war völlig anders als zuvor, als ihre Gefühle das wilde Tier angetrieben hatten, so dass es in jede beliebige Richtung stürmen konnte. Als sie ihre Augen öffnete, fand sich Liv lächelnd wieder.

»Nun, gut, dass du das unter Kontrolle bekommen hast, bevor du alle meine Zwiebeln hochgeschoben hast«, sagte Rory und schaute sich im jetzt ruhigen Garten um.

»Also hast du mich wütend gemacht, um mir beizubringen, wie ich meine Emotionen kontrolliere?«, fragte sie, irgendwie verärgert aber auch beeindruckt.

»Schwerstarbeit ist der beste Weg, um zu lernen, wie man seine Gefühle zurückhält, weil es ein demütigender Akt ist.«

Liv sah sich den Ort an, an dem das Loch, das sie zweimal gegraben hatte, gewesen war. »Es war definitiv demütigend.«

»Nun, und ich wusste auch, dass die körperliche Anstrengung deine Magie davon abhalten würde, außer Kontrolle zu geraten«, gab Rory zu. Ein Glas Eiswasser erschien auf dem Tisch neben der Schaukel und Rory zeigte darauf. »Das ist für dich.«

»Danke.« Liv ging hinüber, nahm das Getränk in die Hand und genoss das kalte Glas an ihren schmerzenden Fingern.

»Also, du siehst, wie du deine Emotionen von deiner Magie befreien kannst«, begann Rory. »Jetzt musst du sie so lassen.«

»Aber wie? Was ich fühle, färbt alles von meiner Stimmung bis zu meinem Stimmklang.«

Rory nickte. »Früher schon, aber jetzt musst du vorsichtiger sein. Die Leute sagen oft, dass etwas sie auf eine bestimmte Weise fühlen lässt, aber ehrlich gesagt, sind Emotionen immer Entscheidungen. Du hast dich entschieden wütend zu werden, weil ich dich dazu gebracht habe, das Loch neu zu graben und dann hast du deinen Emotionen erlaubt, die Macht zu übernehmen. Es ist wie wenn jemand ein Auto fährt. Wenn sie verärgert sind, fangen sie vielleicht an unberechenbar zu fahren, aber jemand, der seine Emotionen im Griff hat, weiß es besser. Sie beschäftigen sich mit der Frustration und halten sie getrennt von der Fahrweise. Du wirst üben müssen, dies mit deiner Magie zu tun. *Du musst sie führen, nicht deine Emotionen.*«

»Hmm... das macht eigentlich Sinn.« Liv wischte ihre Hand an ihrer Jeans ab, bevor sie ihr Handy aus ihrer Tasche zog. Es war zehn Minuten vor neun. »Oh, Scheiße! Ich bin spät dran. Ich muss ins Haus der Sieben!« Sie erstarrte und erkannte, dass es keine Möglichkeit gab, in so kurzer Zeit nach Santa Monica zu kommen.

»Du siehst verloren aus«, bemerkte Rory.

»Ich muss in ein paar Minuten durch die Stadt.«

Er gähnte, unbekümmert von ihrem Problem. »Dann öffne ein Portal.«

»Ich weiß nicht, wie man eins macht«, gab sie zu.

»Du weißt aber schon, wohin du hinwillst, oder?«

Sie nickte.

»Dann weißt du, wie man ein Portal öffnet«, sagte Rory. »Bei Magie geht es um Absicht und Energie. Kombiniere die beiden und du kannst viele erstaunliche Dinge tun.«

»Aber gibt es nicht einen Zauber oder etwas Bestimmtes, das ich brauche, um ein Portal zu erstellen? Ich dachte immer, Portale wären unglaublich schwer zu erstellen.«

Rory stieg ächzend aus der Hängematte und streckte sich. »Die meisten Magier verkomplizieren die Magie zu sehr. Ja, es gibt Zauber und Tränke und viele andere Dinge, die wir besprechen können, aber die komplizierteste Magie ist die einfachste. Es mag dich sehr belasten, aber alles was du tun musst, ist dich zu konzentrieren.«

Liv nickte und drückte die Augen zu und visualisierte die Portalposition für das Haus der Sieben. Ihre Augen sprangen bei einem plötzlichen Gedanken auf.»Was ist, wenn ich es nicht kann? Kannst du mir ein Portal öffnen?«

Rory schüttelte den Kopf.»Vertrauen ist der Schlüssel. Die erfolgreichsten Magier haben ein Ego von der Größe der Villa eines Riesen. Glaube, dass du etwas tun kannst und du wirst es können. Verbinde das mit demütigenden Aktivitäten und vielleicht wirst du dich nicht als ein solcher Magier herausstellen wie die meisten, die ich kennenlernen musste.«

Liv seufzte. *Selbstvertrauen.* Sie hatte immer so getan, als hätte sie das, aber Magie ließ sich nicht täuschen. Sie musste nun wirklich an sich selbst glauben, nicht nur vortäuschen. Sie würde einfach solange weitermachen, bis sie es geschafft hatte, was in den letzten fünf Jahren quasi immer schon ihr Motto gewesen war.

In ihrem Kopf stellte sie sich die Lage des Eingangs in Santa Monica zum Haus der Sieben vor. Sie fühlte auch die Zügel ihrer Magie fest in ihrer Kontrolle. Sie konnten sie überall hin mitnehmen, einfach aufgrund ihres Willens, also versuchte sie mit ganzer Seele, sich vorzustellen, dass sie überall hingehen könnte. Sie hatte gesehen, wie Clark gestern Abend ein Portal geöffnet hatte. Sie hatte ihren Eltern schon in ihrer Kindheit dabei zugesehen. Es gab keinen Grund, warum sie, eine Magierin aus einer alten Magierfamilie, nicht in der Lage sein sollte, dasselbe zu tun.

Ein so helles Licht, dass es sie mit geschlossenen Augen fast blind machte, erstrahlte vor ihr. Sie dachte einen Moment lang, dass Rory ein Flutlicht auf sie gerichtet hatte, aber als sie ihre Augen öffnete, sah sie einen schimmernden Torbogen voller Blau und Grün.

»Das war ich?«, fragte Liv ungläubig. Im selben Moment begannen die Lichter zu verblassen.

»Denke daran: Vertrauen ist der Schlüssel«, fragte Rory.

Liv nickte und verstärkte wieder ihre Entschlossenheit. »Verdammt *ja*, das war ich. Ich habe ein Portal erstellt.«

Sie machte einen Schritt, um das Portal zu betreten, als Rory kicherte. »Hoffen wir einfach, dass du es richtig gemacht hast, sonst verzerrt es dein hässliches kleines menschliches Gesicht.«

Liv blieb stehen. »Warte, was? Mein Gesicht verzerren? Und hey, wieso beleidigst du mich plötzlich?«

Er ging hinüber, stand neben ihr und blickte auf das Portal. »Menschen sehen mit ihren winzigen Gesichtszügen komisch aus.«

Sie schüttelte den Kopf. »Du siehst selber komisch aus und beanspruchst einfach zu viel Platz.«

»Und du zögerst, aus Angst, dass dein erstes Portal dich in zwei Hälften teilt.«

»Nun, kannst du es mir verübeln?«, fragte Liv den Riesen.

»Nein, und deshalb brauchst du liebevolle Strenge.« Rory klatschte eine Hand auf ihren Rücken und stieß sie nach vorne und direkt durch das Portal.

Kapitel 19

Liv hielt den Atem an, als sie durch das Portal fiel und ein wütender Gedanke auf Rory durchströmte sie. Sie drückte jedoch hart gegen diese Emotion und legte sie in die Kiste, bevor sie bei der Landung die Erde erschüttern konnten.

Mit einem Schlag trafen Livs Füße den Boden und ihre Fingerspitzen berührten den Beton sanft, als sie erkannte, dass sie sich in der Hocke befand. Das Portal schirmte ihr Auftauchen kurzzeitig ab als sie landete und gab ihr die Möglichkeit, sich zu aufzurichten, bevor sie in ihrer Umgebung auftauchte. Oder so sollte ein Portal eine Person zumindest transportieren. Sie hatte noch nie eins gemacht und hatte normalerweise eine Menge Probleme, durch sie hindurchzukommen.

Liv sah sich nach der Landung um, sehr neugierig, ob sie das Portal richtig plaziert hatte und natürlich auch zur Orientierung. Ohnmächtig werden während einer Portalreise käme nicht gut, da keiner da wäre der ihr helfen könnte. Die salzige Meeresluft traf sie sofort und die Geräusche waren die gleichen wie die von gestern Abend. Liv blickte zu ihrer Rechten und war erleichtert, dort den Pazifik zu finden, ebenso wie Geschäfte und Bars zu ihrer Linken.

»Du hast es also getan«, sagte Plato neben Liv und sah sich um.

»Wo bist du gewesen? Und wo kommst du her?«, fragte sie neugierig.

»Ich schaute zu, wie du dich als Gärtner versucht hast.« Er sah auf das Portal. »Vielleicht willst du das Ding schließen, es sei denn, du stehst auf Probleme.«

»Wie soll ich das machen?«, fragte Liv.

»Es ist, als würde man eine Tür schließen«, erklärte Plato. »Du machst es einfach.«

»Oh Mann, warum suche ich eigentlich Rat über dieses magische Zeug, wenn es tatsächlich nur so einfach ist?«, bemerkte Liv sarkastisch.

Plato ging ein paar Schritte weiter, bevor er sich umdrehte. »Es ist nicht einfach zu implementieren, aber der Prozess ist meist unkompliziert. Du wärst erstaunt, wie schwer es für die Leute ist, sich zu konzentrieren. Die Schlüssel zu einem erfolgreichen Leben sind einfach und Reichtum und Ruhm können durch ganz gewöhnliche Praktiken erreicht werden. Aber nur wenige schaffen es überhaupt.«

»Wenn du so klug bist, müsstest du vor Geld eigentlich gar nicht mehr laufen können, oder?«, fragte Liv, schloss das Portal und folgte dem Kater.

»Woher weißt du, dass ich es nicht tue?«

Sie rollte mit den Augen. »Stimmt. Ich habe vergessen, dass du mit Aktien handelst. Schon gut.«

Das Paar hielt vor dem Wahrsagerladen an. Liv sah ihr Telefon an. »Hey, ich habe es zwei Minuten vor der Zeit geschafft.«

Sie hatte ihre Hand an die Tür gehalten und bereitete sich darauf vor einzutreten, als Plato sagte: »Ja, zu schade, dass du keine weiteren Minuten mehr hast.«

»Warte, was?«, fragte Liv und sah auf ihn herab. »Warum?«

Er schüttelte den Kopf. »Dafür ist jetzt keine Zeit. Du willst nicht zu spät kommen.«

* * *

»Was hast du an?«, wunderte sich Clark, als er sah wie Liv ihm im Flur entgegenkam.

Sie sah an sich herab. Ihre Jeans und ihr T-Shirt waren mit Schmutz bedeckt und ihr wurde klar, dass er wahrscheinlich auch in ihrem Gesicht war.

»Oh«, sagte sie. Sie sah sich nach Plato um, erkannte aber, dass er wieder verschwunden war. Das war es, was der Kater gemeint hatte. »Ich hatte einen langen Tag und komme einfach von einer anderen Sache.«

»Noch *etwas* anderes?«, fragte Clark und starrte sie mit Abscheu an. Er trug einen dunkelblauen Nadelstreifenanzug und eine weiße Krawatte. »Du siehst aus, als hättest du gerade einen Graben ausgehoben.«

Liv lachte. »Das habe ich irgendwie. Zweimal.«

Clark seufzte. »Du solltest das ernst nehmen. Hast du überhaupt daran gedacht, zu trainieren oder einfach nur den ganzen Tag in einem Blumenbeet gespielt?«

Liv seufzte. »Ich war nicht beim Spielen. So unglaublich es auch ist, ich wurde ausgebildet. Ich habe sogar das Portal geöffnet, um hierher zu kommen.«

Clark schüttelte ungläubig den Kopf. »Schau, ich habe jetzt keine Zeit für deine Spiele. Wir müssen in die Kammer des Baumes gelangen.«

Liv starrte ihn an. »Ich lüge nicht. Ich habe tatsächlich ein Portal geöffnet. Es ist nicht so schwer. Konzentriere dich einfach und bamm.«

Clark gab ihr einen verärgerten Blick. »Ja, Fokus und Bamm. Sehr lustig. Muss ich für dein Taxi bezahlen?«

Liv schüttelte den Kopf und stürmte an ihrem Bruder vorbei. »Nein, es ist ok. Ich habe es mit den Produkten bezahlt, die ich auf dem Bauernmarkt verkauft habe. Keine Sorge, Bruder.«

Sie hörte nur die Hälfte des Grunzens, das Clark machte, bevor es von der Wand der Reflexion gedämpft wurde. Wieder fühlte sie sich blind. Sah undeutliche Figuren. Hörte das Sprechen. Als sie es nicht mehr ertragen konnte, wurde sie in die Kammer des Baumes gespuckt, wo die versammelten Krieger und Ratsherren sie mit Abscheu anstarrten. Im Vergleich zum königlichen Aussehen der anderen Krieger sah Liv wie eine Obdachlose aus. An den Blicken der Ratsherren konnte man sehen, dass sie sich wohl fragten, ob man sich an ihrem degenerierten Gen anstecken könnte, wenn man nur zu lange in Livs Gegenwart bleiben würde.

Liv ignorierte die Blicke, ging zu ihrem blauen Licht hinüber und nahm ihre Position ein, als Clark durch die Wand der Reflexion kam.

»Sobald Mr. Beaufont in Position ist, werden wir anfangen«, sagte Adler missbilligend.

»Ja, es tut mir leid, Sir.« Clark stieg die Treppe hinauf zu dem Platz an dem die Ratsmitglieder saßen.

Nachdem er sich hingesetzt hatte, begann Adler. »Nun, jeder hier weiß, wie die täglichen Meetings ablaufen, außer die hochgeschätzte Miss Beaufont. Also werde ich mir eine Minute Zeit nehmen, um ihr den Prozess schnell zu erklären.«

Bianca lächelte und nickte in Adlers Richtung. Sie schätzte anscheinend seine Berücksichtigung von Livs Neulingsstatus.

»Die Ratsmitglieder treffen sich vorher, um die verschiedenen eingegangenen Fälle zu prüfen«, fuhr Adler fort. »Während dieses Treffens entscheiden wir, wie wir am besten eingreifen und weisen den Kriegern, die uns zur

Verfügung stehen, Fälle zu. Wir haben den Vorteil, dass wir wissen, welches Profil des Kriegers am besten zu dem Schwierigkeitsgrad passt, mit dem jeder Fall kodiert ist.«

»Hat sich mein magischer Level mittlerweile normalisiert?«, unterbrach Liv.

Adler hob eine weiße Augenbraue an und schenkte ihr einen ungnädigen wie ungeduldigen Blick. »Olivia, ich hatte wirklich noch keine Gelegenheit, deine Statistiken zu überprüfen.« Er blickte den Tisch hinunter zu den Ratsmitgliedern. »Mag vielleicht jemand?«

Raina Ludwig räusperte sich. »Es scheint, dass deine Magie immer noch ansteigt und einen weiteren Tag braucht, um sich auszugleichen.«

»Ist das normal?«, fragte Liv.

»Wirklich, Olivia, wir haben keine Zeit, die Besonderheiten deines magischen Levels zu besprechen«, sagte Adler. »Wenn du das besprechen willst, musst du ein privates Treffen mit den Ratsmitgliedern vereinbaren.«

»Ich glaube nicht, dass meine Fragen zu meinem abnormalen magischen Level aus dem Rahmen fallen«, konterte Liv kühn. »Das ist immerhin mein erster Tag auf der Arbeit.«

Der weiße Tiger trat von der Seite der Bank heraus, seine grünen Augen auf sie gerichtet.

Adler blickte auf den weißen Tiger und lenkte dann seine Aufmerksamkeit auf Liv. »Dein magisches Niveau ist das Anliegen der Ratsmitglieder, und wir haben es bei unseren heutigen Einsätzen berücksichtigt.«

»Ich dachte, du sagtest, du wüsstest nicht, was meine magische Stufe derzeit ist«, forderte Liv ihn erneut heraus.

Adler seufzte schwer. »Man kann wirklich nicht erwarten, dass ich mich an alles über jeden neuen Krieger erinnere.

DIE REBELLISCHE SCHWESTER

Nun, wenn du nicht noch was anderes beizutragen hast, würden wir gerne die Aufträge vergeben.«

Liv streckte ihren Arm dramatisch aus und bot den Ratsmitgliedern das Wort.

Adler räusperte sich und hob ein Tablet zum Lesen an. »Erstens, Trudy und Stefan, wir haben eine Gruppe von nicht registrierten Magiern irgendwo auf Bali, Indonesien, gefunden. Die Messwerte waren ungenau, aber wir glauben, dass es mindestens ein halbes Dutzend gibt. Ihr werdet dorthin gehen und die Täter herbringen. Ihr habt die Autorität, tödliche Gewalt gegen diejenigen anzuwenden, die sich wehren.«

Liv biss sich auf die Zunge, obwohl sie eine Menge Fragen und Beschwerden hatte. Tödliche Gewalt war etwas, das auf diejenigen angewendet werden sollte, die abscheuliche Verbrechen begangen haben. Jemand, der seine Magie nicht registrierte, schien ein kleiner Fisch zu sein.

Die beiden Gestalten neben Liv, ein Mann und eine Frau, nickten bevor sie zur Tür gingen.

»Maria«, fuhr Adler weiter fort und betrachtete die Kriegerin auf der anderen Seite, die zwei lange schwarze Zöpfe hatte, die ihr Gesicht umrahmten. »Ein Laden in Manhattan verkauft verzauberte Waren an Sterbliche. Es gab eine Reihe von Explosionen und einige Beinahe-Todesfälle. Du bringst die Ware nach Auffindung der Verantwortlichen auch hierher. Du kannst jede Methode anwenden, die du für notwendig hältst um sie zu ergreifen.«

Die Frau nickte und marschierte ohne ein Wort zum Ausgang.

Adlers Aufmerksamkeit verlagerte sich auf seinen Bruder, der vor ihm stand. »Decar, du sollst weiter an deinem aktuellen Fall arbeiten. Die Ratsmitglieder haben deine Berichte überprüft und wir denken, dass du auf dem richtigen Weg bist.«

Der große Krieger neben Liv ging sofort los und erhielt einen Blick vom weißen Tiger, als er an ihm vorbeischritt.

»Emilio und Akio, es gibt mehrere Fälle von Gnomen und Elfen, die außerhalb unserer Vereinbarung operieren«, sagte Adler. »Ihr solltet die Fälle untersuchen und entsprechend behandeln.«

Keiner der beiden Krieger sagte etwas, sie drehten sich nur um und gingen zum Ausgang.

»Olivia«, begann Adler.

Liv zeigte auf den Baum, auf dem ihr Name geätzt war. »Wir hatten uns eigentlich auf Liv geeinigt.« Clark bedeckte sein Gesicht teilweise mit seiner Hand und verbarg seine Verlegenheit.

»Richtig. Wie ich schon sagte«, fuhr Adler knapp fort, »es gibt einen Troll in Las Vegas auf dem Strip. Du sollst diese Kreatur aufspüren und sie schnell entsorgen.«

»›Ihn entsorgen‹? Willst du damit andeuten, dass ich das Ding töten soll?«, erkundigte sich Liv.

Adler nickte. »Natürlich. Es hat den Vertrag verletzt.«

Liv kratzte sich am Kopf. »Richtig. Und es schlendert den Strip hinunter und macht dabei was genau?«

»Das spielt keine Rolle«, antwortete Adler, seine Aufmerksamkeit auf etwas vor ihm gerichtet. »Die öffentliche Sichtung eines Trolls ist inakzeptabel.«

»Es ist ja nicht so, dass es irgendjemand auf dem Strip bemerken würde«, argumentierte Liv. »Die betrunkenen Touristen denken wahrscheinlich, dass es nur ein Typ im Kostüm ist.«

Adlers Augen fielen auf Liv. »Es spielt keine Rolle, was die Sterblichen denken. Der Troll muss für seine Vertragsverletzung bestraft werden.«

»Wie soll ich diesen Troll finden?« Liv zeigte über ihre Schulter. »Wie findet eigentlich einer der Krieger die, denen er zugewiesen ist?«

Adler wandte sich an die Frau am anderen Ende. »Hast du den digitalen Kodex von Miss Beaufont?«

Hester nickte, schnippte mit der Hand und schickte ein kleines Gerät über den Rand der Bank. Es schwebte nach unten und landete genau in Livs Hand.

»Du wirst auf dem Gerät von nun an die Details deiner Fälle finden«, erklärte Adler. »Es wird dir einige Informationen geben, aber die Verfolgung des Trolls liegt bei dir.«

»Wie kann ich...«

Ein scharfer Blick von Clark schnitt Livs nächste Frage ab.

Adler sah Clark von der Seite an. »Fragst du echt, wie du den Troll aufspüren sollst, Miss Beaufont? Denn wenn du unser Ausbildungsangebot angenommen hättest, müsstest du nicht fragen.«

»Oh, das Training des Hauses umfasst das Troll-Tracking am ersten Tag, oder?«, fragte Liv sarkastisch.

Adler blickte über den Rand der Bank und übertrieb die Mühe, auf sie herabzusehen. »Was hat dir deine Ausbildung heute beigebracht? Wie man Landwirtschaft betreibt?«

Bianca bedeckte ihren Mund, als ein kurzes Lachen von ihr kam.

»Ich habe gelernt, wie ich meine Emotionen kontrolliere«, sagte Liv reflexartig und spürte, wie ihr Temperament aufflammte. Die Ironie ihrer Aussage und das gleichzeitig aufflammende emotionale Feuer blieben ihr nicht verborgen. Sie steckte all ihre Frustration über die Ratsmitglieder in die Kiste und trat sie in eine Ecke in ihrem Kopf.

Adler blickte die Reihe hinunter zu den Ratsmitgliedern auf der linken Seite. »Unsere neue Kriegerin verbrachte den ganzen Tag damit, zu lernen, wie man seine Emotionen kontrolliert. Ist das nicht etwas?«

»Es klingt für mich nach einer totalen Zeitverschwendung«, sagte Lorenzo Rosario und sah gelangweilt aus, als er mit seinen hageren Fingern durch seinen Spitzbart kämmte.

»Ich habe nicht den ganzen Tag damit verbracht, das zu lernen«, platze es aus Liv hervor. »Ich habe den größten Teil des Tages gearbeitet.«

Der größte Teil von Clarks Gesicht war von seiner Hand bedeckt, als Bianca noch lauter lachte.

»In diesem Elektronikgeschäft gearbeitet, meinst du?«, fragte Adler und klang zu amüsiert für Livs Geschmack. »Planst du, weiterhin in diesem Job für Sterbliche zu arbeiten?«

»Ich glaube nicht, dass das, was ich in meiner Freizeit tue, das Anliegen der Ratsmitglieder ist«, feuerte Liv zurück.

Der amüsierte Ausdruck auf Adlers Gesicht verflüchtigte sich, als er sich nach vorne lehnte. »Obwohl du vielleicht Recht hast, wirst du deine Rolle als Krieger viel einfacher finden, wenn du nicht wegen allem gegen uns kämpfst. Die Ratsmitglieder sind hier um dir zu helfen, Miss Beaufont.«

Liv sah den gedemütigten Ausdruck auf Clarks Gesicht und beschloss, sich zurückzuziehen. »Ich bin dankbar für die Hilfe. Ich beschließe einfach, mein Leben außerhalb dieses Ortes auf meine eigene Weise zu leben.«

»Nun, wenn du dich entscheidest, deine Meinung über das Training zu ändern, dann…«

»Sie öffnete ein Portal«, unterbrach Hester Adler, blickte auf ihr Tablet und scrollte durch den Bericht über Livs Magie. Ein kleines Lachen entkam seinem Mund. »Das ist unmöglich. Die Magie des Portals ist komplex und erfordert viel Konzentration.«

DIE REBELLISCHE SCHWESTER

»Nicht für Magier die lernen, wie man seine Emotionen kontrolliert«, stänkerte Liv zurück und verdiente einen fragenden Blick des weißen Tigers. Er stand auf und ging anmutig zu ihr hinüber. Als er vor ihr war, setzte er sich hin und betrachtete sie abschätzend. Liv versuchte so zu tun, als wäre er nicht gefährlich nah und würfe ihr keinen Blick zu, der ihr das Gefühl gab, er inspiziere gerade sein Abendessen.

Alle Ratsmitglieder waren damit beschäftigt, ihre eigenen Tablets zu überprüfen. Nach einem Moment blickte Adler auf und wischte mit seinem Arm grob über seine Stirn. »Nun, eine wahrscheinliche Erklärung ist der aktuelle Anstieg deiner Energie. Es wird sich jedoch bald normalisieren, so dass du dich nicht daran gewöhnen solltest. Portalmagie ist etwas, das Magier des zweiten Jahres beginnen aber nicht meistern. Ich garantiere, dass es mehr braucht, als nur die eigenen Emotionen zu kontrollieren, um es zu bewerkstelligen.«

Liv sah den Tiger an und versuchte, die seltsame Botschaft in seinen Augen zu entschlüsseln. »Wenn ich angeblich nicht bereit bin, Portalmagie zu versuchen, wie sollte ich dann nach Las Vegas kommen?«

Adler seufzte, als würde ihn dieses Gespräch langweilen. »Alle Notizen für deinen Fall sind im Kodex gespeichert, Miss Beaufont. Ich bitte dich, ihn sorgfältig zu studieren und dich morgen mit Fragen oder Bedenken einfach an uns zu wenden.«

»Also, wann soll ich den Fall abschließen?«

Adler blickte in beide Richtungen auf die Bank, obwohl er die verschiedenen Gesichter nicht zu registrieren schien, bevor er wieder sprach. »Das liegt ganz bei dir, aber bitte verstehe, dass dein erster Fall immer eine Herausforderung ist, also lass dich nicht entmutigen.«

»Richtig«, sagte Liv und zog das Wort in die Länge.

Einen Moment später blickte Adler sie mit einem nervösen Glanz in den Augen an. »Miss Beaufont, nur damit du es weißt, nachdem dir ein Fall zugewiesen wurde, bist du für heute entlassen.«

Liv nickte, genau wie die anderen Krieger. Sie ging zurück zum Ausgang und drehte sich dann nochmals um, verließ den Raum aber erst, als der weiße Tiger aufstand und ihr nochmals kurz den Blick gab, den sie irgendwie erkannte, aber nicht lesen konnte.

Kapitel 20

Außerhalb der Kammer des Baumes glitt Liv in einen der schattigen Ränder des Flurs. Sie wartete einen Atemzug, bis Plato wie aufs Stichwort materialisierte.

»Habe ich das alles falsch gemacht?«, fragte sie den Kater.

Er sah sie impulsiv an. »Hängt davon ab, was du vorhattest.«

»Ich denke, ein wenig Verachtung gepaart mit verblüffender Ehrfurcht.«

»Ich glaube, das hast du erreicht«, antwortete Plato.

Liv zog sich weiter zurück, als mehrere Ratsmitglieder durch die Tür der Reflexion kamen, aber keiner von ihnen sprach und sie beeilten sich, die große Tür gegenüber der Kammer zu erreichen. Eine Kälte, die so erschreckend war, dass sie fast aufschrie kroch über ihren Rücken und ihre Arme. Liv hielt den Schrei zurück, bevor er ihr entwich und drehte sich um festzustellen, dass sie fast in den seltsamen Abgrund am Ende des Flurs gefallen war. Sie ging einen Schritt zurück und achtete darauf, versteckt zu bleiben, falls noch jemand anderes die Baumkammer verließ.

»Was glaubst du, was es damit auf sich hat?«, erkundigte sich Liv und zeigte auf den schwarzen Abgrund.

»Ich habe einige Spekulationen darüber, was es sein könnte.«

»Lass mich raten... Du wirst es mir nicht sagen, oder?«, fragte Liv und hörte, wie sich die Ratsmitglieder zurückzogen.

»Also, dieser Fall, den du zugewiesen bekommen hast?« Plato nickte zu dem Gerät in ihrer Hand.

»Richtig«, sagte Liv und hob den Kodex an. »Wie schalte ich es ein?«

Der Kodex leuchtete auf und erhellte den Raum um sie herum.

»Nun, das war ein seltsames Timing«, kommentiert Liv trocken.

»Ich glaube nicht, dass es das war«, sagte Plato. »Versuche, darüber nachzudenken, was du vom Gerät erwartest.«

Liv tat dies und dachte über den Trollfall nach. Der Bildschirm flackerte und brachte einen Bericht hervor.

»Also funktioniert es mit meinen Gedanken?«, fragte Liv neugierig.

»Absichten, genauer gesagt«, korrigierte Plato. »Erinnerst du dich, was Rory darüber sagte, dass Magie mit Absichten zu tun hat?«

Liv nickte und blinzelte auf den Bildschirm. Ihre Kinnlade klappte runter. »Sie erwarten, dass ich für diesen Fall nach Las Vegas fahre oder fliege?«

Plato sah nicht so beleidigt aus, wie sie sich fühlte. »Wie hättest du sonst dorthin kommen sollen?«

»Portalmagie.«

»Du solltest nicht in der Lage sein, das zu tun.«

»Und doch kann ich es«, antwortete Liv. »Und sie haben mich dazu gebracht, einen Troll aufzutreiben. Wenn ich es nicht besser wüsste, würde ich sagen, dass sie mir Arschkartenfälle geben.«

Liv scrollte durch den Bericht. Es bot ihr mehrere Transportmöglichkeiten, keine davon mit Magie. Sie hatte auch ein Spesenkonto und eine Kreditkarte, die ihren Flugpreis oder eine Autoanmietung decken würde.

»Hier steht, dass ich einen Ortungszauber benutzen soll, um den Troll zu finden«, sagte Liv und las den Bericht. »Weißt du, wie man das macht?«

»Nein, aber ich habe eine Idee«, antwortete Plato.

Liv lächelte den Kater an, streckte ihre Hand aus und bereitete sich darauf vor, ein Portal zu erstellen. »Okay, zieh deine Partyklamotten an. Wir sind auf dem Weg nach Vegas, Baby.«

✶ ✶ ✶

Liv versuchte, ihren Mund zu öffnen, um den zweieinhalb Meter großen Troll anzuschreien, der selbst für Las-Vegas-Verhältnisse nicht genug Kleidung trug. Doch jedes Mal, wenn sie ihren Mund öffnete, fühlte sie sich, als würde sie in einer Wasserlache ertrinken.

»Hallo«, sagte der Troll, eine Kette baumelte zwischen dem Piercing in seinem Ohrläppchen und dem in seinem Nasenloch. »Geht es dir gut?«

Liv starrte den Troll an und achtete darauf, dass ihre Augen von dem abgewandt waren, was nicht vollständig durch sein Lendentuch geschützt war. Die Menschen schlenderten um sie herum auf dem Strip, ihre Augen auf das große Tier gerichtet, das seltsam nach Sauermilch und Kirschgelatine roch.

»Liv, wach auf, ja?«, sagte der Troll, seine Stimme erinnerte sie wieder an jemanden.

Sie blickte auf die Kreatur, fasziniert von ihrem gefügigen Verhalten. Etwas hatte sie erschüttert. Sie drehte sich um, aber es war niemand in der Nähe. Dennoch setzte sich das Schütteln fort.

»Hey, wach auf!«

Liv fuhr auf, ihre Augen blinzelten in der Helligkeit der Lichter des Ladens. Flüssigkeit tropfte von ihrem Kinn. Sie brachte ihren Arm über ihren Mund und saugte zu viel Sabber aus ihrem Gesicht.

»Da bist du ja, Schlafmütze«, sagte Shane und starrte sie besorgt an.

Liv sah sich um und versuchte, sich zu orientieren. Die letzten zwölf Stunden spulten schnell durch ihr Gehirn, bis sie sich daran erinnerte, warum sie auf der Werkbank in Johns Laden schlief.

»Hey, Shane«, sagte sie, ihre Stimme krächzte. »Was kann ich für dich tun?«

Er zeigte auf den Drucker, der neben ihr stand. »Hattest du die Chance, das zu überprüfen?«

Sie blinzelte auf das Gerät. »Ähm, habe ich eigentlich noch nicht. Die Dinge sind hier gestern ein wenig verrückt geworden.«

Shane pfiff durch seine Zähne. »Kann man wohl sagen. Ich habe von den Kindern gehört, die hier den Laden aufgemischt haben. Nach dem Erdbeben und dem elenden Ungeziefer hat John wirklich alle Hände voll zu tun.« Er sah sich neugierig um. »Aber der Laden sieht viel besser als bisher aus.«

Liv stimmte mit einem Nicken zu. Rory hatte gute Arbeit geleistet. Sie hatte versucht, an diesem Morgen weiter zu helfen, indem sie verschiedene Geräte reparierte, darunter den Drucker, aber es hatte nicht funktioniert. Jedes Mal, wenn sie auf etwas zeigte, schoss ein schwacher Funke aus ihr heraus, als ob ihre Magie gebrochen wäre.

»Ich werde mir heute Morgen den Drucker ansehen«, versprach Liv. »Wenn du morgen vorbeikommst, habe ich einen Kostenvoranschlag.«

»Okay, danke, aber bitte gib dir selbst eine Pause, wenn du sie brauchst«, sagte Shane. »Sieht so aus, als hättest du dich selbst damit beschäftigt, diesen Ort aufzuräumen.«

»Es war nicht... Ja, danke«, stammelte Liv und winkte Shane zu, als dieser zur Tür zurückkehrte. Es hatte keinen Sinn, sich in noch mehr Schwierigkeiten zu bringen.

Als sich die Tür zum Laden mit einem Klappern schloss, zog Liv den Drucker näher an sich heran. Sie mochte im Moment keine Magie haben, um die Ausrüstung zu reparieren, aber sie hatte immer noch ihren klugen Kopf, was fast besser war. Dann meldete sich etwas, was Rory gesagt hatte, klar in ihrem Kopf: »Es hat etwas Ehrliches an sich, Dinge ohne Magie zu tun. Eine übermäßige Abhängigkeit von ihr ist gefährlich.«

Liv lächelte, die Worte reagierten mit etwas tief in ihrem Inneren – einer Kernüberzeugung, die sie von den meisten im Haus der Sieben unterschieden hatte. Von klein auf hatte sie der Magie nicht vertraut. Nicht, weil sie die Rolle fürchtete, die sie beim Tod ihrer Eltern gespielt hatte, sondern weil sie dachte, dass es sonst gute Menschen verdirbt. Sie machte die Dinge zu einfach. Sie schuf den Anschein und täuschte. Magie in ihrem Kern war Täuschung, oder zumindest war es das, was sie früher glaubte. Jetzt war sie sich nicht mehr so sicher.

»Du hast ein Gummibärchen an deiner Wange kleben«, bemerkte Plato, nachdem er auf die Werkbank gesprungen war.

Liv strich an ihrem Gesicht entlang und zog ein kirschrotes Gummibärchen von ihrer Wange weg. Sie sah es zaghaft an, bevor sie es sich in den Mund schob.

Plato schenkte ihr einen Blick voller Ekel.

»Hey, ich habe Hunger«, protestierte sie.

»Ich verstehe warum. Du hast noch nicht so viel gegessen.« Er nickte dem Paket voller mit Puderzucker bestreuter Donuts, dem leeren Beutel mit gerösteten Mandeln und den halbgegessenen Gummibären zu.

Liv ignorierte ihn, packte den Beutel mit den Gummibärchen und zog eine Handvoll davon heraus. Sie steckte die kleinen Bären in ihren Mund und stellte sich vor, sie könne sie schreien hören, während sie kaute, genau wie der Troll es gestern Abend mit ihr getan haben könnte, wenn der es gewollt hätte. Der Zucker weckte sie nicht so, wie sie es sich gewünscht hätte, aber er linderte ihren ständigen Hunger.

Wieder zeigte sie mit dem Finger und ihrer Absicht auf den Drucker und wollte eine Reparatur. Als nichts passierte, seufzte sie. Liv schüttelte die fast unfähig machende Erschöpfung ab und machte sich an die Arbeit. Sie hatte eine Menge Geräte zu reparieren und anscheinend würde ihr die Magie hier nicht zu Hilfe kommen.

Kapitel 21

Die Tür stand weit offen, als Liv am Nachmittag nach der Arbeit bei Rorys Haus ankam. Sie hatte sich einen Proteinriegel aus einem Laden geschnappt und ihn auf dem Weg hierher gegessen. Obwohl sie versucht hatte, ein Portal zu seinem Haus zu öffnen, hatte es nicht funktioniert, was bedeutete, dass sie die anderthalb Kilometer laufen musste, was an jedem anderen Tag außer diesem in Ordnung gewesen wäre. Jeder Schritt fühlte sich wie eine Million an. Jede Minute, wie ein Jahr. Jedes Geräusch lärmte wie ein Orchester aus Lärm und die Lichter blendeten ihre Augen.

»Du siehst beschissen aus«, kommentierte Rory, als sie in seinen Flur schlich und sich gegen die Tür lehnte.

Liv blickte auf Plato herab. »Lässt du so mit dir reden?«

Plato ignorierte sie konsequent, sprang auf den nahegelegenen Sessel und streckte sich, nur um dann das Kissen mehrmals mit seinen Krallen aufzuschütteln und sich hinzulegen.

»Ich habe natürlich dich gemeint, Magierin, nicht den armen unschuldigen Kater«, stichelte Rory.

Liv strich beiläufig eine blonde Strähne von ihrer Wange. »Oh, nun, ich habe vergessen, mir die Haare zu bürsten.«

»Oder zu schlafen«, fügte Rory vorwurfsvoll hinzu.

Liv nickte. »Ja, ich habe es gestern leider nur geschafft, etwa zwei Stunden oder so zu bekommen, aber ich werde mich einfach später noch etwas ausruhen.«

»Den Teufel wirst du.« Rory hob einen kleinen Lederbeutel neben seinem Stuhl auf und schüttelte den Inhalt gedankenverloren durcheinander.

Liv winkte ab. »Es ist in Ordnung. Ich kann tagelang funktionieren, ohne mich eine ganze Nacht auszuruhen. Ich muss es nur irgendwann wieder gutmachen.«

»Das mag wahr gewesen sein, bevor deine Magie freigeschaltet wurde, aber die Dinge liegen jetzt anders«, erklärte Rory. »Wenn du nicht ausgeruht bist, wird die Magie von deiner Lebenskraft zehren. Ich hoffe, du hast heute nicht versucht, irgendwelche Zauber zu benutzen.«

Livs Augen huschten unsicher zur Seite. »Zumindest keine erfolgreichen.«

Rory nickte. »Gut, dass du hergekommen bist, bevor du dich umgebracht hast, du dumme Magierin. Du wirst ab sofort keine Magie mehr benutzen, bis du dich richtig ausgeruht hast.«

»Aber was ist mit unserer Lektion?«, erkundigte sich Liv.

Rory warf den Beutel in seinen großen Händen hin und her. »Die sage ich hiermit ab. Und wenn du jemals wieder so übermüdet hier auftauchst, ist der Unterricht für immer vorbei. Zu sehen wie sich eine idiotische Magierin umbringt, steht nicht sehr weit oben auf meiner persönlichen Wunschliste.«

»Aber sie zu beleidigen, das steht da schon drauf, oder?«, fragte Liv rhetorisch.

»Geh nach Hause und ruh dich eine ganze Nacht aus«, befahl Rory. »Wenn du das tust, können wir den Unterricht morgen wieder aufnehmen.«

Liv schüttelte den Kopf, als ein Gähnen ihrem Mund entschlüpfte. »Ich kann nicht. Ich muss heute Abend ins Haus der Sieben.«

DIE REBELLISCHE SCHWESTER

Rorys Augen blitzten auf vor Ärger. »So bist du nicht zu gebrauchen.«

»Das spielt keine Rolle«, gab Liv zurück. »Sie behandeln mich bereits, als wäre ich ein totaler Rohrkrepierer. Wenn ich nicht auftauche, gebe ich ihnen nur noch eine weitere Gelegenheit mich zu verspotten.«

»Wow«, stellte Rory emotionslos fest. »Klingt nach genau der richtigen Art von aufrechten Individuen, mit denen ich mich dauerhaft umgeben möchte.«

Liv konnte dem nicht widersprechen. »Die Sieben sind ein Haufen Idioten, aber ich tue das nicht für sie. Ich tue es für meinen Bruder und meine Schwester. Für meine Familie.«

Rory betrachtete sie einen Moment lang, der grüblerische Ausdruck, den er die meiste Zeit trug, verblasste leicht. »Dann wirst du wohl die Werkstatt verlassen müssen.«

Liv schüttelte den Kopf. »Nein, ich arbeite dort für mich. Ein Mädchen muss etwas als Ausgleich haben.«

Rory betrachtete den Beutel in seiner Hand für einen Moment. Als er wieder aufblickte, hatte er einen Ausdruck der Gleichgültigkeit aufgesetzt. »Dann musst du herausfinden, wie du das alles alleine bewältigen kannst, denn du scheinst dich bereits entschieden zu haben.«

Plato hob den Kopf. »Das habe ich ihr auch gesagt.«

Rory sah den Kater direkt an. »Ich dachte, du sagtest, du sprichst nur mit Liv?«

Platos Kopf fiel wieder nach unten, als er seine Augen schloss.

»Verdammte Lynxe, denken immer, dass sie so clever sind«, beschwerte sich Rory.

»Das ist das zweite Mal, dass jemand Plato einen ›Lynx‹ nennt«, sagte Liv. »Was bedeutet das?«

Rory zog eine seiner buschigen Augenbrauen hoch und blickte sie an. »Er ist dein Kater, und du weißt nicht mal, worum es bei ihm geht?«

»Er ist nicht mein Kater«, argumentierte Liv. »Plato gehört sich selbst, so wie ich mir selbst gehöre.«

Rory nickte. »Ja, sehr wahr. Und er ist technisch gesehen kein Kater. Nun, nicht nach traditionellen Maßstäben.«

Er stand auf und strich über seine Hose, obwohl sie nicht schmutzig war. Aus einem nahegelegenen Regal holte er ein Buch und gab es Liv.

»Ich müsste dir eigentlich sagen, dass du das hier in deiner Freizeit lesen solltest, aber das ist in deiner Situation wahrscheinlich eher ein Witz.«

Sie las das Cover laut vor. »Mysteriöse Kreaturen von Bermuda Laurens.«

Rory zeigte auf das Buch. »Nicht alles in diesem Buch ist korrekt. Vieles davon ist spekulativ, weil das Thema etwas schwer zu bestimmen ist.«

Liv lachte. »Ja, dieses Fräulein Bermuda hat wahrscheinlich eine Menge von diesem Zeug erfunden... wie zum Beispiel ihren Namen.«

Rory schenkte ihr einen angewiderten Blick. »Bermuda ist meine Mutter.«

Liv bedeckte ihren Mund. Voll ins Fettnäpfchen getreten. »Es tut mir leid. Ich meinte nur, dass es ein seltsamer Name für ein Buch über mysteriöse Kreaturen ist.«

»Warum?«, fragte Rory.

»Nun, weil die Bermudas Orte sind, die von Geheimnissen umgeben sind.«

Rory schüttelte den Kopf über sie. »Es ist ein Ort, an dem Sterbliche viele Dinge gesehen haben, die sie eigentlich nicht sehen sollten oder die sie sich nicht erklären konnten. Das Gebiet an sich ist für unsere Verhältnisse ganz normal.«

»Unsere Verhältnisse««, wiederholte Liv trocken.

»Nun, lies das Buch, wenn du kannst. Vielleicht lernst du etwas über deinen kleinen Freund.«

Liv hielt das Buch hoch und legte ihren Kopf darauf. »Ich werde es durch Osmose lesen, während ich schlafe.«

»Kein Lesen während du schläfst, solange bis du dich ausgeruht hast. Du musst träumen, um dich richtig ausruhen zu können.«

Liv schoss ihm einen Blick der Überraschung zu. »Ich habe nur Spaß gemacht. Lesen im Schlaf ist echt möglich?«

»Lesen im Schlaf oder Erkunden oder einfach alles tun«, erklärte Rory. »Was glaubst du, wie die großen Pyramiden so schnell gebaut wurden?«

»Außerirdische?«, antwortete Liv zögernd.

Rory seufzte. »Für eine der Sieben bist du wirklich dumm. Ich hätte erwartet, dass deine Ausbildung mehr... naja, indoktriniert ist.«

Liv zuckte ratlos mit den Schultern. »Ich habe viel vergessen und meine Eltern haben am Anfang viel von meinem Unterricht gemacht, was ziemlich gut war. Dann waren da noch ein paar Jahre, in denen ich den strengen Lehren unterworfen wurde. Meine Mutter nannte es immer ›subtile Gehirnwäsche‹.«

Rory presste seine großen Lippen zusammen, seine Augen verengten sich. »Es klingt, als wären deine Mutter und ich gut miteinander ausgekommen.«

Liv wollte zustimmen, aber die Idee, dass Rory ein Gespräch mit ihrer Mutter genossen hätte, ließ ihren Hals schmerzen. Es machte sie fast eifersüchtig nur zu denken, dass jemand anderes die Aufmerksamkeit ihrer Mutter genossen hätte, als sie. Sich nach der Liebe von jemandem zu sehnen, die man nicht haben konnte war Livs Fluch.

Ein Klopfen an Rorys Tür erschreckte Liv und sie sprang fast einen halben Meter in die Luft, ihre Reflexe waren aufgrund ihrer Erschöpfung unvorhersehbar.

Auf der Veranda stand eine gebückte alte Frau, deren Kopf mit einem Schal bedeckt war. Sie hatte eine große, faltige Nase und kaum Zähne, wenn sie lächelte. »Tut mir leid, dass ich dich erschreckt habe. Ich habe nach Rory gesucht.«

Der Riese kam um Liv herum und schob sie fast aus dem Weg. »Birdie. Ich habe dir doch gesagt, dass ich zu dir kommen würde.«

»Ich weiß, ich weiß«, sagte die Frau und winkte ihm mit einer verdorrten Hand zu. »Aber es ist gut für mich, mal hier rauszukommen.«

Rory übergab der Frau den Lederbeutel mit einem Lächeln. »Das verstehe ich. Hier, bitte schön.«

»Ich verspreche, dass du nächsten Monat...«

»Lass uns nicht darüber reden«, sagte Rory, schnitt ihren Redeschwall ab und führte sie weg.

Liv beobachtete, wie er der Frau auf der Veranda half und ihr etwas ins Ohr flüsterte. Der Riese musste sich tief hinabbeugen, um sie zu erreichen.

»Tschüss, Tschüss, Rory«, rief die alte Frau als sie wieder auf dem Gehweg war und winkte ihm zu, als sie sich nach vorne schleppte.

»Was sollte das alles?«, fragte Liv, ihre Arme vor ihrer Brust verschränkt.

Rory schüttelte den Kopf. »Es war nichts und es geht dich auch definitiv nichts an.«

»Das ist in Ordnung. Ich werde es einfach zusammen mit dem Rest deines verdächtigen Verhaltens katalogisieren.«

DIE REBELLISCHE SCHWESTER

Rory hielt an, nachdem er sich in sein Haus geduckt hatte. »Du solltest nichts von deiner Zeit damit verschwenden. Hast du keine wichtigeren Dinge, um die du dir Sorgen machen musst?«

Liv gähnte. »Ja, und zwar schlafen. Wenn ich jetzt nach Hause komme, kann ich noch ein paar Stunden schlafen, bevor ich heute Abend ins Haus gehen muss.«

Rory starrte sie für einen langen Moment an und sagte dann: »Warum stehst du noch da? Hättest du nicht schon gehen sollen?«

»Ja, genau. Ich bin irgendwie erschöpft. Würdest du bitte ein Portal für mich öffnen, damit ich schnell nach Hause komme?«, fragte Liv.

Er schüttelte den Kopf. »Portalmagie ist keine Spezialität eines Riesen.«

»Wie kommt ihr dann alle irgendwohin?«, erkundigte sich Liv.

Rory warf ihr einen trotzigen Blick zu. »Wir benutzen eine andere Art von Magie, kleine Heuschrecke.«

»Nun, kannst du mich teleportieren oder schleudern oder was immer du tust, um lange Strecken zurückzulegen?«

»Ich kann dir ein Taxi rufen«, sagte Rory.

»Oh, also wirst du mir nicht sagen, welche Art von Magie ihr Riesen auf Reisen benutzt?«

Rory verschränkte seine Arme, passend zu ihrer Haltung. »Tut mir leid. Es gibt einige Dinge, die Magier nicht wissen müssen.«

Kapitel 22

Als Liv die Kammer des Baumes betrat, standen nur drei Krieger auf ihren Plätzen. Sie dachte einen Moment lang, dass sie seltsamerweise zu früh dran sei, aber dann sagte Adler: »Jetzt, wo Miss Beaufont gekommen ist, können wir anfangen.«

Sie nahm ihren Platz ein und bekam einen neugierigen Blick des Kriegers neben ihr zugeworfen. Stefan Ludwigs tiefschwarze Haare standen in starkem Kontrast zu seiner Porzellanhaut. Er trug einen Reiseumhang, der an mehreren Stellen mit Blut bespritzt war.

Liv erwiderte seinen neugierigen Blick, bevor sie ihre Aufmerksamkeit wieder auf die Ratsmitglieder richtete.

Clark starrte sie an, wahrscheinlich erleichtert, dass sie nicht mit Schlamm bedeckt war, obwohl sie keine Zeit hatte, ihre Jeans und ihr Strick-Top zu wechseln, die von ihrem langen aber nötigen Nickerchen etwas zerknittert waren.

»Trudy und Stefan, ihr seid zurückgekehrt«, sagte Adler. »Habt ihr die nicht registrierten Magier erfolgreich eingedämmt?«

Stefans Kinn war leicht angehoben. »Drei haben sich beim Haus angemeldet und erklären, dass es sich nur um einen Fehler handelt. Die anderen drei versuchten zu fliehen.«

»Und?«, fragte Adler und zog das Wort in die Länge.

»Wir konnten sie nicht lebendig fassen«, antwortete der Krieger.

DIE REBELLISCHE SCHWESTER

Die schwarze Krähe, die Liv bei ihrem ersten Besuch im Raum bemerkt hatte, flog von einem unsichtbaren Sitzplatz herunter, landete in der Mitte des Halbkreises auf dem Boden und sah den Krieger an.

»Sehr gut«, sagte Adler.

Er richtete seine Aufmerksamkeit auf Liv, seine kalten Augen untersuchten sie. »Und nun Miss Beaufont. Du bist zurückgekehrt. Das sollte bedeuten, dass du den Troll in Las Vegas ordnungsgemäß entsorgt hast.«

»Das habe ich«, antwortete Liv sofort, ihre Arme schlossen sich hinter ihrem Rücken und ihre Ohren brannten.

»Darf ich fragen, wie du dich um den Troll gekümmert hast?«, fragte Haro Takahashi, seine Hände auf dem Tisch vor ihm.

Liv starrte ihn an und betrachtete sinnierend die komplizierten Muster auf seinen roten, seidigen Gewändern.

»Ja, ich bin besonders neugierig zu erfahren, wie du den Troll besiegt hast und noch dazu so schnell«, sagte Bianca. »Wir haben nicht erwartet, dass du so schnell zurückkommst.«

»Nun, anscheinend geht der Zufall mit meiner Magie weiter, denn ich kann immer noch Portale erstellen«, antwortete Liv.

»Ich erwarte, dass das bald verblasst«, sagte Adler. »Aber der Troll... was hast du mit ihm gemacht?«

Liv öffnete ihren Mund um die Geschichte zu erzählen, aber es kam nichts heraus. Es war wahrscheinlich der flehende Ausdruck auf Clarks Gesicht, der sie davon abhielt, die Wahrheit preiszugeben. Sie versuchte, sich eine passable Lüge auszudenken.

»Ich erkenne hier, dass du keinen Ortungszauber versucht hast?«, sagte Hester und studierte ihr Tablet, das die verschiedenen Magien, die Liv vor kurzem benutzt hatte, detailliert aufführte.

Sie schüttelte den Kopf. »Nein, ich habe mich für einen unkomplizierten Ansatz entschieden. Ich habe einfach nur auf dem Strip herumgefragt.«

»Du hast *gefragt*?«, rief Bianca mit einem plötzlichen Lachen aus.

»Ja, wie ein Detektiv. Ich habe den Sherlock-Holmes-Ansatz gewählt«, antwortete Liv.

Bianca sah Haro und dann Adler an. »Das hätte die ganze Nacht gedauert.«

»Es dauerte genauer gesagt etwa zwanzig Minuten«, korrigierte Liv. »Du wärst überrascht, wie viele Leute einen großen ekelhaften Troll gesichtet hatten, der eine Keule trug und laut grunzte.«

Biancas Gesicht war eine Grimasse. »Was für ekelhafte Bestien.«

»Das war aber ein sehr konservativer Ansatz«, sagte Raina und erntete dafür einen kurzen Blick von ihrem Bruder, der neben Liv stand.

»Ich hätte einen Ortungszauber verwenden können, aber ich habe mich entschieden, es nicht zu tun«, log Liv.

»Und du hattest Recht«, sagte Raina, ihr Tonfall war diesmal sympathischer. »Ich denke es war ein kluger Schachzug. Die Verfolgung von Sachen oder Personen mit Zaubersprüchen kostet viel Energie und kann einige Zeit in Anspruch nehmen. Es klingt, als hättest du den Troll so schneller gefunden, als wenn du Magie eingesetzt hättest.«

»Da bin ich mir nicht so sicher«, mischte sich Bianca ein.

Rainas freundlicher Gesichtsausdruck entgleiste, als sie den Tisch entlang zu Bianca hinunterblickte, die beiden wechselten erhitzte Blicke.

DIE REBELLISCHE SCHWESTER

»Wie bist du mit dem Troll umgegangen?«

Liv war überrascht, dass es ihr Bruder war, der die Frage stellte. Er sah so anders aus, als er auf sie herabblickte, nicht wie der Junge, an den sie sich erinnerte.

»ICH-ICH-ICH…«, stotterte Liv, unfähig ihn anzusehen. »Ich brachte ihn in einen abgelegenen Teil der Wüste.«

»Und dann?«, fragte Adler und lehnte sich nach vorne.

Liv kaute an ihrer Lippe. Das sollte nicht so schlimm werden. Sie musste einfach Vertrauen haben. »Ich habe ihn dort gelassen.«

Die Ratsmitglieder brachen in einem großen Aufruhr aus. Stefan und Trudy warfen ihr warnende Blicke zu. Sogar die Kriegerin auf der anderen Seite des Raumes, Maria Rosario, betrachtete Liv schockiert.

»Warum hast du das getan?«, fragte Lorenzo. »Konntest du ihn nicht überwältigen?«

»Sie kennt noch keine Kampfzauber«, sagte Bianca. »Ich habe dich gewarnt, dass das alles ein Problem für sie sein wird.«

»Das ist es nicht«, bestand Liv, machte einen Schritt nach vorne und ließ die Krähe einen halben Meter zurückspringen. »Der Troll hat niemanden verletzt. Er war nur ein dummer Troll.«

Adler rieb sich die Schläfe, seine Augen verengten sich. »Miss Beaufont, du solltest den Troll entsorgen, ihn nicht durch ein Portal zu einem Ort in der Wüste bringen, wo er früher oder später weiterhin ein Problem sein wird.«

»Aber das ist es ja gerade«, sagte Liv und ihre Stimme wurde lauter. »Er war kein Problem. Er war verloren und verwirrt.«

Bianca lachte. »Er ist ein Troll. Die sind so geboren und sterben auch so.«

175

Liv knirschte mit den Zähnen und schob all ihre feindseligen Emotionen in die ›Kiste‹, bevor sie sie überwältigten. Sie fühlte, wie ihre Kraft zu ihr zurückkehrte, als ihre Emotionen unter Kontrolle waren.

»Der Troll hat vielleicht kein Englisch gesprochen, aber er hat mich verstanden als ich ihm sagte, dass ich da bin um zu helfen«, sagte Liv. »Er mag die Wüste, ist jetzt weit weg von den Sterblichen und stört niemanden. Ich verstehe nicht, wo das Problem liegt.«

»Das Problem«, sagte Adler, sichtlich seine eigene Wut unterdrückend, »ist, dass dir gesagt wurde, du sollst den Troll entsorgen. Das war ein Befehl, kein nett gemeinter Vorschlag.«

»Warum ihn töten? Weil er ein Troll ist, der sich verlaufen hat und in bewohntes Gebiet gestolpert ist?«, fragte Liv.

Jedes einzelne der Ratsmitglieder nickte ihr zu.

»Nein!«, schrie sie und ließ die Krähe wieder springen. »Er hat nichts Falsches getan. Ich beobachtete ihn. Er schadete keiner einzelnen Person und sie alle dachten, er sei Teil einer Show. Selbst als die Touristen ihn verspotteten, reagierte er nicht feindlich. Er sah sich nur um, um herauszufinden, wo er war.«

»Es geht darum, das Gesetz durchzusetzen, was deine Rolle als Krieger sein sollte«, argumentierte Adler.

Liv verschränkte ihre Arme über ihre Brust und betrachtete die Ratsmitglieder mit einem kritischen Blick.

»Also soll ich mich einfach an das Gesetz halten, auch wenn es dumm ist und keinen Sinn ergibt?« Liv sah die anderen Krieger herausfordernd an. »Ist es das, was ihr alle macht? Entsorgst du Menschen auch einfach blind, ohne zu fragen, ob sie sich eines Verbrechens schuldig gemacht haben oder nicht?«

DIE REBELLISCHE SCHWESTER

Trudy schüttelte sofort den Kopf, aber Stefan und Maria schienen nicht bereit zu sein, sich zu engagieren und konzentrierten ihren Blick wieder nach vorne.

»Wird die Durchsetzung des Gesetzes weiterhin ein Problem für dich sein, Miss Beaufont?«, fragte Haro, sein Tonfall allerdings nicht strafend, sondern eher neugierig.

»Kommt drauf an«, begann Liv und erhielt für die Antwort einen frustrierten Blick von Clark. »Werden die Gesetze ohne Rücksicht auf die tatsächliche Gerechtigkeit funktionieren? Was nützt es das Gesetz einzuhalten, wenn wir unsere Bedenken darüber, wie einfühlsame Gerechtigkeit funktioniert, ausräumen? Es klingt so, als hättet ihr alle blinde Gesetze, die besagen, dass, wenn eine Kreatur eine Regel verletzt, sie ohne Rücksicht auf die Umstände bestraft wird. Nicht alles im Leben ist nun mal schwarz und weiß. Manchmal brechen Menschen Gesetze aus guten Gründen oder aus Versehen oder Unwissenheit. Woher weißt du, dass diese Magier auf Bali absolut schuldig waren? Vielleicht wussten sie es nicht besser, hatten Angst und reagierten aus ihrem Selbsterhaltungstrieb heraus? Was ist, wenn…«

»Genug!«, schrie Adler und schnitt Liv das Wort ab.

Die Kammer verstummt – abgesehen vom Geräusch der Krähe, die am Boden pickte, als ob sie verzweifelt versuchte, einen der Steine zu lösen.

»Miss Beaufont«, begann Adler langsam, »es ist das Vorrecht des Rates, Fälle nach unserem Ermessen zuzuordnen. Wir bestimmen das Gesetz und deine Aufgabe ist es, es durchzusetzen.«

»Aber manchmal, wenn man vor Ort ist…«

Adler hielt seine Hand hoch und hielt sie auf. »Das Gesetz ist das Gesetz, unabhängig von der Situation. Es liegt in unserer Verantwortung, Objektivität zu schaffen, weshalb wir Fälle überprüfen und zuordnen. Dein Urteilsvermögen ist zu getrübt, wenn du vor Ort bist. Wenn jeder Krieger jeden Fall so behandeln müsste, wie er es für richtig hält, wo wäre dann die Grenze?«

»Die Grenze wird an der Gerechtigkeit gezogen«, argumentierte Liv. »Es sollte nicht schwierig sein, wenn man selbständig denken kann.«

Dies führte zu einem Aufruhr bei den Ratsmitgliedern, aber die Krieger blieben völlig still.

»Das reicht jetzt!«, schrie Adler und ließ seine Zeitgenossen zum Schweigen kommen. Er starrte Liv kalt an. »Du wirst dorthin zurückkehren, wo du den Troll verlassen hast und ihn entsorgen, wie es dir befohlen wurde. Die Kreatur hat gegen unsere Vereinbarung verstoßen und die Strafe ist klar und nicht verhandelbar. Außerdem können wir ihn nicht da draußen lassen, wo er den Verstoß ein zweites Mal durchführen kann. Es gibt Verständnis und es gibt Nachlässigkeit.« Adler blickte die Bank in beide Richtungen hinunter. »Stimmen alle Ratsmitglieder zu?«

Es gab ein kollektives Ja von der Gruppe obwohl einige von ihnen, einschließlich Clark, nicht so hartnäckig erschienen wie andere.

»Sehr gut«, sagte Adler siegreich. »Du wirst den Troll entsorgen und uns morgen einen vollständigen Bericht geben. Ist das klar?«

Liv erkannte, dass sie noch viel besser im Lügen werden musste.

Kapitel 23

Als John am nächsten Tag im Laden auftauchte, arbeitete Liv bereits an ihrem zweiten Frühstück. Sie hatte keine anmutige Art gefunden, die riesige Zimtrolle zu essen, also nahm sie einfach einen großen Bissen und bekam Zuckerguss auf ihre Mundwinkel und Nase.

John betrachtete sie einen Moment lang, bevor er auf den Drucker herabblickte. »Du sagtest, die Rollen waren blockiert. Was noch?«

»Da Schltun han Krzun«, sagte sie durch den großen Mundvoll feuchten Teigs.

John schüttelte den Kopf über sie. »Liv, kann ich dir eine Frage stellen?«

Sie wischte sich den Mund mit einer Serviette ab und nahm einen Schluck Orangensaft. »Nein«, sagte sie einfach, als sie geschluckt hatte.

Er starrte sie einige Momente lang genervt an.

»Ich hasse es irgendwie, wenn Leute diese Frage stellen«, antwortete sie. »Wir alle wissen, dass du deine Frage eh stellen wirst, egal was ich antworte. Warum also diese Frage vorher?«

»Es ist einfach höflich«, antwortete er.

»Oh... und wann hast du mit diesen Feinheiten angefangen?«

»Der Arzt sagte, es wäre gut für mein Herz, wenn ich nicht immer so launisch zu allen wäre«, sagte er.

»Klingt, als bräuchtest du einen neuen Arzt, der dich versteht.« Liv leckte ihre Finger sauber, schaute auf die Zimtrolle und versuchte herauszufinden, wo sie ihren nächsten Bissen ansetzen sollte. »Hast du deine Medikamente neu eingestellt bekommen?«

Er nickte eifrig. »Ja, aber meine Frage bezieht sich auf dich. Bist du... nun, ich weiß nicht, wie ich das fragen soll...«

Liv setzte die Rolle ab und versuchte ihren Ausdruck normal zu halten. Wusste John davon? Hatte er sie an diesem Morgen gesehen, als sie ihre Magie benutzt hatte? Hatte er Plato sprechen hören? Es war nur eine Frage der Zeit, bis so etwas passierte. »John, ich kann es erklären.«

Er schüttelte den Kopf über sie. »Es ist in Ordnung. Aber du musstest wissen, dass ich es irgendwann herausfinden würde.«

»Ich schätze, du hast Recht.«

»Ich weiß seit einer Weile, dass etwas nicht stimmt. Du hast die ganze Zeit geschlafen.« Er hielt einen Finger hoch. »Und ununterbrochen gegessen.« John hat einen weiteren Finger erhoben. »Du bist launischer als sonst und du verschwindest die ganze Nacht. Ich weiß, dass ich es nicht bemerken sollte, aber das tue ich. Ich beschütze dich. Aber diese Veränderung, die du gerade durchmachst.... Nun, du musst nicht alleine da durch.«

Liv blickte auf die Zimtrolle hinunter, plötzlich nicht mehr so hungrig. »John, ich *muss* das eigentlich alles alleine machen. Mein neues und altes Leben können sich nicht wirklich vermischen. Ich meine, nicht ganz.«

»Aber das Baby«, begann John. »Wie willst du denn das alles alleine stemmen?«

Livs Mund klappte nach unten und blieb offen stehen, ihre Augen folgten dem ebenso. »Warte, du denkst, ich bin schwanger?«

John kicherte unbehaglich. »Nun, es ist jetzt offensichtlich, nicht wahr?«

Liv hat sich dem Lachen angeschlossen. Sie kugelte sich vor Lachen als sie es endlich begriff. John hörte auf zu lachen und dachte anscheinend nicht, dass ihr Benehmen so lustig war.

Als sie wieder atmen konnte, war ihr Gesicht rot. »John, ich bin nicht schwanger. Ich bin... Ich habe nur einen Nebenjob angenommen. Deshalb bin ich hungrig und müde.« Wieder hatte sie den Drang, ihm alles zu erzählen. Vielleicht würde er es lieben, dass sie eine Magierin war und dass sie ihr beider Leben mit Magie leichter machen konnte. Vielleicht würde er sich darüber freuen, dass sie ihm und dem Laden treu blieb, obwohl sie jetzt eine begehrte Kriegerin war. *Oder* vielleicht flippte er aus und dachte, sie sei verrückt. Sie schüttelte den Impuls ab und schob ihn von sich. Nein, sie konnte es nicht riskieren, ihm die Wahrheit zu sagen. Noch nicht.

»Du bist nicht... Warte, du hast einen anderen Job angenommen? Wo?«

»In Santa Monica«, sagte Liv, da sie John nicht anlügen wollte. Die Ratsmitglieder waren etwas anderes, aber John verdiente ihre Ehrlichkeit und ihr Vertrauen. Nun, so viel wie sie ihm geben konnte.

»Oh, nun, wenn du eine Gehaltserhöhung brauchst, wäre ich glücklich...«

»Nein«, unterbrach Liv ihn und konnte den fürsorglichen Blick in seinen Augen nicht ertragen. »So ist das nicht. Ich tue es um einem Freund zu helfen.«

»Freund?«, fragte John und schenkte ihr nun einen skeptischen Ausdruck.

Sie rollte die Augen, als Plato auf die Werkbank sprang und an ihrer Zimtrolle schnüffelte. Sie scheuchte ihn weg. »Glaub es oder nicht, ich habe tatsächlich Freunde.«

»Ich bin mir nicht sicher, *ob* ich es glaube«, neckte John. »Aber wenn du sagst, dass du keine Gehaltserhöhung brauchst, dann glaube ich dir. Ich will nur nicht, dass du es übertreibst. Vielleicht nimmst du zu viel auf dich.«

Oh toll, werde du nun auch noch ein Mitglied im Club der Leute, die nicht glauben, dass ich das alles schaffen kann, dachte Liv.

»Also der Drucker funktioniert nun wieder gut«, sagte Liv und versuchte damit das Gespräch auf ein anderes Thema zu lenken.

John zeigte auf die Reihe der Geräte im Regal. »Und du sagst, dass du das alles auch repariert hast?«

»Das habe ich.« Liv nahm einen Bissen von ihrer Zimtrolle und genoss die cremige Süße in ihrem Mund.

John sah sich um und seufzte. »Wann hattest du heute Morgen Zeit, ein halbes Dutzend elektronische Geräte zu reparieren?«

Sie zuckte mit den Achseln, ihr voller Mund hinderte sie an einer Antwort.

»Nun, das lässt mir dann nicht mehr viel zu tun«, sagte John, der vorübergehend verloren wirkte.

Liv schluckte und lächelte ihn an. »Warum nimmst du dir nicht einfach mal einen Tag frei?«

Er winkte ab. »Wir beide wissen, dass das eine hinterhältige Form der Folter für mich wäre.«

Livs Telefon klingelte auf der Werkbank. Sie blickte drauf, völlig überrascht, wer ihr da eine Nachricht geschickt hatte. Sie hatte gar nicht gewusst, dass Rory ihre Nummer hatte. Dann erinnerte sie sich an das ganze Gerede über Magie und Technik. Ihr Handy war offiziell ›smart‹.

Die Nachricht lautete **Ich bin heute Abend beschäftigt. Wir sehen uns morgen.**

Johns Gesicht hatte einen neugierigen Ausdruck angenommen, als sie aufblickte.

Sie packte das Telefon und steckte es in die Tasche ihres Hoodies. »Es ist mein Freund. Sieht so aus, als hätte ich heute Abend frei.«

»Oh, nun,... willst du mir dann mit dem Wagen helfen?«, fragte er, ein Schimmer von Begeisterung in seinen Augen.

Der Willys aus den 1940ern war seit Jahren nicht mehr gelaufen. John arbeitete an den Wochenenden daran, aber es waren zu viele Reparaturen nötig und nie genug Geld oder Zeit da, ihn auf den neuesten Stand zu bringen. Dennoch hatte Liv die Chance ergriffen, die er ihr gegeben hatte, mit ihm an der Umrüstung des Elektromotors zu arbeiten. Normalerweise war es ›sein‹ Projekt, also war seine Einladung eine willkommene Geste.

»Sicher doch!«, rief Liv aus, erinnerte sich dann aber an ihre abendliche Schicht im Haus der Sieben. Sie fügte hinzu: »Ich kann aber nicht zu lange bleiben. Ich habe etwas zu erledigen.«

»Ich dachte, du sagtest, du müsstest heute Abend nicht arbeiten?«, fragte John.

»Tue ich nicht, aber ich muss Plato seine Wurmkur geben.«

John und der Kater sahen sie und dann einander im Einklang an.

»Oh, armer Kerl«, sagte John freundlich. »Er hat Würmer?«

»Ja«, log Liv. »Der Tierarzt sagt, es kommt vom Essen aus Mülltonnen und vom Lecken seines Hinterns.«

John bestätigte nickend, dass er dies vollkommen logisch fand. »Gut, dass er dich hat und dass du dich so um ihn kümmerst.«

* * *

»Das war die beste Lüge, die du dir ausdenken konntest? Ich soll Würmer haben?«, fragte Plato, als sie ein paar Stunden später durch das Portal nach Santa Monica gingen.

»Du bist eine Katze«, sagte Liv. »Es interessiert niemanden.«

Er hielt seinen Kopf hoch. »Es interessiert *mich*. Und meine Selbstachtung.«

»Ich wusste nicht, was ich sonst noch sagen sollte.« Liv hielt vor dem Haus der Sieben an. Sie war diesmal ausnahmsweise ziemlich früh dran, da sie sich nicht mit Rory getroffen und John sie entlassen hatte, als es draußen zu dunkel wurde. Dennoch hatten sie die Batterie ausgetauscht und Liv hatte das Radio repariert, von dem John dachte, es sei nicht mehr zu reparieren. Ohne Magie wäre es wahrscheinlich auch so gewesen. Sie wusste immer noch nicht genau wie ihre Magie funktionierte, aber mit ihrem verbesserten Fokus hatte sie an diesem Tag etliche Dinge in der Werkstatt reparieren können.

Sobald sie durch den langen Flur waren, ging Liv durch die große Tür. Sie hatte Sophia versprochen, dass sie sie besuchen würde und sie wollte das kleine Mädchen auf keinen Fall im Stich lassen. Als sie jedoch auf der anderen Seite der großen Tür stand, wusste Liv nicht, wohin sie als nächstes gehen sollte. Sie hatte nicht erfahren, welche Tür zu den Beaufont-Quartieren führte. Sie hätte einen Ortungszauber ausprobieren können – abgesehen von der Tatsache, dass sie nicht wusste, wie man ihn benutzt. Das Reparieren von Dingen mit Magie war einfach, hatte Plato argumentiert, denn sie wusste bereits wie man Dinge repariert. Aber Dinge mit Magie zu tun, die man nicht kannte, war anders, hatte er erklärt.

DIE REBELLISCHE SCHWESTER

Am Treppenabsatz zur langen Treppe erstarrte Liv. Der Blick auf die Treppe, die sieben Stockwerke hinauf führte, erfüllte sie mit Emotionen, die sie sich lange Zeit nicht mehr zu fühlen erlaubt hatte.

»Hast du dich verlaufen?«, rief eine Stimme in ihrem Rücken.

Liv zuckte zusammen und drehte sich, um Stefan Ludwig anzusehen, der nur wenige Meter entfernt stand. Sie hatte ihn nicht sich nähern hören. Sie trat einen halben Meter zurück und fand mit ihrem Rücken die Wand.

»Ich habe nach dem Quartier der Beaufonts gesucht.«

Seine schwarzen Augenbrauen schoben sich verwirrt zusammen. »Es tut mir leid, dass ich dumm frage..., aber solltest du nicht wissen, wo sie sind?«

Liv blies einen heißen Atemzug durch ihre Nasenlöcher aus. »Ich wohne hier nicht.«

»Oh, nun, das erklärt zumindest, warum ich dich hier noch nie gesehen habe.« Er streckte seine Hand aus. »Ich bin Stefan, einer der Krieger, die du gestern bezichtigt hast, dem Gesetz blind zu folgen.«

Sie nahm seine Hand nicht. »Ich stehen zu meinen Aussagen und bereue nichts.«

Er lachte leicht. »Ich hätte nie erwartet, dass sich Liv Beaufont entschuldigt, also keine Sorge.« Er sah sie an. »Du hast dir schon einen ganz schönen Ruf aufgebaut, weißt du?«

Sie nickte und sah auf seinen Umhang, der sauber war. »Hast du heute schon Magier getötet?«

Wieder lachte er, diesmal lauter. »Habe ich nicht, aber es ist noch früh am Tag.«

Liv verengte ihre Augen und schüttelte den Kopf.

»Und was hast *du* ermordet?«, sagte er und zeigte auf ihren Körper.

Sie blickte nach unten und seufzte. Ihre Jeans und ihr T-Shirt waren mit dem Schmierfett vom Truck bedeckt. Liv hatte an ihren Hoodie den Reißverschluss hochgezogen, aber das hatte nicht alle Flecken bedeckt. »Es ist von einem Truck, den ich übrigens nicht ermordet habe. Ich arbeite daran, ihn zu retten, da er nichts falsch gemacht hat, aber das Konzept ist dir sicherlich fremd.«

Stefans Gesichtsausdruck veränderte sich in eine leichte Verachtung. »Weißt du, wir sind nicht alle schlecht.«

»Weißt du, wenn du nicht ganz schlecht bist, musst du das den Leuten nicht sagen. Sie erkennen es einfach.«

Stefan machte einen Schritt nach vorne und drang in ihren persönlichen Bereich ein. »Schafsblut.«

Liv verengte ihre Augen. »Was?«

»Das Blut auf meinem Umhang gestern Abend war Schafsblut.«

Sie trat um ihn herum und versuchte, etwas Abstand zu gewinnen. »Das ist ja schrecklich. Du bist hingegangen und hast Schafe geschlachtet, nachdem du Magier ermordet hast? Du bist krank.«

Er lachte so abrupt, dass Liv erstarrte. »Ich habe weder die Schafe noch die Magier getötet.«

Liv war vorübergehend sprachlos. Das ergab keinen Sinn, aber der stete Blick in seinen Augen sagte ihr, dass er nicht log – zumindest wollte sie das glauben.

»Stef?«, rief eine Stimme hinter ihr.

Er schaute Liv über die Schulter und lächelte. Liv drehte sich, um Raina Ludwig in der Tür stehen zu sehen.

Der Gesichtsausdruck der Frau änderte sich zu einem freundlichen Willkommen beim Anblick von Liv. Raina trug ein langes Kleid aus gedämpften Rot- und Blautönen. An Hüfte und Schulter wurde das Material zu eleganten

DIE REBELLISCHE SCHWESTER

Blumen zusammengefasst. Ihre fließenden schwarzen Locken fielen über ihre Schultern. »Oh, du bist zum Abendessen gekommen. Das ist wunderbar. Ich werde ihnen sagen, dass sie ein zusätzliches Gedeck für dich auflegen sollen.«

Liv schüttelte schnell den Kopf. »Nein, bin ich eigentlich nicht. Ich habe bereits gegessen, aber danke. Ich bin hier um meine Schwester zu besuchen.«

Raina lächelte weiter. »Oh, Sophia ist mein Liebling. Sie ist das klügste Kind, das ich je getroffen habe.« Sie ging hinüber und bot Liv ihre Hand an. »Ich bin Raina. Wir sollten uns mal formell vorstellen, denke ich.«

Liv drückte ihre Hand und bot ein lahmes Lächeln an. »Schön, dich kennenzulernen.«

Raina lehnte sich näher heran, was Liv nicht die gleiche Angst bereitete wie bei ihrem Bruder. »Mir gefiel, wie du mit dem Troll umgegangen bist. Es machte für mich Sinn. Es tut mir nur leid, dass du zurückgehen und ihn entsorgen musstest.«

Livs Gesicht hätte sie fast verraten. Sie verstärkte ihren Griff um Rainas Hand und schüttelte sie stärker. »Ja, zu schade, dass ich dieses Biest töten musste, aber mein Gefrierschrank ist nun mit Trollfleisch gefüllt, damit sollte ich für Äonen versorgt sein.«

Raina blinzelte ihr zu und zog ihre Hand aus Livs Fingern. »Deine Schwester nimmt ihr Abendessen in ihrem Quartier ein, wie immer. Es ist die Tür, die mit deinem Familienwappen markiert ist. Darf ich dir zeigen, wo sie ist?«

Liv fühlte sich plötzlich dumm, sich nicht an das Familienwappen erinnert zu haben. Natürlich wurden die Quartiere so gekennzeichnet. »Nein, das ist schon in Ordnung. Ich will dich nicht von deinem Abendessen abhalten.«

187

Raina nickte gutmütig. »Schön, dich kennenzulernen, Liv. Ich freue mich darauf dich öfters zu sehen.«

Liv wusste nicht, wie sie auf diese scheinbar ehrliche Aussage reagieren sollte, also winkte sie Raina und ihrem Bruder einfach zu und ging die Treppe hinauf.

* * *

Sophia wäre fast auf Liv zugesprungen, als diese die Tür öffnete. Dann aber, als sie die dicken Fettflecken auf ihrer Kleidung sah, hielt sie im letzten Moment inne. »Womit bist du denn beschmutzt?«, fragte das kleine Mädchen mit vorsichtigem Blick.

Sie trug ein rosa und silbern gestreiftes Pullover-Kleid mit Gürtel und Leggings, die sie älter aussehen ließ als sie war. Liv erinnerte sich, dass sie an den eng anliegenden Kleidern zog, die sie wegen ihrer Mutter tragen musste und sich darüber beschwerte, wie die Lacklederschuhe ihre Füße einengten. Sie blickte auf ihre Converse-Schuhe hinunter und lächelte vor Freude darüber, wie bequem sie sich anfühlten.

»Es ist Fett«, antwortete Liv.

»Welche Art von Zauber erfordert Fett?«

»Mechanik.«

Sophia schenkte Liv einen neugierigen Blick. »Ich habe noch nie von diesem Zweig der Magie gehört.«

»Und das wirst du wahrscheinlich auch nie«, sagte Liv und sah sich Sophia an. »Hey, ist Clark hier?«

Sophia schüttelte den Kopf. »Nein, er liebt es mit den alten Runzelköpfen herumzuhängen.«

Der verwirrte Ausdruck auf Livs Gesicht sagte Sophia, dass sie es missverstanden hatte.

DIE REBELLISCHE SCHWESTER

»Oh, ich meine Adler und seinen Bruder und Bianca und Emilio, die nicht alt sind, aber so tun als wären sie es«, erklärte Sophia. »Und Haro und Akio sind manchmal auch da.«

»Essen sie im Esszimmer unten?«, fragte Liv.

»Nein, sie treffen sich in Adlers Privatquartier.« Sophia rollte mit ihren schönen blauen Augen. »Sie sind zu gut für den Rest von uns. Zumindest glauben sie das.«

»Und du isst hier oben allein?«, fragte Liv.

Sophia sah in beide Richtungen den Flur hinunter und winkte Liv heimlich hinein. »Ich bin nicht allein.«

Als sie durch die Tür kam, erstarrte Liv. Dort, in einem Kreis auf dem Teppich sitzend, waren ein Dutzend Stofftiere. Vor ihnen standen Teller und Teetassen. »Du isst mit deinen Stofftieren zu Abend?«

Sophia klatschte in die Hände. »Es ist alles in Ordnung, Leute. Sie ist cool.«

Die Tiere erwachten zum Leben, hoben ihre Teetassen auf und unterhielten sich miteinander oder schlenderten durch den Raum.

»Ähm, du hast deine Stofftiere verzaubert, um mit ihnen Partys zu feiern?«

»Ich habe einfach die Seite von ihnen aktiviert, die schlummernd war. Aber ich soll solche Dinge nicht tun und niemand, außer Clark und jetzt du, weiß, dass ich Magie habe, die stark genug ist, um solche Dinge zu tun. Das sollte ich nicht können bis ich zwölf bin und meine Magie registriert wird.«

»Also haben die Ratsmitglieder keine Aufzeichnungen über deine Magie, oder?«

Sophia nickte.

Liv sah auf ihre befleckten Kleider herab. »Nun, kannst du mir helfen, damit ich nicht wie ein Mechaniker aussehe?

Clark wird mir sonst die ganze Nacht verurteilende Blicke verpassen.«

»Sicher«, sagte Sophia. »Du weißt noch nicht wie man das macht?«

Liv schüttelte den Kopf. »Nein, ich habe nicht wirklich viel gelernt. Als ich in deinem Alter war, habe ich mich nicht mit meiner Magie beschäftigt.«

»Warum?«, hinterfragte Sophia.

Liv beobachtete, wie eine Spielzeuggiraffe ihr Gesicht in eine Teetasse steckte und sie fast darin stecken blieb. »Ich habe ihr nicht vertraut. Ich hatte gesehen wie Magie viele schlimme Dinge tat. Ich hatte das Zeug gehört, über das Mama und Papa sprachen...« Liv versteifte sich, aus Angst, dass sie etwas Falsches gesagt hatte.

»Du musst dir keine Sorgen machen«, sagte Sophia und sah plötzlich viel zu reif aus. »An sie zu denken, macht mich nicht traurig. Nicht so traurig wie es dich machen würde.«

Liv wusste nicht was sie sagen sollte, also beobachtete sie, wie ein Teddybär Tee auf seine Vorderseite verschüttete und sich dann mit einer Serviette abtupfte. Etwas an der gegenüberliegenden Wand fiel ihr auf. Eine Reihe von Wörtern, die sie schon lange nicht mehr gesehen hatte. An die Wand geätzt waren die Worte, die ihre Eltern oft gesagt hatten: Familia Est Sempiternum. *Familie ist für immer.* Liv hustete, um die Spannung in ihrem Hals zu lösen.

»Ich wette, deine Ausbildung war anders als meine«, fuhr Sophia fort und spürte den plötzlichen Anstieg der Gefühle in ihrer älteren Schwester. »Clark sagt immer, dass Mom und Dad dir keine Dinge aufgezwungen haben. Er sagte, dass du sie von selbst finden würdest und es wäre besser so.«

Liv nickte. »Ja, das ist wahr.«

»Ich musste den größten Teil meines Lebens auf die Schule des Hauses gehen und sie ist irgendwie streng«, erklärte Sophia.

»Aber du kannst gut mit deiner Magie umgehen«, lobte Liv und sah sich im Wohnzimmer voller animierter Stofftiere um. Dann kam ihr etwas in den Sinn. »Aber warum gehst du nicht mit den anderen essen?«

»Das tue ich manchmal«, erklärte Sophia. »Aber ich bin den ganzen Tag mit Menschen zusammen, also ist es irgendwie schön, einfach mit meinen Freunden zusammen zu sein.«

Liv wollte das kleine Mädchen umarmen. Stattdessen zeigte sie auf Plato, der sich irgendwann während ihres Gespräches materialisiert hatte. »Das ist so wie ich über ihn fühle, aber sag ihm das nicht, dass ich das gesagt habe, sonst darf ich mir das für die nächsten fünfzig Jahre anhören.«

Sophia hielt ihre Hand an ihren Mund und flüsterte: »Ich glaube, er kann dich hören.«

Liv ahmte ihre Schwester nach und senkte ebenfalls ihre Stimme. »Er kann mich immer hören. Deshalb sage ich die Hälfte der Sachen, die aus meinem Mund kommen.«

Plato schlenderte zu den ausgestopften Tieren hinüber, seine Augen tanzten von einem zum anderen, während sie herumliefen.

»Also, denkst du, du kannst mein Outfit reinigen?«, nahm Liv das Thema vom Anfang ihres Gespräches wieder auf und sah auf ihre fettig gestreiften Kleider herab.

»Ich kann es noch besser machen.« Sophia zeigte auf ihre Schwester, und einen Moment später spürte Liv eine Verengung am ganzen Körper. Sie blickte nach unten, sicher, dass sie um die Taille gewürgt wurde.

»Was hast du mit mir gemacht?«, fragte Liv und starrte auf das fließende Kleid, das sie trug. Das Mieder war eng und mit Bändern gefüttert, und am Rücken befanden sich Knöpfe. Das Korsett machte es ihr schwer zu atmen und sie musste sich nicht bewegen, um zu wissen, dass die schwere Schleppe hinter ihr das Gehen erschweren würde.

»Es steht dir wunderbar«, sprudelte es aus Sophia hinaus.

»Ich bin ein Krieger und ich muss wie einer aussehen.«

Sophia dachte einen Moment nach und nickte dann. Einen Moment später fand sich Liv in einer schwarzen Kombination wieder, wie etwas, das ein Ninja tragen würde.

»Ähm… nein?«

»Gut«, sagte Sophia und dachte noch einmal nach. »Wie wär's damit?«

Liv fühlte, wie sich etwas um sie wickelte, aber nicht mehr ganz so eng wie vorher war. Als die Transformation abgeschlossen war, trug sie schwarze Lederhosen und -oberteile sowie eine Jacke mit verschiedenen Reißverschlüssen und Fächern und eine Kapuze.

»Also das ist mal etwas, was ich nicht sofort hasse«, lobte Liv und bewunderte, wie verstohlen der Anzug sie erscheinen ließ.

»Es lässt dich hart aussehen«, antwortete Sophia.

Liv blinzelte ihr zu. »Ich *bin* hart. Aber wirklich, ich habe dich nur gebeten, meine alten Kleider zu reinigen.«

Sophia nickte und erwiderte das Augenzwinkern. Eine Sekunde später materialisierten sich Livs Kleider in Sophias Hand, gefaltet und sauber. Sie gab sie an Liv weiter. »So, jetzt hast du sie für später, wenn du wieder diese mechanische Sache machst.«

Liv lachte. Sie wollte sich definitiv Zeit nehmen und diese mit diesem kleinen aber energiegeladenen Mädchen verbringen. Es gab nur wenige Dinge, die ihren Geist erfrischten und Sophia Beaufont war definitiv eins von ihnen.

Kapitel 24

Liv erwartete neugierige Blicke als sie in die Kammer des Baumes trat. Was sie nicht erwartet hatte, war, dass ein kleiner Drache durch den Raum flog. Es war rot mit irisierenden Schuppen, in denen sich die Deckenleuchten spiegelten, die die registrierten Magier anzeigten.

Die Krähe beobachtete kreischend vom Boden aus, wie der Drache hin und her flog. Liv verzog das Gesicht wegen des schrecklichen Geräusches, versuchte aber ihn zu ignorieren, als sie ihren Platz neben Stefan einnahm. Decar war noch weg, ebenso Emilio und Akio. Liv vermutete, dass einige Fälle länger dauerten als andere, was die Krieger fern hielt.

Stefan warf ihr einen überraschten Blick zu, als sie sich neben ihm aufbaute. Er hatte wahrscheinlich erwartet, dass sie noch mit Fett bedeckt sein würde.

Als Liv Clarks Blick musterte, wirkte auch er überrascht, diesmal aber angenehm. Er gab ihr ein angedeutetes Daumen-hoch-Zeichen. Wenn er gewusst hätte, dass Sophia für ihre Garderobe verantwortlich gewesen war, hätte er vielleicht nicht so erfreut ausgesehen. Das ließ Liv sich fragen, woher Sophia die Kleider hatte. Sie mussten von irgendwoher gekommen sein.

Der kleine Drachen stürzte direkt auf Adlers Kopf zu. Liv hoffte, dass er mit seinem Gesicht kollidieren würde, aber er fing sich ab und landete neben dem Magier. Adler hob seine Hand und der Drache rieb seinen Kopf daran, wie eine Katze die Aufmerksamkeit wollte. Der Drache rollte sich dann neben ihm zusammen, seine zusammengezogenen Augen auf die Krieger gerichtet.

Ich wusste nicht, dass heute der Tag ist, an dem ich mein Haustier zur Arbeit mitbringen darf, sonst hätte ich... ach egal, dachte Liv.

»Trudy und Stefan«, begann Lorenzo und las von seinem Tablett ab. »Du hattest mäßigen Erfolg dabei, nicht registrierte Magier zusammenzutreiben. Gestern haben sich insgesamt zwölf weitere registriert, aber es gab einige Verluste?«

Stefan räusperte sich. »Es war unvermeidlich, Sir.«

Lorenzo winkte ab. »Die Nichtregistrierten sind in der Regel die Schlichtesten unter uns.«

»Sir«, begann Trudy. Liv hatte sie noch nie sprechen hören und ihre Stimme war höher, als sie es erwartet hätte, da sie breite Schultern und männliche Gesichtszüge hatte. Sie hatte die gleichen kurzen stacheligen Haare wie ihre Schwester Hester, obwohl ihre noch blond waren, während Hester völlig grau geworden war. Dennoch hatte Hester eine Weiblichkeit, die sie weich erscheinen ließ und Trudy wirkte im Gegensatz dazu extrem rau.

»Ja?«, fragte Lorenzo und blickte über seine lange Nase auf die Magierin.

»Sollen wir diese nicht registrierten Magier weiter zusammentreiben?«

Lorenzo schien für einen Moment abgelenkt zu sein und klopfte auf sein Gerät.

»Die Ratsmitglieder denken, dass dies die beste Nutzung deiner und Stefans Fähigkeiten ist«, fügte Adler hinzu. »Ihr beide habt die beste Erfolgsbilanz und scheint gut zusammenzuarbeiten.«

DIE REBELLISCHE SCHWESTER

»Ich verstehe das, Sir«, begann Trudy. »Ich habe mich nur gefragt, ob wir für eine Weile etwas anderem zugeordnet werden könnten.«

Adler blies seinen Atem lautstark aus, was den Drachen dazu brachte sich zu rühren. »Wir haben seit einiger Zeit keine Unregistrierten mehr bereinigt. Das ist absolut notwendig.«

Trudy nickte. »In Ordnung, Sir. Vielen Dank. Ich bin froh, weiterzumachen.«

»Und wenn diese Rebellen dir zu viel Ärger machen, kannst du gerne aufhören, ihnen die Möglichkeit zu bieten, sich zu registrieren und sie einfach direkt entsorgen«, fügte Adler hinzu.

»Warte, wir geben den Magiern nicht einmal die geringste Chance sich zu ergeben?«, mischte sich Liv in das Gespräch ein, wie immer. »Wir schießen zuerst und stellen später Fragen?«

Adler versuchte nicht, sein Augenrollen zu verbergen. »Wir sind Magier, Miss Beaufont. Wir erschießen keine Menschen oder ähnliches. Und alle Magier werden vor Auswirkungen gewarnt, wenn sie ihre Magie nicht bei Erreichen der Volljährigkeit registrieren. Unwissenheit ist keine Entschuldigung für ein Vergehen.«

»Eine Warnung scheint immer noch die beste Vorgehensweise zu sein«, argumentierte Liv. Sie wollte mehr sagen, aber sie wusste, dass es sinnlos war. Clarks Gesicht war mittlerweile zu einem peinlichen Rosaton gewechselt.

»Willst du uns nicht vielleicht mitteilen, wie du mit dem Troll umgegangen bist?«, wechselte Adler fragend das Thema.

»Ich habe ihn getötet«, sagte Liv schlichtweg und ließ Clark die Augen für eine halbe Sekunde vor Demut schließen.

Adler seufzte. »Wie hast du das gemacht?«

»Nun«, sagte Liv und zog das Wort heraus, »zuerst benutzte ich einen Binde-Zauber, um seine Arme und Füße zu fesseln. Sobald der Mistkerl auf seinem Rücken lag benutzte ich einen Erstickungszauber, aber er war zu diesem Zeitpunkt schon ziemlich sauer, rollte herum und schlug und trat Steine von der Höhlendecke herunter.«

Liv wusste, dass die Ratsmitglieder eine Aufzeichnung darüber haben würden, dass sie diese Zauber verwendet hatte, als Rory und sie sie in der Nacht zuvor geübt hatten. Sie wussten nur nicht, dass sie die Sprüche nicht bei einem Troll benutzt hatte.

»Du warst in einer Höhle?«, fragte Hester aufmerksam.

»Oh, ja«, antwortete Liv. »Der Rohling hatte sich ein ziemlich nettes Zuhause geschaffen. Und er war unerbittlich und löste sich letztendlich von seinen Fesseln.«

»Siehst du, ich habe dir gesagt, dass sie für Kampfzauber noch nicht bereit ist«, flüsterte Bianca laut in Haros Richtung zu ihrer Linken.

Liv zählte von zehn herunter, bevor sie ihre einstudierte Rede fortsetzte. »Steine regneten von der Decke, aber ich hatte keine andere Wahl.«

»Wie hast du den Troll letztendlich getötet?«, unterbrach Adler sie.

Er war kein geduldiger Mann, beobachtete Liv.

»Ich habe ihn mit einem Lähmungsfluch belegt, gefolgt von einer Traumaspritze«, erklärte Liv.

»Weißt du überhaupt, wie man eine Traumaspritze macht?«, hakte Haro nach.

»Ja, ich habe mich kundig gemacht«, sagte Liv.

Haro blickte die Bank hinunter und nickte. »Das ist der richtige Weg, um einen Troll auszuschalten.«

»Wie hast du ihn entsorgt?«, fragte Adler.

Liv blinzelte verwirrt. »Ich habe es dir doch gerade gesagt.«

»Nein, Krieger, ich meine, was hast du mit seinem Körper gemacht? Du hast ihn nicht zurückgelassen, damit die Sterblichen ihn finden können, oder?«

Liv lachte spöttisch. »Natürlich nicht. Ich habe ihn verbrannt.«

Wenn die Ratsmitglieder sagen, dass die Krieger jemanden ›entsorgen‹ sollen, meinen sie wirklich, alle Beweise für eine magische Kreatur oder Person auszulöschen, erkannte Liv.

»Sehr gut«, sagte Adler ohne Betonung. »Wir haben einen anderen Fall für dich, der unserer Meinung nach genau der richtige für deine neuen Fähigkeiten ist.«

Liv hat die Veränderung in Clarks Verhalten mitbekommen. Er senkte den Kopf, seine Ohren wurden rot.

Lorenzo begann zu lesen. »In letzter Zeit sind wir auf eine Art von Kreaturen aufmerksam geworden, die anscheinend Energie im Untergrund von Los Angeles absaugen.«

»Warte, LA hat einen Untergrund?«, erkundigte sich Liv.

Lorenzo nickte. »Ja, anscheinend wurden die meisten Tunnel für stillgelegt gehalten und die offenen Tunnel für den Verkehr zwischen Regierungsgebäuden genutzt. Wir haben jedoch erfahren, dass es umfangreiche Netzwerke gibt die noch in Betrieb sind. Es müssen noch mehr Ermittlungen angestellt werden, aber sobald man die Kreaturen gefunden hat, die für die Energieabsaugung verantwortlich sind, müssen sie…«

»…entsorgt werden.«, sagte Liv und beendete damit seinen Satz.

»Genau«, stellte Lorenzo fest. »Es gab zahlreiche Berichte über die Absaugung, sodass wir uns nicht sicher sind, was genau vor sich geht. Es ist wahrscheinlich ein Fall von verzauberten Termiten oder etwas, das übrig geblieben ist, als Trolle in diesen Tunneln lebten.«

»Also ist es ein Schädlingsbekämpfungsauftrag?«, hakte Liv nach.

Lorenzo blickte seitlich zu den anderen Ratsmitgliedern.

»Es ist die Aufgabe eines Kriegers«, korrigierte Adler. »Hast du irgendwelche Probleme damit?«

Liv ignorierte den Blick den Clark ihr zuwarf und schüttelte einfach den Kopf. »Nein. Klingt nach einer lustigen Herausforderung. Ich mache mich jetzt auf.«

Sie drehte sich um und trottete aus dem Raum, ohne wie bisher formell entlassen zu werden. Sie spürte die Augen der Ratsmitglieder in ihrem Rücken, als sie zur Mauer der Reflexion ging. Als sie fast durch die Tür war, hörte sie das Flügelschlagen des seltsamen Drachens. Erst dann fragte sie sich, wo der weiße Tiger an diesem Tag abgeblieben war.

Kapitel 25

Mehr als drei Stunden lang versuchte Liv erfolglos, einen Eingang zum Untergrund von Los Angeles zu finden. Stattdessen fand sie meist schlanke, saubere Tunnel, die Regierungsgebäude verbanden. Obwohl sie auf ihre eigene Weise gruselig und dunkel waren, gab es absolut keine Anzeichen dafür, dass seltsame Kreaturen versuchten, irgendwelche Energie abzusaugen. Diese Tunnel waren nicht wie die, die früher dafür bekannt waren, Schmuggler zu beherbergen, von denen sie in Portland, Oregon, gehört hatte. Diese waren dort während der Prohibition verwendet worden, sahen aber trotzdem harmlos aus.

Als sie einem Wachmann zum zehnten Mal den Ausweis gezeigt hatte entschied Liv, dass es Zeit war aufzuhören und ins Bett zu gehen. Sie hatte am nächsten Tag einiges an Arbeit vor sich und wenn sie wieder erschöpft bei Rory auftauchte, würde er aufhören sie zu trainieren.

Am Morgen war sie überrascht als sie feststellte, dass Plato schon früh gegangen war. Sie sah sich das schwarze Outfit an, das Sophia ihr gestern mit viel Zuneigung geschenkt hatte, während sie sich eine saubere Jeans und ihren Lieblingspulli anzog. Sie machte Halt in der Dorfbäckerei, die eigentlich dafür angezeigt werden sollte, dass sie die Luft mit dem einladenden Geruch von frisch gebackenem Brot füllte. Wegen dieses berauschenden Duftes benutzte sie den Rest ihres Gehaltsschecks für ein Schinken-Käse-Croissant mit extra Käse und einen Proteinshake. Liv hatte noch nie so schnell einen Gehaltsscheck aufgebraucht, aber mit ihrem Hunger Schritt zu halten war teuer. Wenn sie im Haus der Sieben leben würde, wäre es keine so große Sache gewesen, da ihre Mahlzeiten bereitgestellt würden. Aber dann müsste sie lästige und nervige Magier ertragen.

Als sie einen Bissen von dem noch warmen Croissant nahm, lächelte sie innerlich. Freiheit und Unabhängigkeit waren ihr mehr wert als alles andere. Sie schwamm vielleicht nicht in Geld, aber sie führte ein Leben, das sie sich selbst aufgebaut hatte. Das war ihr viel wichtiger.

Nachdem sie sich an ihrem gewohnten Platz im Geschäft niedergelassen hatte, sah Liv sich ziellos um. Es gab heute ausnahmsweise einmal nichts zu tun. Sie hatte ihre Magie benutzt, um gestern Abend noch schnell alles zu reparieren bevor sie ging. John war ja früh gegangen, um die Teile für die Reparatur des Lastwagens fertig zu machen. Da keine neuen Geräte eingetroffen waren, hatte Liv nun ihre erste Atempause seit einiger Zeit. Sie lehnte sich in ihrem Stuhl zurück und genoss gerade einmal die Ruhe, als ihr plötzlich etwas in den Rücken stieß.

Sie lehnte sich nach vorne und stellte fest, dass es ihr Rucksack war. Sie griff nach der Quelle ihres Unbehagens und zog das Buch heraus, das Rory ihr geliehen hatte, *Mysteriöse Kreaturen*. Sie legte ihren Kopf auf das Buch und tat so als würde sie schlafen.

»Lesen im Schlaf«, sagte sie nach einiger Zeit und schüttelte ungläubig den Kopf. »Ja, genau - schön wärs. Bis dahin muss ich es wohl einfach noch auf die altmodische Art und Weise machen.«

Liv öffnete das staubige Buch und war beeindruckt von dem Kunstwerk das die ersten Seiten füllte. Es zeigte die

DIE REBELLISCHE SCHWESTER

Karte einer Welt, welche die Autorin, Bermuda Laurens, als ›Originaler Planet‹ bezeichnet hatte. Die Kontinente sahen aus wie die der Erde, nur dass sie etwas anders geformt waren. Es gab auch zusätzliche Landmassen, die Liv nicht mehr auf dem normalen Globus finden würde.

Liv fuhr fort die Seiten umzublättern und fand etwas das ihr seltsam erschien, nämlich die Widmungsseite. Da stand: ›Den Sieben gewidmet, denn es ist euer Geheimnis, das ich nicht lösen kann, egal wie sehr ich es versuche.‹ Liv sah auf den Ring an ihrem Finger. Der größte Diamant fing das Licht der Deckenlampen ein und ließ den Stein funkeln. »Damit sind wir schon zu zweit, Bermuda«, sagte Liv laut zu sich selbst.

Liv hatte nicht viel Zeit gehabt über den Hinweis nachzudenken, den Ian ihr zurückgelassen hatte. Sie hatte versucht sich selbst zu sagen, dass er nur ein Familienerbstück weitergab. Aber wenn das der Fall gewesen wäre, hätte er es sicherlich nicht heimlich an Sophia zur Aufbewahrung gegeben. Sie wusste nicht was für ein Mensch Ian geworden war, aber sie erinnerte sich daran, dass er niemals etwas ohne guten Grund getan hatte. Deshalb hatte sie peinlich genau darauf geachtet, den Ring in ihrer Tasche zu verstecken während sie im Haus der Sieben war. Sie wollte Clark verzweifelt danach fragen und vermutete, er könnte etwas wissen. Aber sie war sich nicht sicher, ob er es nicht Adler oder jemand anderem sagen würde.

Nein, wenn Ian Sophia gebeten hätte es geheim zu halten, wollte er nicht, dass jemand anderes davon erfährt.

»Was hast du nur versucht, mir zu sagen?«, sinnierte Liv laut. Liv blätterte weiter durch das dicke Buch, das voller schöner Zeichnungen verschiedener Kreaturen war. Alles von Horvendi, einer kleinen und treuen Feenart, bis hin zu

Sacros, einer Zwergenart, die sehr selten zu entdecken war.

Liv war mit vielen verschiedenen magischen Kreaturen aufgewachsen, aber nicht mit diesen. Ehrlich gesagt, die die sie kannte waren eher wie Haustiere. Sie hatte nur bei einigen seltenen Gelegenheiten Elfen oder Feen getroffen und es hatte nie nach angenehmen Interaktionen zwischen ihnen und den Magiern ausgesehen. Nach einer solchen Situation war im Haus der Sieben dann einmal alles durcheinander geraten und allen Kindern war es von da an verboten gewesen, mit fortgeschrittenen magischen Kreaturen zu interagieren. Es war ein stiller Krieg gewesen, wie Liv später erkannt hatte.

Sie blätterte die Seite um und fand die Einführung in das nächste Kapitel überraschend. *Wir sind alle Kreaturen. Es gibt jedoch eine Spezies unter uns, die sich selbst als zivilisiert und den Rest von uns als magische Tiere betrachtet.*

Es war nicht schwer herauszufinden, auf wen die Autorin sich bezog. Tatsächlich schien ein Großteil des Buches ein Kommentar zu den Magiern zu sein und wie sie sich vom Rest abgesondert hielten. Liv musste sich nicht erst fragen ob Bermuda im Haus der Sieben hoch geschätzt wurde. Sie hatten dort schon lange versucht die Magie der Riesen zu regulieren.

Einige Seiten weiter stoppte Liv bei einem Bild das sie erkannte. Darunter stand folgender Text: *So erscheint der magische Lynx den meisten obwohl dies nicht seine wahre Form ist.* Das Bild zeigte eine gewöhnliche Hauskatze bei der aber die Spitze ihres Schwanzes weiß war, ebenso wie die Spitzen ihrer Ohren. Genau wie Plato. Liv las weiter.

Lynxe sind seit Jahrhunderten bekannt dafür, dass sie die großen Geheimnisträger sind. Wessen Geheimnisse sie bewahren, werden wir vielleicht nie erfahren. Sie können die Form eines Löwen, eines Tigers, eines Luchses oder eines Berglöwen annehmen, aber sie werden am häufigsten in ihrer trügerischsten Form gesehen: der domestizierten Hauskatze. Sie sind Meister im Verstecken und können nach Belieben verschwinden. Die meisten glauben, dass sie mehr Wissen besitzen als sie zugeben und sie neigen dazu sehr wählerisch zu sein, mit wem sie Informationen teilen. Aus diesem Grund werden sie oft als unzuverlässig angesehen. Außerdem könnten Lynxe die Fähigkeit haben durch Objekte zu sehen, weshalb sie oft mit verschleierten Wahrheiten in Verbindung gebracht werden. Allerdings sollte man diejenigen, die sich mit einem Lynx anfreunden, warnen: Sie zeigen nicht häufig freundliches Verhalten. Wenn man also seine Bekanntschaft macht und er nicht geht – was für Lynxe eigentlich üblich ist, da sie natürliche Nomaden sind – ist man Teil eines Geheimnisses, das sie zu verbergen versuchen.

Liv blickte plötzlich auf und fühlte sich als würde sie gerade beobachtet. »Plato, bist du da?«

Schweigen folgte ihrer Frage. Liv fühlte sich selbstbewusst und sah sich um. War sie Teil eines Geheimnisses, das Plato verbarg? Und wenn ja, was wusste sie nicht? Er war an dem Tag, als sie das Haus der Sieben verlassen hatte, scheinbar aus dem Nichts gekommen. Sie hatte nie nach dem Grund seiner Anwesenheit gefragt und er hatte sie seitdem nicht verlassen. Aber jetzt war es notwendig, seinen Zweck in ihrem Leben in Frage zu stellen. Und doch machte sie sich Sorgen, dass, je mehr sie es tat, desto wahrscheinlicher würde es werden, dass sie ihn verlor. Diesem Gedanken folgte ein flaues Gefühl in ihrem Bauch.

Als sie das Buch schloss, blickte Liv durch den aufgeräumten Laden. Es mochte viel geben was sie nicht über Plato wusste, aber zu diesem Zeitpunkt war sie sich nicht sicher ob es unbedingt notwendig war, etwas Neues herauszufinden.

* * *

Liv begann sich Sorgen zu machen, als ihre Schicht in Johns Reparaturwerkstatt vorbei war und sie Plato immer noch nicht gesehen hatte. War es möglich, dass er verletzt war? Vielleicht wusste er, dass sie in dem Buch über seine Rasse gelesen hatte und das hatte eine Art stille Übereinkunft zwischen ihnen gebrochen. Sie konnte es nicht herausfinden und sie hatte keine Möglichkeit, ihn aufzuspüren. Sie wusste instinktiv, dass, wenn Plato gefunden werden wollte, sie das auch schaffen würde. Ansonsten war es eine hoffnungslose Sache.

Entmutigt aber bestrebt, das Beste aus dem Tag zu machen, tauchte Liv pünktlich in Rorys Häuschen auf. Ihr Magen knurrte als sie die klapprige Veranda hinaufstieg. Sie war nicht erst noch einmal nach Hause gegangen um zu essen, denn in Wirklichkeit befand sich momentan nichts in ihrem Vorratsschrank oder ihrem Kühlschrank. Sie wurde für zwei weitere Tage nicht bezahlt und obwohl sie John um einen Vorschuss bitten *konnte*, würde das nicht passieren. Er würde sich Sorgen um sie machen und versuchen ihr eine Gehaltserhöhung zu geben, die sie sicherlich nicht verdient hatte. Nein, Liv musste sich damit begnügen. Sie würde im Haus der Sieben zu Abend essen wenn sie musste oder vielleicht würde Rory ihr beibringen, wie man sein eigenes Essen manifestiert, obwohl sie das eher bezweifelte. Sie wusste aus ihrer Kindheit, dass die Herstellung von Nahrung ein komplexer Zauber ist, denn Nahrung war eine der drei Anforderungen des Lebens.

DIE REBELLISCHE SCHWESTER

»Essen sowie Trinken, Luft und Schlaf sind die kompliziertesten Zauber, die man durchführen kann«, hatte ihr Vater ihr einmal gesagt. »Essen zu manifestieren, Luft wegzunehmen oder jemanden einzuschläfern, ist extrem schwierig. Magier sind stark und leben für Jahrhunderte, aber wir sind anfällig für den Tod, wenn unsere Grundbedürfnisse nicht erfüllt werden.«

Die Tür stand offen, als Liv zu Rorys Haus kam. Ein schweres, würziges Aroma wehte aus der Küche, als sie eintrat, wie um sie zu verführen.

»Hey?«, rief Liv durch die offene Tür.

»Ich bin hier hinten«, antwortete Rory und schaute um die Ecke, mit etwas Rüschenartigem um den Hals.

Neugierig trabte Liv in die Küche, ihre Nase wies ihr den Weg. »Was machst du da?«

»Torten«, antwortete Rory und grunzte, als eine Pfanne gegen den Ofen schlug.

Liv kam um die Ecke, um dort einen Anblick vor sich zu finden, den sie so nicht erwartet hatte. Reihenweise standen dort Torten auf Kühlplatten, die bis zur Decke gestapelt waren. Der Dampf stieg aus den Kuchen und schickte verschiedene Gerüche durch die Luft.

Rory stand vor dem Ofen und zog einen großen Kuchen mit blumengemusterten Ofenhandschuhen heraus. Er drehte sich vom Ofen weg, seine Stirn war schweißgebadet. Um seinen Hals und um seine Taille gebunden war eine Rüschenschürze, die mit Vögeln und Nestern verziert war.

»Ähm, lass uns mit der offensichtlichen Frage beginnen«, begann Liv vorsichtig das Gespräch. »Was machst du da?«

Rory zählte die Kuchen durch. »Komische Frage. Ich mache Kuchen.«

»Warum?«, hakte Liv nach.

»Zum Essen«, entgegnete Rory einfach und zählte ungerührt weiter.

»Ist das so was wie dein Abendessen heute Abend?«

Rory schüttelte den Kopf. »Ich könnte nicht alle auf einmal essen.«

Liv tätschelte ihren Magen. Sie fühlte, dass sie für *diese* Herausforderung bereit war.

Rory wandte sich ihr zu. »Außerdem bin ich glutenunverträglich. Ich bekomme dann einen schrecklichen Ausschlag und mein Magen ist tagelang gereizt, wenn ich das Falsche esse.«

»Also, für wen sind dann all diese Kuchen?«

»Freunde«, antwortete Rory knapp, löste die Schürze und hängte sie an einen Haken an der Wand.

»Und noch einmal, hat dir jemals jemand gesagt, dass du ihn an seine Großmutter erinnerst mit deinen geblümten Handschuhen und der gewagten Schürze in deiner alten Küche?«

Rory blickte sich in dem Raum um, dessen Wände in minzgrün und hellem pink bemalt waren. Er zuckte mit den Schultern. »Ich habe einige der Sachen meiner Großmutter behalten, aber ich finde, dieser Ort hat eine schöne Balance zwischen Männlichkeit und Weiblichkeit.«

Liv wollte diesen Punkt nicht wirklich diskutieren. »Also, diese Freunde... Bin ich einer von ihnen?«

»Ist das deine verwegene Art nach einem Stück Kuchen zu fragen?«, fragte Rory belustigt.

Liv nickte, während ihr vom berauschenden Geruch der Backwaren das Wasser im Mund zusammenlief.

»Was möchtest du gerne?« Rory deutete auf die erste Reihe von Kuchen. »Ich hätte Hühnerfleischpastete, Rindfleischpastete, Apfelzimt, Blaubeerstreusel, Pfirsich-Vanille, Kirschmarmelade und Erdbeer-Rhabarber.«

Die Rebellische Schwester

Livs Mund stand offen, sie war fassungslos über diese Auswahl.

»Keine Zeit für Kuchen«, sagte Plato vom Eingang zur Küche. »Wir haben Arbeit zu erledigen.«

Kapitel 26

»Plato, wo hast du gesteckt?«, fragte Liv und sah den Kater besorgt an.

»Ich habe das Tunnelnetz gefunden«, antwortete dieser.

»Du warst die ganze Zeit auf der Suche danach?«, fragte Liv erstaunt.

Rory blickte zwischen Liv und Plato hin und her, die Verwirrung stand deutlich auf seinem Gesicht geschrieben.

»Es machte einfach keinen Sinn, dass die Tunnel Schwingungen von einer saugenden magischen Kreatur aussenden sollten, wir aber keine Beweise dafür finden finden konnten«, sagte Plato. »Also suchte ich bis ich fand, was uns fehlte. Oder besser gesagt, *wo*.«

»Wirst du es mir sagen oder willst du mich erst raten lassen?«, fragte Liv.

Plato nickte in Richtung der Haustür. »Ich zeige es dir.«

Rory schnitt in die größte der Pasteten und zog ein dampfendes Stück heraus, das er dann auf eine dekorative Platte schob. Er gab es Liv, starrte Plato aber direkt an.

»Sie muss ordentlich was essen, sonst ist sie für keinen von uns beiden zu gebrauchen«, sagte er. »Zuerst diese köstliche Pastete und dann was anderes.«

Plato seufzte ungeduldig und verschwand im Wohnzimmer.

»Willst du mir sagen was los ist?«, fragte Rory Liv, als sie den noch dampfenden Kuchen in ihren Mund schob und sich dabei die Zunge verbrannte.

Liv erklärte den Fall der ihr zugewiesen worden war und übergab Rory ihren digitalen Kodex mit den Notizen.

»Also bist du zu diesem Ort in der Unterwelt gegangen und hast nichts gefunden?«, fragte Rory und las die gespeicherten Informationen auf dem Gerät.

»Nichts Ungewöhnliches, aber es klingt als hätte Plato eine neue Spur gefunden.«

Rory warf ihr einen besonders skeptischen Blick zu. »Erstens ist es überhaupt nicht typisch für einen Lynx so hilfreich zu sein.«

»Plato ist anders«, sagte Liv, verdrückte den letzten Teil ihres Kuchens und nahm dankbar das Glas mit kaltem Wasser, das Rory ihr direkt reichte.

»Und zweitens redet er in letzter Zeit sehr viel«, fuhr Rory fort.

»Plato ist anders«, wiederholte Liv.

»Das ist es ja«, meinte Rory flüsternd. »Lynxe sind nie anders. Hast du in dem Buch, das ich dir gegeben habe, von ihnen gelesen? Sie sind trügerisch und egoistisch. Wenn er dir hilft, dann…«

»Glaubst du, ich bin Teil eines Geheimnisses das er verbirgt?«

Rory betrachtete sie einen Moment lang unsicher und nickte dann. »Das macht am meisten Sinn, aber es ist niemals so einfach. Ich warne dich nur davor, der Kreatur zu sehr zu vertrauen.«

Liv leerte das Glas Wasser, endlich vollkommen satt nach dem leckeren Essen. »Es gibt niemanden dem ich *mehr* vertraue.«

Rory schüttelte den Kopf. »Oh, du bist doch ein dummer Mensch, aber ich werde es diesmal durchgehen lassen.« Rory strich mit seiner Hand an der Reihe der Kuchen entlang und sie wurden auf magische Weise sofort in weiße Kartons verpackt, die mit Bändern gebunden waren.

»Wer sind diese Freunde denen du die schenkst?«, erkundigte sich Liv.

Rory ignorierte sie. »Was ich nicht verstehe ist, wenn das Haus der Sieben Berichte über Verluste magischer Energie erhalten hat, warum haben sie dann keine bessere Vorstellung davon, wo es passiert ist oder wer es tut?«

»Ist es nicht mein Job, das herauszufinden?«

»Trotzdem muss der Bericht von irgendwo oder irgendwem herkommen. Etwas daran klingt für mich nicht richtig«, sagte Rory und kratzte sich nachdenklich am breiten Kinn.

»Nun, warum kommst du dann nicht einfach mit mir mit und siehst selber nach, ob Deine Vermutungen stimmen, wenn du schon solche Verdächtigungen hast«, bot Liv an.

Rory schenkte ihr einen seltsamen Blick. »Du, eine Kriegerin des Hauses der Sieben, willst mich zu einem deiner illustren Fälle mitnehmen?«

»Mir wurde ein Fall zugewiesen, der wie Beschäftigungstherapie für mich in der mit Abwasser gefüllten Unterwelt von LA klingt«, sagte Liv. »Ich weiß nicht, wie wichtig dieser Fall später mal sein wird.«

Rory zögerte einen Moment lang und blickte Liv abschätzend an.

»Hey, *du* schuldest mir noch eine Lektion.« Sie hob eine große Lederjacke auf, die an einem Esszimmerstuhl hing und fiel fast um vom Gewicht des übergroßen Kleidungsstücks. »Du musst mir mehr Kampfzauber beibringen.« Sie versuchte, die Jacke in Rorys Richtung zu werfen, aber sie flog zu kurz und landete zu seinen Füßen.

Er deutete mit der Hand auf die Jacke und ließ sie über dem Boden schweben, bevor sie zu seiner ausgestreckten

Hand hochflog. »Wenn du lernen willst wie man eine Traumaspritze macht, wirst du dich beeilen müssen und noch viel stärker werden.«

»Oh Mann, du wirst mich nicht nochmal dazu bringen ein Loch zu graben, oder?«

»Nein«, sagte Rory und ging auf die Tür zu. »Ich habe nicht den ganzen Tag Zeit um herumzusitzen und dir dabei zuzusehen.«

* * *

Liv folgte Plato als er sie auf dem Weg durch die Tunnel führte, die sie am Tag zuvor stundenlang untersucht hatten. Sie musste keine Gedanken lesen können um zu wissen, dass er nicht gerade begeistert von dem Riesen war, der sie begleitete. Ja, Rory war Plato gegenüber misstrauisch, aber er war auch eine Informationsquelle über andere magische Kreaturen und Liv konnte jede Hilfe gebrauchen, die sie bei der Lösung dieses Falles erhalten konnte.

Plato stoppte abrupt, Liv lief in ihn hinein und dann rammte Rory ihr auch noch in den Rücken. Plato sah mit reinster Verachtung zu Rory auf und sagte: »Pass auf wo du hingehst, Tollpatsch.«

Der Riese schüttelte nur den Kopf, sah aber nicht beleidigt aus.

»Das ist, was ich vorhin gefunden habe«, erklärte Plato und deutete auf eine feste Wand.

»Wow, eine Betonmauer an der wir gestern Abend milliardenfach vorbeigegangen sind«, rief Liv mit ironischen Staunen in ihrer Stimme aus.

»Da liegt ein Zauber drauf«, sagte Rory, ging direkt an die Wand und legte seine Hand auf die Oberfläche.

»Ja, ich dachte mir schon, dass du da durchsehen kannst, Riese«, bemerkte Plato trocken.

Liv sah erst den Kater und dann Rory an. »Will mir jemand mal sagen was los ist?«

»Riesen können nicht durch optische Illusionen oder irgendeine Magie getäuscht werden«, erklärte Plato.

»Oh, also deshalb nutzt du bei deinem Haus keine Magie damit es weniger heruntergekommen aussieht. Das erklärt natürlich Einiges«, bemerkte Liv grinsend.

Rory sah sie verärgert an. »Und auch weil es falsch ist. Denke immer daran, es ist besser für uns, wenn wir versuchen, die Dinge so zu genießen wie sie sind.«

»Ja, ich erinnere mich, aber es funktioniert bei dir ja sowieso nicht, also ist der Punkt etwas weniger poetisch als beim ersten Versuch.« Liv zeigte auf die Wand. »Aber du kannst da durchschauen? Was ist auf der anderen Seite?«

»Mehr Tunnel«, sagte Rory und duckte sich, um sich die Wand genauer anzuschauen.

Liv warf Plato einen Blick zu. »Denkst du, hier passiert der Verlust der Energie?«

Er nickte. »Ich weiß es, aber der Riese hat auch Recht damit, dass hier etwas nicht stimmt. Das Haus hat dir diesen Fall gegeben, aber die Informationen, die sie dir dazu gaben, sind einfach nicht konkret genug. Es scheint fast so, als wollten sie dich auf eine sinnlose Mission schicken.«

»Warum sollten sie das tun?«, fragte Liv. »Ich bin ein Krieger der helfen und schützen soll.«

Rory steckte seinen Kopf durch die feste Wand und einen Moment später zog er ihn wieder zurück. »Du bist halt einfach eine Nervensäge, die sie sich wahrscheinlich vom Leib halten wollen bis du besser trainiert bist.«

»Was hast du gesehen? Irgendwas?«, nervte Liv.

DIE REBELLISCHE SCHWESTER

Rory schüttelte den Kopf. »Ich bin mir nicht sicher was ich gesehen habe. Es wird eine genauere Untersuchung erfordern.«

Liv deutete mit der Hand auf die von Rory untersuchte Stelle an der Wand. »Riese vor Schönheit.«

Rory schaute auf die Wand und dann zurück zu Liv und lachte. »Ich passe leider nicht durch diese Öffnung.«

»Wie groß ist sie?«, erkundigte sich Liv. »Groß genug für Plato?«

»Ja, und für dich auch, wenn du dich wirklich eng zusammenfaltest, Mensch«, antwortete Rory.

»Aber wo ist die Öffnung? Alles, was ich sehe ist eine Wand«, erkundigte sich Liv.

Plato seufzte, sprang auf und verschwand hinter der verzauberten Wand.

»Siehst du? Folge einfach dem Kater«, erklärte Rory.

Liv rollte mit den Augen. »Oh ja, richtig. Folge dem Kater. Hat ja bei Alice mit dem Hasen auch schon so toll geklappt.« Sie fühlte an der Wand herum, bis ihre Hand durch sie hindurchglitt. »Also gehe ich einfach durch dieses Loch?«

Die Luft wurde aus Liv gepresst, als ihr Oberkörper durch das Loch fiel, aber ihre Beine auf der anderen Seite stecken blieben. Sie fiel kopfüber und ihr Gesicht schlug gegen die andere Seite der Wand. Sie drückte sich nach oben und blickte direkt auf Plato, der vor ihr auf dem Boden saß. »Jemand hätte mir ruhig die Abmessungen der Öffnung mitteilen und sagen können, dass sie einen halben Meter über dem Boden liegt«, beschwerte sich Liv.

Rory lachte auf der anderen Seite der Mauer. »Es war auf diese Weise aber einfach unterhaltsamer.«

Plato lachte mit ihm.

»Oh, jetzt auf einmal kommt ihr beide blendend miteinander aus?«, fragte Liv.

»Nein, aber zu sehen wie du durch das Loch fällst war wirklich ziemlich unterhaltsam«, bemerkte Plato.

Liv strampelte mit den Füßen und versuchte sie durch das Loch zu bringen. »Könnte ich hier vielleicht etwas Hilfe bekommen?«

Rory packte ihre Füße und drückte sie durch die Öffnung, wodurch sie auf der anderen Seite eine Rolle vorwärts machte. »Danke. Vielen Dank«, kam es sarkastisch von der jungen Magierin.

»Kein Problem«, sagte der Riese und lachte immer noch.

»Also, was... willst du einfach da drüben auf uns warten?«, rief Liv.

»Ich werde die Augen offen halten«, antwortete Rory. »Irgendwas fühlt sich hier nicht richtig an, daher markiere besser, wo sich dieser Durchgang hier befindet, falls du den Lynx verlierst. Du brauchst einen Anhaltspunkt, um den Ausgang wieder zu finden.«

Liv sah auf Plato herab. »Ich werde dich nicht verlieren, oder?«

Er sah sie unverbindlich an. »Ehrlich gesagt, ich weiß nicht genau was hier unten ist, aber etwas sagt mir, dass es eine gute Idee sein könnte, eine Backup-Option zu haben, falls du mich doch verlierst.«

Liv stimmte mit einem Nicken zu, zeigte auf die Wand und ließ ein ›X‹ erscheinen.

Dann drehte sie sich mit einem Kloß im Hals um. Irgendwas an diesem Tunnel hatte etwas von den vielen unheimlichen Büchern und Filmen, die sie gelesen und gesehen hatte.

Kapitel 27

Eine schimmernde, transparente Figur schwebte an ihnen vorbei und glitt über den kalten Beton. Liv blinzelte die Figur an und versuchte Details zu erkennen. Es war ein Mann mit kurzen Haaren, der einen Baseballschläger trug und verwirrt aussah.

»Ist das ein…«, flüsterte Liv fragend zu Plato.

»Ein Baseballspieler?«, antwortete dieser sarkastisch.

»Haha, sehr witzig. Du weißt genau, was ich meine.«

»Oh ja, er ist einer von diesen.«

»Einer von was?«, erkundigte sich Rory von der anderen Seite der Wand.

Liv lehnte sich näher heran und achtete darauf, nicht auf die andere Seite zu fallen. »Er ist ein Geist.«

»Mmmh... das ist interessant.«

»Ja, das ist genau das was ich auch dachte«, entgegnete Liv sarkastisch, als der Geist problemlos durch eine feste Wand schwebte und verschwand. »Und warum ist es interessant?«

Rory kicherte leicht. »Nun, wegen der Notizen zu diesem Fall. Energiesauger und Geister gehen Hand in Hand.«

»Genau das, was ich angenommen habe«, sagte Liv wenig zuversichtlich. »Und warum gehen Energiesauger und Geister Hand in Hand?«

Rory seufzte. »Sieh einfach nach was du noch finden kannst und lass mich darüber nachdenken. Irgendetwas stimmt hier einfach nicht.«

»Nun, sie schicken ja sicher keine Krieger für Fälle in denen alles in Ordnung ist.«

»Liv? Das hier solltest du sehen«, rief Plato. Sie drehte sich um, um herauszufinden, wovon er sprach.

Ein Band von grünem Staub wand sich in der Ferne durch die Luft. Der Tunnel verschwand in der Dunkelheit vor ihnen, aber das Grün wand sich weiter und beleuchtete die Wände, während es sich bewegte.

»Was ist das?«

Plato schüttelte den Kopf. »Ich weiß es nicht. Ich bin dafür, den seltsamen grünen Lichtern zu folgen, aber wenn es ein Irrlicht ist, haben wir ein Problem.«

»Warum?«

»So sind alle großen Reisenden verloren gegangen«, erklärte Plato trocken.

»Nun, ich schätze das ist ein Risiko, das wir eingehen müssen«, sagte Liv. »Lass uns durch den dunklen Tunnel gehen und dem Unbekannten und den Geistern folgen.«

»Wir haben nur den einen gesehen und der hat wahrscheinlich gar nichts damit zu tun.« Plato ging voraus, seinen Schwanz hoch in die Luft gereckt. Als sie mehrere Meter weit gegangen waren, verflüchtigte sich das Licht aus den anderen Tunneln und ließ sie in der Dunkelheit zurück.

Liv hielt ihre Hand hoch und versuchte, sich an den Zauber des Lichtes zu erinnern. Je mehr sie versuchte sich daran zu erinnern, desto mehr entglitt er ihr, wie ein Traum beim Erwachen. Dann dachte sie darüber nach wie es war, als sie die Geräte reparierte und keine Beschwörung murmelte, sondern nur an die Reparatur dachte. Sie versuchte an das Licht zu denken. Etwas, das ihren Weg erleuchtete. Ihr Mund öffnete sich und mit tiefer Stimme sang sie »*Raaaam*«. Die Schwingung des Wortes fühlte sich seltsam in ihrer

DIE REBELLISCHE SCHWESTER

Kehle an, aber einen Moment später materialisierte sich eine Lichtkugel, die den Weg vor ihr beleuchtete.

Sie blickte siegreich auf Plato herab. Der sah sie seltsam an. »Hey, *du* kannst vielleicht im Dunkeln sehen, aber ich kann es leider nicht.«

»Das ist es nicht«, sagte Plato. »Du hast gerade in der alten Sprache der Gründer gesprochen.«

»Was? Nein, habe ich nicht. Ich sagte die Beschwörung für das Licht.«

»In der alten Sprache«, erwiderte Plato.

»Woher weißt du das? Ich dachte, nur die Sieben könnten sie lesen oder sprechen?«

»Ich habe sie erkannt«, antwortete Plato. »Wie bist du auf diese Beschwörungsformel gekommen?«

»Ich dachte einfach an ein Licht und das Wort kam dabei aus mir heraus.« Liv zögerte und fragte dann Plato: »Gibt es da ein Geheimnis, von dem du mir vielleicht erzählen willst?«

Er dachte einen Moment lang nach. »Das ist eine sehr allgemeine Frage und nein. Ich denke wir sollten jetzt erst einmal diesem grünen Ding folgen, bevor es entkommt.« Er deutete mit einem Kopfnicken in Richtung des grünen Lichtes, das sich weiter vorwärts bewegte.

Liv räumte mit einem Nicken ein, dass er recht hatte. »Ja, das ist wahrscheinlich eine gute Idee.«

Sie wurden schneller und versuchten, den Abstand zwischen ihnen und dem schwebenden Licht zu verringern. Der Tunnel ging immer weiter, seine Steinwände und Betonböden gaben ihnen keine Möglichkeit festzustellen, wie weit sie gegangen waren. Nach einigen Minuten teilte sich der Tunnel. Das grüne Licht hüpfte kurz auf der Stelle und schoss dann nach rechts davon.

Liv warf Plato einen zögerlichen Blick zu bevor sie dem grünen Licht hinterhereilte, dann hielt sie bei dem Anblick vor ihr an. Ein paar Dutzend Kugeln aus grünem Licht flogen in einem großen höhlenartigen Raum herum. Liv dachte schon, sie wäre unbemerkt geblieben, als plötzlich alle anhielten und in der Luft schwebten. Dann drehten sich die grünen Figuren nacheinander um. Mit den Lichtern, die die Kreaturen erhellten, erkannte Liv, was sie waren – die hässlichsten feenhaften Kreaturen, die sie je gesehen hatte.

Die kleinen Biester hatten blasse gefleckte Flügel, die denen eines Schmetterlings ähnelten und ein kurzer Schwanz, der am Ende breiter wurde, hing zwischen ihren kurzen, krallenbewehrten Füßen. In ihren ungewöhnlich runden, kahlen Köpfen waren große schwarze Augen und ihre Münder enthielten mehrere Reihen rasiermesserscharfer Zähne. Das grüne Licht strahlte von einer Substanz aus, die sie in den Händen trugen und die sie auch in die Risse in den Wänden dieses Raumes drückten.

»Oh Hölle«, fluchte Liv und wich von den schwebenden Kreaturen zurück, die sie unsicher anstarrten.

»Was sind das für Kreaturen?«, fragte Liv.

»Hässliche«, antwortete Plato und blieb an Ort und Stelle stehen.

Die Kreaturen gaben einen kollektiven Wutschrei von sich, bevor sie die Bündel aus glühendem grünen Material fallen ließen und in Livs Richtung flogen.

»Nein!«, schrie Liv und hob ihre Hände, um ihr Gesicht zu bedecken.

Sie war sich sicher, dass sie gerade im Begriff war, jeden Augenblick von diesen messerscharfen Zähnen zerfleischt zu werden, aber stattdessen hörte sie klopfende Geräusche. Liv senkte ihre Hände und sah, dass die Kreaturen mit einer unsichtbaren Wand, die zwischen ihnen lag, zusammengestoßen waren.

»Nette Barriere«, lobte Plato stolz.

»Barriere?«, fragte Liv ungläubig und starrte die Wand an, die die Kreaturen immer wieder rammten.

»Insbesondere eine defensive Barriere«, fügte Plato hinzu. »Normalerweise errichtet ein Magier eine intuitiv, wenn er oder sie sich bedroht fühlt.«

»Ja nun, die Idee von hässlichen Feen lebendig gefressen zu werden hat mich irgendwie schon bedroht.«

»Nun, jetzt, wo du sie eingedämmt hast und wir erstmal sicher sind, willst du vielleicht etwas Diplomatie versuchen?«, erkundigte sich Plato.

Liv blickte sich im Raum um, die Kugel des Lichts schwebte, gelenkt von ihrem Unterbewusstsein, neben ihr und beleuchtete die Orte die sie sehen wollte. Die Stückchen grün leuchtendes Material waren in die Ecken zwischen Wand und Decke und Boden gepresst, so dass der Raum wie radioaktiv verstrahlt aussah. Liv verstand nicht welche Art von Magie das war, aber sie wusste, dass es jetzt ihre Aufgabe sein würde, alles zu kontrollieren und zu stoppen, was andere in Gefahr brachte. Sie machte einen Schritt nach vorne und räusperte sich. »Ich bin hier, um euch alle davon abzuhalten weitere magische Kräfte abzusaugen.«

»Oh, gut, du bevorzugst den direkten Weg«, stellte Plato trocken fest.

»Was soll ich tun, zuerst schießen und später Fragen stellen, wie die Ratsmitglieder es vorschlagen würden?«

»Nein, ich bin nur neugierig, wie sich das entwickeln wird.«

»Absaugen? Absaugen? Absaugen?«, sagten die Feen unisono, ihre Stimmen hoch und quietschend.

»Ja. Ihr dürft keine magische Energie mehr absaugen«, fuhr Liv fort. »Ich werde euch dieses eine Mal warnen, ansonsten muss ich euch aufhalten.«

»Stopp. Stopp. Stopp«, wiederholten sie. Als hätten sie diesen Tanz koordiniert, bildeten sie eine solide Gestalt eines Mannes und ließen ihn zur Wand hinübergehen, wo das leuchtende Grün klebte. »Stopp. Stopp. Stopp.«

Liv schüttelte den Kopf. »Ja, ich muss euch aufhalten wenn ihr nicht aufhört, Energie abzusaugen. Wir wissen, dass ihr es seid.«

»Geister. Geister. Geister«, sagten die Kreaturen, brachen aus der Gestalt des Menschen aus und flogen zufällig herum, einige von ihnen rammten wieder gegen die unsichtbare Wand.

»Warte, warum reden sie über die Geister?«, fragte Liv den neben ihr stehenden Kater.

»Ich denke, die wichtigere Frage ist was sie mit deiner Wand machen«, bemerkte Plato.

Sie merkte schnell was er meinte: sie rammten in ihre Barriere oder bissen mit den Zähnen in sie hinein, machten Sägegeräusche. Liv konnte nicht sagen, was mit der Barriere geschah, aber sie konnte zwei und zwei gut genug zusammenzählen, um es herauszufinden. Ihren Instinkten folgend, nahm sie Plato auf und drehte sich in die entgegengesetzte Richtung, gerade als ein lautes Summen wie das eines Bienenschwarms erklang, der ihr folgte. Die hässlichen Feen waren wütend über die Unterbrechung und die Drohungen und es gab nun keine Barriere mehr zwischen ihr und ihnen.

Kapitel 28

Die Lichtkugel raste vor Liv dahin, gerade so nah, dass sie im Dunkeln nicht über ihre Beine fiel. Liv drückte Plato an ihre Brust und spürte den Luftstrom im Rücken, als die kleinen Kreaturen schneller wurden und die Distanz verringerten.

»Hast du eine gute Idee, wie wir nicht als deren Mahlzeit enden?«, fragte Liv zwischen ihren stoßweisen Atemzügen.

»Lauf schneller«, bot Plato wenig hilfreich an.

»Ich könnte versuchen, eine weitere Barriere zu erstellen«, schlug Liv vor.

Plato blickte Liv über die Schulter. »Du hast nicht genug Abstand, um den Zauber erfolgreich auszuführen.«

Liv rannte weiter und zwang ihre Füße sich schneller zu bewegen. Sie konzentrierte sich darauf, sie so leicht wie möglich erscheinen zu lassen, während sie den Boden berührten und ihn wieder verließen. Laufen war noch nie ihr Ding gewesen, aber mit einer Reihe von blutrünstigen, hässlichen Feen im Rücken, die sie verfolgten und quietschende, zwitschernde Geräusche machten, fühlte sie sich wie eine Olympialäuferin. *Alles nur eine Frage der Motivation.*

Das Licht aus den Verbindungstunneln war weiter vorne bereits sichtbar, was Liv sich aber nicht besser fühlen ließ, da sie wusste, dass der Eingang zur anderen Seite ein kleines Loch war, das sie zudem nicht mal sehen konnte. Sie könnte erstmal direkt gegen die Betonwand laufen, bevor sie die Tür finden würde. Und was sollte eigentlich verhindern, dass die hässlichen Feen ihr einfach folgten?

Schweiß tropfte in ihre Augen als sie weiterlief. Liv ließ die Kugel verschwinden und stellte sich vor, diese Energie auf ihre Beine zu übertragen, um ihr so zu helfen, sich noch etwas schneller zu bewegen. Der Tunnel verschwamm, als sie an Geschwindigkeit gewann und sich jetzt so schnell bewegte, dass sie dachte, sie würde gleich außer Kontrolle geraten.

»Du gewinnst etwas Abstand«, sagte Plato und schaute ihr immer noch über die Schulter.

Liv entdeckte etwas, das vor ihr in der Dunkelheit erschien. Sie dachte es sei das X, das sie gezeichnet hatte, aber als sie blinzelte, erkannte sie Rorys lockiges Haar. Er hatte seinen Kopf durch das Loch gesteckt, so dass es so aussah, als hinge er wie eine Jagdtrophäe an der Wand.

Seine Augen weiteten sich, als er Liv sah. Sie war gerade im Begriff, ihm zu sagen, er solle sich schnell bewegen, als das laute Summen der Feen plötzlich aufhörte. Liv dachte, sie hätte mit ihrem Laufen auf Höchstgeschwindigkeit endlich genug Abstand zwischen ihnen geschaffen und sie drehte sich, ihre Hand in der Luft, bereit, einen weiteren Barrierezauber zu wirken. Doch die hässlichen Feen schwebten alle in sicherer Entfernung. Ihre Knopfaugen beobachteten Liv hungrig, aber keiner von ihnen wagte es, näher heranzukommen.

Mit erhobener Hand wich Liv weiter zurück. »Ich glaube, sie haben die Nachricht verstanden.«

Plato zappelte sich aus ihrem Griff, sprang auf den Boden und schaute in die andere Richtung. »Ja, ich glaube schon, aber ich glaube nicht, dass diese Nachricht von dir kam.«

Liv blickte schnell über ihre Schulter und dann zurück zu den Feen, die immer noch einige Meter entfernt schwebten.

DIE REBELLISCHE SCHWESTER

Sie sah zweimal hin, als ihr das Bild hinter ihr bewusst wurde. Rorys Kopf schaute noch immer durch die Wand, aber seine normalerweise grünen Augen waren rot und auf seinem Gesicht stand brutale Feindseligkeit geschrieben.

»Rory?«, fragte Liv und schaute zwischen ihm und den Feen hin und her. Die roten Gesichter der schwebenden Kreaturen waren wutgezeichnet, sie trauten sich aber nicht näher.

»Geh durch«, befahl Rory.

Plato zögerte nicht und kroch um Rorys Gesicht durch das Loch.

»Ähm, ich weiß nicht wie«, sagte Liv und wusste nicht, wo das Loch begann und endete und wollte nicht gegen sein Gesicht stoßen.

Eine große Hand griff durch den scheinbar festen Beton. Liv zuckte zwar kurz vor seiner plötzlichen Nähe zurück, reagierte aber dann nicht weiter, als Rorys Hände sie um den Kragen packten und sie von ihren Füßen riss. Sie schluckte und hielt den Atem an, als er sie durch das Loch zog, als wäre sie eine Stoffpuppe. Liv bedeckte ihren Kopf mit den Armen, um ihn vor einer Kollision mit der Wand zu schützen, aber zu ihrer Erleichterung zog Rory sie sauber durch und ließ sie auf den Boden nieder.

Liv war bereit, wieder davonzulaufen, aber sie zögerte, als sie Rorys zusammengebrochene Gestalt sah. Er lehnte sich mit dem Kopf zwischen den Knien an die Wand.

»Ähm, ist alles in Ordnung?«, erkundigte sich Liv. »Kommen die hässliche Feen weiter hinter uns her?«

Rory schüttelte den Kopf. »Es sind Zonks. Und sie können die Öffnung nicht sehen.«

»›Zonks‹? So werden diese Dinger also genannt?«, fragte Liv neugierig.

223

Rory blickte auf, das Rot seiner Augen verblasste langsam wieder zu dem normalen Grün. »Ja und sie sind sehr sensibel. Also wenn man ihnen zum Beispiel ins Gesicht sagt, dass sie hässlich sind, ist es kein Wunder, dass sie dann wütend sind.«

»Nun, ich habe ihnen auch gesagt, dass ich da war, um sie davon abzuhalten, die Energie weiter abzusaugen«, antwortete Liv. »Sie mögen es wahrscheinlich nicht, wenn man sie ausschaltet.«

Rory schüttelte den Kopf. »Sie sind nicht diejenigen, die die Energie absaugen.«

»Ich habe sie gesehen«, argumentierte Liv und blickte auf Plato zur Unterstützung. »*Wir* haben es gesehen. Sie hatten diese grüne Substanz, die sie in die Spalten in den Wänden drückten.«

Rory wischte sich den Schweiß von der Stirn und machte sich gebückt auf den Weg nach vorne, um sich nicht den Kopf zu stoßen. »Komm schon. Ich brauche erstmal einen Drink, nachdem ich mit dir zu tun hatte. Ich werde es gleich erklären.«

»Hey, was meinst du damit, nachdem du mit mir zusammengearbeitet hast?«, fragte Liv. »Ich bin hier nicht das Problem. Diese Zonks haben versucht, uns zum Abendessen zu verspeisen.«

»Nachdem du sie beschimpft hast«, stellte Rory fest. »Und sie für etwas verurteilt hast, von dem du nicht weißt, ob sie es getan haben. Du bist viel mehr wie das Haus der Sieben, als du denkst. Du machst zuerst Anschuldigungen und dann erst stellst du Fragen.«

Liv blickte grimmig murmelnd auf den Boden, als sie zum Eingang des Tunnels marschierten. Sie wollte nicht zugeben, dass Rory Recht haben könnte. Tatsächlich

DIE REBELLISCHE SCHWESTER

verbrannte es sie innerlich, dass sie anscheinend eine Rasse von magischen Kreaturen beleidigt und sie dann auch noch ohne Beweise verurteilt hatte, ganz so wie es das Haus der Sieben tun würde.

Kapitel 29

Für jeden Schritt von Rory musste Liv drei Schritte machen, um an ihm dran zu bleiben, während sie die unterirdischen Tunnel verließen. Als sie dann endlich die Oberfläche erreichten, war sie überrascht, dass es bereits dunkel war. Liv hatte nicht gedacht, dass sie so lange unterwegs gewesen waren. Zuerst war sie besorgt, dass sie zu spät zum Haus der Sieben kommen würde, aber dann erinnerte sie sich, dass sie ja so lange nicht teilnehmen musste, bis sie mit diesem Fall Fortschritte gemacht hatte.

»Es gibt einen Pub in der Nähe.« Rory zeigte auf eine schmuddelige Gasse, die fast vollkommen in Dunkelheit gehüllt war.

»Bitte sag mir, dass ein Zauber auf dem Platz liegt und ich die saubere Bar einfach nicht sehe, auf die du gerade zeigst«, wunderte sich Liv.

Rory packte die Rückseite von Livs Hemd und dirigierte sie, bis sie in einem chinesischen Restaurant ankamen.

»Als du Pub sagtest, dachte ich eher an Bier und Chips, nicht an Tee und Reis«, gab Liv zu.

»Ich meinte eine Flüsterkneipe«, klärte Rory auf.

»Und in sowas nimmst du so ein junges Mädchen wie mich mit? Was sollen denn die Leute denken, wenn wir da in der Ecke sitzen und tuscheln...«, antwortete Liv.

Er stöhnte, war von ihrem Humor sichtlich nicht begeistert und öffnete die Tür. Der Geruch von Tempura, Fisch und Geschmacksverstärker traf sie sofort. Rory rauschte an der Empfangsdame vorbei, die nur nickte, als ob es üblich wäre einen Riesen zu sehen, der sich ducken musste, um den Ort zu betreten.

Liv folgte Rory, als er sie den Flur hinunter zu den Toiletten führte. Sie war dabei zu protestieren, als er die letzte Tür öffnete und das leise Geräusch einer Geige die Luft erfüllte. Der nächste Raum war ganz anders als das helle asiatische Restaurant mit den pastellfarbenen Möbeln und staubigen chinesischen Statuen. Die Kneipe, die sie betraten, war dominiert von dunklem Holz und roch nach Schweiß und Lakritz. Um die kunstvoll geschnitzte Bar herum befanden sich drei der größten Männer, die Liv je gesehen hatte, einschließlich Rory. An einem klapprigen alten Tisch spielten ein paar Gnome mit fetten Nasen und verschlagenen dreinblickenden Augen Karten. In der Ecke spielte ein Trio, zwei Männer und eine Frau Flöte, Tamburin und Geige. Liv musste sie nicht erst lange anstarren um ihre elfischen Züge zu erkennen, die subtiler waren als die Züge, die Gnome und Riesen unterschieden. Obwohl sie lange Haare und Hüte hatten war es unmöglich, ihre spitzen Nasen, Kinn und Ohren vollständig zu verbergen.

»Ähm, ich bin mir nicht wirklich sicher ob es für mich eine gute Idee ist, hier zu sein«, sagte Liv flüsternd.

»Kennst du einen besseren Ort, um mehr über Zonks zu erfahren und wie man abgesaugte magische Energie misst?«, entgegnete Rory herausfordernd.

Liv blickte nach unten zu Plato und mußte wieder mal feststellen, dass er weg war oder sich versteckte.

Rory setzte sich auf einen Stuhl der nicht so aussah, als könnte er der Herausforderung standhalten, sein Gewicht zu tragen. Er winkte der Bedienung zu, die im Vergleich zu allen anderen in der Kneipe fast normal aussah.

Ihr erdbeerblondes Haar umrahmte ihr Gesicht mit Locken und sie trug einen langen Rock, den sie zum Trocknen ihrer Hände benutzte als sie zum Tisch kam.

»Mister Lauren, was führt dich denn hierher?«, fragte die Kellnerin und klimperte mit den Wimpern. »Ich sagte dir, dass wir nach der Krise quitt waren und…«

»Deswegen bin ich nicht da«, unterbrach Rory ihren Redeschwall. »Können meine Freundin und ich einen Becher von dem bekommen, was du gerade im Angebot hast?«

Die Frau nickte und nahm widerstrebend von Liv Notiz. »Sicher doch.«

»Das ist okay«, sagte Liv, nachdem die Frau weggegangen war. »Ehrlich gesagt, ich hätte lieber ein einfaches Glas Wasser. Die haben hier doch Wasser, oder?«

Rory schenkte ihr nur ein Kopfschütteln während er die Menschen um sie herum studierte. »Ich habe Biere bestellt.«

»Danke, aber das war nicht nötig.«

Rory hielt seine Augen auf einen der anderen Riesen an der Bar gerichtet. »Ich trinke nicht allein, also trinkst du entweder mit oder wir gehen und du bist wieder ein Stück weiter davon entfernt deinen Fall zu lösen.«

Liv stimmte widerwillig zu. »Gut. Also diese Zonks… erzähle mir von ihnen. Und was war das, was du mit deinen Augen gemacht hast?«

»Das war nur eine Folge der Verwendung meiner elementaren Magie«, erklärte Rory. »Und Zonks saugen keine Energie ab. Sie sind eigentlich von Natur aus eher eine Art Reparatur-Feen.«

»Die im Untergrund leben und radioaktive Partikel mit sich herumtragen?«

»Das muss ein magisches Material gewesen sein, das sie für eine Reparatur wiederverwendet haben«, erklärte Rory.

»Du sagtest, sie würden es in die Wand stecken? Wie in einen Riss?«

Liv nickte. »Was hast du vorhin über Geister gesagt?«

Rory warf ihr einen warnenden Blick zu, der ›sei jetzt besser ruhig‹ sagte, als sich die Bedienung wieder näherte.

»Ja, wie auch immer, also habe ich dir von dem Troll erzählt?«, fragte Liv scheinheilig, um das vorherige Gespräch zu vertuschen, als die Kellnerin zwei Krüge abstellte, die grob geschätzt je an die vier Liter Bier enthielten. Sie schob sie mit einem zitternden Lächeln auf den Tisch.

»Noch etwas für euch beide?«, fragte die Frau. »Teilt ihr euch auch noch ein paar Pommes oder so?«

Rory schnaubte vor Lachen. »Nein, so ist das nicht, Cindy. Das ist erstmal alles, vielen Dank.«

Erleichterung überflutete das Gesicht der Frau. »Oh, gut. Wir haben uns schon gewundert.« Sie zeigte über ihre Schulter, wo die anderen drei Riesen standen.

»Worüber haben sie sich gewundert?«, hakte Liv nach, als Cindy sie mit ihren Bieren allein gelassen hatte. Liv wusste nicht wie sie den Becher neigen sollte, um daraus zu trinken.

»Sie dachten du wärst mein Date«, sagte Rory. »Es ist in der Riesen-Kultur üblich, das Essen bei einem ersten Date zu teilen. Die Idee ist, Zurückhaltung zu üben und der Frau den größten Teil der Nahrung als Zeichen der Demut und Selbstlosigkeit zu überlassen.«

Liv brach in schallendes Gelächter aus, was ihr entgeisterte Blicke aller Anwesenden in der Bar einbrachte. Sie konnte sich nicht zurückhalten. Selbst als die Elfen leiser spielten wurde die Stille von ihrem ständigen Kichern unterbrochen. »Sie dachten, du und ich…« Liv wischte sich die Tränen aus den Augen.

Rory hob sein Bier leicht an, nahm einen langen Zug und trank ein gutes Drittel davon. »Also dieser Troll? Das war dein erster Fall?«

»Ja, und sie wollten, dass ich… du weißt schon…«

»Nein. Was wollten sie, dass du mit ihm machst?«, fragte Rory, obwohl sein Gesichtsausdruck Liv sagte, dass er mit ihr spielte.

Sie zog ihren Finger über ihren Hals und ließ ihre Zunge aus ihrem Mund fallen. »Du weißt schon.«

Er nickte. »Und? Hast Du es getan?«

»Ich brachte ihn zu einem Ort am Amazonas und stellte sicher, dass er so weit wie möglich von der Zivilisation entfernt ist«, erklärte Liv. »Ich habe dem großen Kerl gesagt, dass er nie wieder in die Nähe von Menschen gehen soll.«

»Und er hat dich wirklich verstanden?«

»Ich bin mir nicht sicher. Er grunzte und nickte viel.«

»Und was hast du gesagt bei… nun, du weißt schon wem?«

»Ich habe gelogen«, gestand Liv. »Der Fall könnte mich letztendlich irgendwann mal in den Arsch beißen, wenn das herauskommt. Aber ich wollte nicht einfach einen Troll vernichten, der nichts falsch gemacht hatte.«

Rory sah beeindruckt aus. »Deshalb darfst du auch die Zonks nicht vernichten.«

Liv stimmte mit einem Nicken zu. »Du hast die Geister erwähnt und dass es etwas mit dem Absaugen zu tun hat?«

»Ja. Geister sind im Wesentlichen Bündel magischer Energie, wie Vorräte davon«, erklärte Rory und beobachtete Liv dabei, wie sie das Bier vom Rand ihres Bechers abtrank. Sie hatte sichtlich Mühe, ihren Kopf entsprechend zu halten ohne zu kleckern. »Willst du es vielleicht mit einem Strohhalm probieren, du halbe Portion?«

Sie schüttelte den Kopf. »Nein. Ich habs fast geschafft.«

»Sicher.« Spottete Rory. »Wenn du oder ich Magie benutzen, greifen wir auf Energiequellen zurück, wie zum Beispiel Elemente. Aber die Energie eines Geistes ist in dieser Form gefangen.«

»Sie sind also in gewisser Weise wie Batterien?«

»Genau«, bejahte Rory. »Es macht für mich viel mehr Sinn, dass derjenige, der magische Energie absaugt, die Geister irgendwie dafür benutzt.«

»Wie, du meinst er saugt sie gleich mit ab?«

Rory hob seinen Becher an und trank ein weiteres Drittel. »Vielleicht. Wir brauchen mehr Informationen.«

»Deshalb sind wir hier.« Liv hob ihren Becher mit beiden Händen hoch und neigte ihn zu ihrem Mund, aber er rutschte aus ihren Fingern und verschüttete Bier über ihr Kinn und die komplette Vorderseite.

Rory heulte vor Lachen als sie dann auch noch den Becher fallen ließ. Es sah aus, als hätte sie ein Bad im Bier genommen.

Liv wischte mit ihren Arm über den Mund, schüttelte sich dann wie ein Hund und spritzte somit ebenfalls einiges an Bier auf Rory.

»Also, warum hast du mich denn nun hierher gebracht... also abgesehen davon, dass ich dich hier bespaßen darf?«, fragte Liv und versuchte erneut das Bier zu trinken. Nachdem der Becher nun die Hälfte seines Inhalts verloren hatte, war es bedeutend einfacher ihn aufzunehmen. Liv nahm daher einen langen Zug und setzte ihn anschließend mit einem Schlag ab.

»Wer ist denn deine Freundin, Rory?«, fragte einer der Gnome und zog einen Barhocker an ihren Tisch. Er war nur etwa einen Meter groß und hatte einen Ausdruck im Gesicht als ob der Schnurrbart unter seiner Nase in saurer Milch gewaschen wäre.

Rory nahm den Gnom unter die Lupe und nickte in Livs Richtung. »Das ist Helga Dobo.«

Liv konnte ihre Grimasse nicht verbergen. *Helga?* Was für ein schrecklicher Name war das?

»Helga, trink weiter so und unser Freund Rory wird dich hier raustragen müssen«, riet ihr der Gnom.

»Du solltest nicht von dir auf andere schließen«, antwortete Liv spitz. »Ich kann sicherlich mehr vertragen als du kleiner Wicht.«

Die anderen Gnome um den Tisch herum sahen auf, als hätte sie gerade ihre Mütter beleidigt. Sie alle schoben sich gleichzeitig vom Tisch weg und rutschten von ihren Stühlen.

Liv sah Rory an. »Was? Was habe ich gesagt?«

Rory lehnte sich näher heran, als die anderen drei Gnome hinüber watschelten. »Sie wollen nicht daran erinnert werden, dass sie nicht so groß wie Riesen sind.«

Liv sah die vier knapp einen Meter großen Gnome an, dann Rory und lachte. »Ist das nicht so, als würde man während eines Schneesturms im Bikini herumlaufen? Du kannst noch so sehr tun als ob, aber die Wahrheit ist offensichtlich.«

»Liv…«, warnte Rory.

»Liv?«, fragte der Gnom. »Ich dachte, du sagtest ihr Name sei Helga, der Name einer guten starken Gnomendame. Wer ist diese ›Liv‹? Das ist der Name eines Magiers.«

Liv sah Rory und dann die Gnome an. »Warte, du dachtest ich wäre ein Gnom?« Sie stand auf und sah auf den Gnom und seine Freunde herab. »Ich bin offensichtlich kein Gnom. Ich bin knapp anderthalb Meter groß.«

»Liv…«, warnte Rory noch einmal.

»Als weiblicher Gnom macht dich das zwar etwas überdurchschnittlich, aber nach den Maßstäben der Magier bist du eher ein Wicht«, erklärte einer der Gnome.

DIE REBELLISCHE SCHWESTER

Liv hob ihren Bierkrug an und nahm einen langen Zug, um ihn zu leeren. Natürlich landete wieder etwas von dem Getränk auf ihrem Oberteil. Sie ließ den Becher auf den Tisch donnern und erregte damit die Aufmerksamkeit aller in der Bar.

Rory lehnte sich auf seinem Sitz zurück und schaute zur Decke. »Und ich habe schon irgendwie geahnt, dass es ein Fehler ist, dich hier reinzubringen.«

Liv winkte ab und schwankte leicht. »Ich schaffe das, Mister Laurens.« Sie sah auf die Gnome herab. »Wenn ich etwas gesagt haben sollte das euch beleidigt, so tut es mir zutiefst leid.«

»Wir mögen es nicht, wenn die Leute auf uns herabblicken«, sagte einer der vier.

»Wie *sollen* die Leute euch denn sonst ansehen?«, fragte Liv, unterbrochen von einem Schluckauf durch das schnelle Trinken.

Rory warf seinen Kopf zurück und seufzte laut. »Das hast du ja schön hinbekommen…«

Liv war gerade im Begriff zu fragen, ob sie ihm helfen könnte sein Bier zu trinken, als sie einen scharfen Schmerz an ihrem Schienbein spürte. Sie sprang geradewegs nach oben, packte ihr Bein und blickte nach unten, um zu sehen wie einer der Gnome seinen winzigen Fuß zurückzog.

»Du hast mich getreten, du kleiner Scheißer!«, schrie Liv.

»Und es gibt noch eine ganze Menge mehr davon wo das herkommt, Magier«, warnte der Gnom. »Wir werden draußen sein und darauf warten, dir eine Lektion zu erteilen.«

Die Gnome klatschten zweimal im Gleichklang und verschwanden.

Liv blinzelte dumpf und sah Rory an. »Warte, wo sind sie hin? Ich dachte, sie wollten ein süßes kleines Lied anfangen und mit mir tanzen?«

»Sie wissen es eben besser, als in Cindys Pub eine Schlägerei anzufangen. Sie sind nach draußen gegangen um dort auf dich zu warten«, antwortete Rory trocken. »Sie planen, dir gehörig in den Arsch zu treten.«

Kapitel 30

Liv lachte. »Du willst mich wohl verarschen? Diese kleinen Kerle wollen sich mit mir anlegen?«

Rory verschränkte seine dicken Arme vor seiner Brust. »Ich würde sie nicht unterschätzen. Gnomenmagie ist stark und du bist nicht im Kampf ausgebildet.«

Liv sah ihn spöttisch an. »Ich weiß wie man kämpft.«

»Du weißt zumindest wie man Kämpfe beginnt«, konterte er.

Liv nahm Rorys Bier, fragte nicht lange nach Erlaubnis und trank. Er wirkte nicht im Geringsten verärgert, als er zusah wie sie den Rest des Inhalts schluckte. Als es leer war setzte sie den Becher wieder auf den Tisch und rülpste. »Nun lass uns einen paar Gnome verprügeln.«

Rory sah die Riesen an der Bar an und seufzte. »Du bist auf dich allein gestellt, Magierin.«

»Gut«, sagte Liv, machte einen Schritt vorwärts und schwankte leicht als sie zum Ausgang ging.

Als sie die Gasse erreichten war Liv dankbar für die Nachtluft, die ihren Wangen die nötige Frische verlieh.

Zwischen den Gebäuden auf beiden Seiten der Gasse standen die vier Gnome Schulter an Schulter und blockierten den Weg.

»Sie denken, dass sie mit ihrem feindlichen Aussehen und ihren fetten Köpfen abschreckend wirken«, sagte Liv und betrachtete die kleinen Männer in etwa zwanzig Metern Entfernung.

»Sie kämpfen nicht fair«, warnte Rory.

»Das erklärt dann sicherlich auch die Tatsache, dass die zu viert gegen mich alleine antreten möchten«»

»Ja, aber du bist eine Frau. In der Gnomenkultur gilt das als fair, da ihre Frauen normalerweise größer und stärker sind.«

»Ich ähnle keiner Gnomin«, argumentierte Liv und stemmte ihre Fäuste in die Hüften.

»Keiner attraktiven zumindest, das ist sicher.«

»Hey, ich habe keine bauchige Nase oder Haare die aus meinen Ohren wachsen, also denke ich, dass ich viel attraktiver bin als Gnome.«

Rory schüttelte den Kopf. »Deine Gesichtszüge sind zu zierlich und deine Schultern zu eng. Eine attraktive Frau hat eine Nase die ihr Gesicht füllt und ist wie ein Linebacker beim American Football gebaut, wie Cindy.«

»Die Barkeeperin da drin ist ein Gnom?«

»Ja und du hältst sie hin«, sagte Rory und deutete auf ihre Gegner.

Liv sah die Gnome an, die sich in der Zwischenzeit nicht bewegt hatten. »Das tue ich nicht. Ich gebe ihnen nur Zeit ihre Strategie zu besprechen.« Sie wölbte ihre Brust heraus und streckte ihre Arme weit aus. »Ihr Gnome werdet es brauchen!«

»Herumreden wird das Unvermeidliche nur verzögern«, warnte Rory sie, packte die Rückseite von Livs Hemd und hob sie in die Höhe.

Sie versuchte seine Hand wegzuschlagen, allerdings ohne Erfolg. »Hey, was machst du da?«

»Ich helfe dir«, sagte er ihr.

»Mir zu helfen wäre gewesen, mir vorher Kampfmagie beizubringen.«

DIE REBELLISCHE SCHWESTER

Rory zog seinen Arm zurück und holte Schwung. »Es ist nie zu spät für eine Lektion.« Er warf Liv durch die Luft und sie landete zu den Füßen der Gnome.

Sie blickte zu den kleinen Männern auf und knurrte: »Wollt ihr Jungs einen Streit? Ich gebe euch einen, aber macht euch bereit, nach Hause zu laufen und weinend zu Mama zu gehen.«

»Hör auf, so viel zu reden und fang an zu kämpfen!«, empfahl Rory schreiend.

Liv erhob sich auf ihre Hände und Knie und sah ihn an. »Es ist einfach höflich sie wissen zu lassen, worauf sie sich eingelassen haben.«

»Gnome sind nicht Mutterbezogen.«

Liv nickte und sah zum nächsten Gnom auf. »Mach dich bereit zu deiner hässlichen Frau nach Hause zu laufen.«

Der Gnom an der Seite trat nach vorne, sein Stiefel stampfte auf Livs Finger.

Sie heulte vor Schmerzen und zog ihre Hand an ihre Brust, während sie sich auf ihren Rücken rollte und auf die Füße sprang. »Im Ernst, ihr kleinen Scheißer tretet gegen Schienbeine und stampft mir auf die Finger? Das ist doch wirkliches Klischeedenken. Was werdet ihr als nächstes tun? Mich beißen?«

Zwei der Gnome liefen, ihre schmutzigen Hände über ihren Köpfen erhoben, vor Wut schreiend auf sie zu.

Liv machte eine Finte nach rechts, wodurch einer der auf sie zu stürmenden Gnome an ihr vorbeilief, zog eine Mülltonne von der Wand weg und stellte sie direkt in den Weg des anderen Gnomes. Dieser lief mit voller Wucht direkt gegen die Tonne und fiel auf seinen Hintern.

Liv lachte, griff nach unten, packte den Deckel der Mülltonne und hielt ihn wie einen Schild.

Einer der beiden noch stehenden Gnome hob seine Hand und ein Ball roten, wabernden Lichts strömte hinaus.

»Hey, Rory? Was ist das denn?«

»Wonach sieht es aus?«, schrie er von seinem Platz an der Seitenlinie.

»Ein Feuerball.«

Der Gnom winkelte seinen Arm an, als wolle er einen Baseball werfen.

»Bingo«, kommentierte Rory. »Versuch, dich nicht zu verbrennen.«

»Danke, Kumpel.« Liv hielt den Deckel hoch als der Feuerball auf ihr Gesicht zuflog. Sie lenkte ihn ab in Richtung der Gnome am Boden, die ächzend gerade wieder versuchten aufzustehen.

Beide stehenden Gnome produzierten nun Feuerbälle und bereiteten sich darauf vor, sie auf Liv zu werfen. Neben ihr knirschten die beiden liegenden Gnome mit den Zähnen und sahen aus als wollten sie auch angreifen.

»Ähm, irgendwelche klugen Ideen, Riese?«

»Bleib wachsam«, antwortete Rory und klang dabei sehr amüsiert.

Liv huschte zur Seite als einer der Gnome auftauchte, ein Feuerball wirbelte an ihr vorbei und verschmorte fast ihre Hose. »Danke, aber ich dachte an einen etwas taktischeren Ansatz.«

»Benutze Magie«, schlug Rory vor.

Liv duckte sich als ein Feuerball über ihren Kopf flog, mit einer Explosion am Backsteingebäude hinter ihr landete und Funken überall hinschickte. »Danke, aber schon wieder brauche ich etwas Konkreteres.«

»Was ist der beste Weg, um Feuer zu bekämpfen?«, fragte Rory.

Alle vier Gnome warfen nun Feuerbälle und ließen Liv keine Chance, sich neu zu formieren, nachdem sie fast verbrannt worden war. Sie benutzte eine Mülltonne, um ihre untere Hälfte zu decken, während sie den Deckel benutzte, um alles Höhere abzusichern.

»Feuer mit Feuer bekämpfen, richtig?«, fragte Liv atemlos beim Ausweichen.

»Nein, dummer Mensch«, korrigierte Rory. »Feuer mit Eis bekämpfen.«

»Du merkst aber schon, dass das voll das Klischee ist.« Als Liv hinter ihrer Mülltonne hervorsprang, stießen drei Feuerbälle gegen den Behälter und sprengten ihn aus dem Weg.

»Denke an Eis und versuche, die Energie aus deiner Umgebung zu ziehen, da du betrunken bist und dich nicht auf deine innere Quelle verlassen kannst«, riet Rory.

Liv starrte ihn an und lenkte ihre Aufmerksamkeit für einen Bruchteil einer Sekunde vom Kampf ab. Das hätte sie fast alle Haare auf dem Kopf gekostet. Ein Feuerball wirbelte vorbei, die Flammen versengten ihre Augenbrauen. »Ich bin nicht betrunken. Würde ein Betrunkener das schaffen?«

Liv rollte sich seitwärts, als die Gnome aufeinanderfolgende Feuerbälle auf sie losließen. Sie sprang auf ihre Füße, flitzte um die Gnome herum und brachte ihre Formation in Unordnung.

»Ich bin mir nicht sicher warum man das schaffen will«, antwortete Rory.

Ein Feuerball prallte von der Wand hinter Liv ab und traf die Rückseite ihres provisorischen Schildes, so dass sie ihn fallen ließ. Sie machte Anstalten ihn wieder aufzuheben als einer der Gnome auf sie zustürmte und in die Luft sprang, mit seinen Händen nach vorne kratzend.

Liv hielt ihre Handfläche hoch und dachte an Eis. Ein eiskaltes Gefühl sammelte sich um sie herum. Als sie die Energie losließ, spürte sie das Vertrauen das sie mit der Magie verband.

Der Gnom erstarrte für einen Moment in der Luft, bevor er wie eine Statue aus Eis zu Boden fiel. Er rollte zur Seite, Frost bedeckte das Ende seiner Nase und seinen Kopf.

»Hey, jetzt!« sagte Liv, nahm eine Kampfhaltung ein und stellte sich den anderen drei Gnomen. Sie hielten zögernd inne und betrachteten sie abschätzend.

»Benutze den gleichen Zauber nicht zweimal im Kampf«, rief Rory an.

»Weil es mir zu viel Energie entzieht?«, fragte Liv, als die Erschöpfung plötzlich über sie hinweg fegte.

»Weil es dumm ist und dein Gegner dann weiß was ihn erwartet.«

Die Gnome hielten ihre Hände eng zusammen, und zwischen ihren Handflächen bildete sich etwas. Schneebälle.

»Im Ernst, was fasziniert euch an Bällen? Ist das so ein Männerding?«, fragte Liv und suchte nach ihrem Schild.

»Siehst du, jetzt nutzen sie Eismagie, was deinen Gefrierzauber unwirksam macht«, betonte Rory.

»Also benutze ich jetzt Feuer?«, fragte Liv.

Rory rollte mit den Augen. »Jetzt nicht mehr, da du ihnen gerade gesagt hast was du tun wirst.«

Liv duckte sich und versuchte den Schneebällen auszuweichen, die blitzschnell auf sie zukamen.

»Verdammt, ihr Jungs solltet darüber nachdenken, in die unteren Baseball-Ligen zu gehen«, presste Liv hervor und drehte sich, um einem weiteren Angriff auszuweichen. »Nun, vielleicht doch eher in eine der kleinen Ligen. Ich bin mir nicht sicher, ob ihr groß genug seid, um mit den großen Jungs zu spielen.«

DIE REBELLISCHE SCHWESTER

Die Schneebälle kamen jetzt noch schneller heran. Liv fühlte sich, als würde sie einen schrecklichen Tanz aufführen und versuchte verzweifelt, dem Eisangriff zu entgehen. Die Bälle, die die Mülltonnen trafen, hinterließen Beulen, was dazu führte, dass sie sich nicht besser fühlte, was den Schnee gegenüber dem Feuer betraf.

»Hör auf zu warten und greif an!«, schrie Rory von der Seitenlinie.

»Ich. Versuche. Es«, rief Liv und sprang hin und her. Sie hielt ihre Hand hoch und dachte darüber nach, wie sie die Gnome lange genug ablenken könnte, damit sie selbst einen Gegenangriff planen konnte. Plötzlich begann der nächstgelegene Gegner in die Luft zu steigen. Liv blinzelte und versuchte herauszufinden, was mit ihm geschah. Der hinter ihm stieg auch auf, um ihn herum war ein Seifenfilm zu sehen.

»Ich habe sie in Blasen gelegt!«, rief Liv aus und duckte sich, als ein Schneeball über ihren Kopf schoss.

Sie richtete ihre Hand gegen den einzigen noch freien Gnom. »Hey! Ich weiß, du badest sonst immer nur am ersten Samstag im Monat, aber heute ist dennoch Badetag, du kleiner Wicht!«

Der Gnom erstarrte, sah zu seinen Gefährten auf, die höher und höher aufstiegen, während der Wind sie nun langsam zur Seite drückte. Sobald sie die Seite des Gebäudes treffen würden, würden sie wieder geradewegs nach unten fallen.

Der Schneeball, den der Gnom werfen wollte, löste sich auf, als er einige Schritte zurückging, sich dann drehte und in die andere Richtung raste. Seine Freunde kollidierten miteinander, als sie auf den Bürgersteig stürzten. Die beiden sahen desorientiert aus als sie auf dem Boden aufschlugen, sich umdrehten und Liv einen letzten rachsüchtigen Blick zuwarfen, bevor sie die Gasse hinunterrasten und ihren gefrorenen Freund zurückließen.

»Ja, rennt bloß, so schnell euch eure kleinen Füße tragen können!«, schrie Liv und pumpte mit ihrer Faust in die Luft.

Sie wandte sich an Rory und sah siegreich aus. »Siehst du, ich habe es geschafft!«

»Das hast du wirklich«, sagte er einfach.

»Jetzt können wir mit jedem reden, der mir helfen kann die abgesaugte Magie aufzuspüren.«

Rory nickte in die Richtung, in die die Gnome geflohen waren. »Ja nun, dann beeil dich besser, weil du gerade unsere einzigen Ansprechpartner in die Flucht geschlagen hast.«

Kapitel 31

Es waren diese Gnome, die mir helfen sollten?«, fragte Liv, ihre Hände auf den Hüften. »Warum hast du es mir nicht eher gesagt?«

»Ich hatte keine Chance dazu. Du hattest bereits eine Schlägerei mit ihnen provoziert und dann war es zu spät.«

»Nun, wir müssen nun halt jemand anderen finden«« sagte Liv.

Rory schüttelte den Kopf. »Gnome sind die einzigen Wesen, die mir bekannt sind, die einen Energiezähler haben um gespeicherte Magie zu verfolgen.«

Liv warf ihm einen genervten Blick zu. »Noch etwas, das du mir hättest sagen sollen bevor ich sie beleidigt habe.«

»Sieht so aus, als müsstest du dich mit Option zwei zufrieden geben«, erklärte Rory.

»Was ist das?«

»Geh ins Haus der Sieben und frag dort, ob sie etwas Ähnliches haben das funktionieren würde?«

Liv schauderte und blickte auf ihre teilweise verbrannte Jeans und auf ihr schmutziges T-Shirt. »Richtig, nun, ich muss mich aber zuerst umziehen.« Sie zeigte auf sich selbst, aber es passierte nichts.

»Was hast du vor?«, fragte Rory interessiert.

»Ich versuche mich umzuziehen.«

Er schirmte seine Augen ab. »Tu das bitte nicht direkt vor mir. Was ist, wenn etwas schief geht?«

»Nun, dann wirst du wohl meine sexy Brust sehen.«

»Und verlier bei dem Anblick wahrscheinlich mein Mittagessen, oder noch schlimmer, mein Augenlicht«, sagte er mit einem missbilligenden Blick. »Außerdem, wo hast du diese Kleider her? Aus deiner Wohnung?«

»Oder wo auch immer. Ich habe keine Wäsche gewaschen, also wahrscheinlich nicht von zu Hause«, antwortete Liv. »Meine Schwester hat mich in Kleider gesteckt, aber ich habe keine Ahnung, woher sie kommen.«

»Magier haben einen Dienst, mit dem sie Dinge manifestieren«, erklärte Rory. »Es verbraucht weniger Energie, als ein Objekt aus dem Nichts zu erschaffen.«

»Einen Dienst?«, erkundigte sich Liv.

»Ja, der Dienst hat ein Lagerhaus für die meisten üblichen Dinge die Magier so brauchen.«

»Wie ein schwarzer Kampfanzug?«, fragte Liv und dachte an das Outfit, in das Sophia sie gesteckt hatte.

»Ja und auch andere Dinge«, erklärte Rory. »Wenn du jedoch kein Abonnement für dieses magische Warenlager hast, musst du es aus deiner Wohnung herbeizaubern oder aus dem Nichts erschaffen, wofür du allerdings zu betrunken aussiehst, um es erfolgreich abzuschließen.«

»Nochmals, ich bin nicht betrunken«, widersprach Liv, taumelte ein paar Meter zur Seite und drehte sich dann wieder, um Rory gegenüberzustehen. »Okay, nun, vielleicht bin ich ein wenig angeheitert. Das scheint mir auch der richtige Weg zu sein, um im Haus der Sieben zu erscheinen: angeheitert und schmutzig bis zu den Ohren.«

* * *

Die Kammer des Baumes war leer, als Liv durch die Tür der Reflexion fiel. Sie war es ernsthaft leid, dauernd die

DIE REBELLISCHE SCHWESTER

Erfahrung zu machen, wie es ist blind zu sein, während sich undeutliche Gestalten um sie kuschelten.

Der weiße Tiger trat aus dem Schatten als sie sich im Raum umsah und Details aufnahm, die sie nicht bemerkt hatte, als sie neulich vor den Ratsmitgliedern gestanden hatte. Er warf ihr einen forschenden Blick zu, der bis zu ihrer Seele zu reichen schien.

»Also, was ist dein Problem?«, fragte Liv den weißen Tiger und spürte wie der Schluckauf wieder kam.

Er blinzelte sie unwillig an.

»Und die Krähe? Was hat es damit auf sich?«

Der weiße Tiger ging zu ihr hinüber und hielt an, als er gefährlich nah war. Sein Blick lag für einen langen Moment auf ihrer Tasche bevor er zu ihr aufblickte.

Dem Hinweis folgend griff Liv in ihre Tasche und fand den Ring ihrer Mutter dort drin, wo sie ihn an diesem Nachmittag hingelegt hatte. Sie fand auch etwas woran sie sich nicht erinnern konnte, dass es in ihrer Tasche sein dürfte: einen Hundert-Dollar-Schein. Livs Stirn runzelte sich verwirrt. Sie hatte diese Jeans gerade gewaschen, was bedeutete, dass das Geld kürzlich in ihre Tasche gesteckt worden war. Aber wie? Sie schob den Schein wieder hinein und hielt den Ring hoch. »Wirst du ihnen sagen, dass ich das hier habe?«

Der Tiger antwortete nicht laut, aber sein Blick schien eine ganze Menge Informationen zu vermitteln. Sie hielt den Ring in das Licht das vom Baum ausging. »Ich verstehe nicht was ich damit machen soll.«

Symbole wie im langen Flur zwischen Eingang und Kammer strahlten hinter dem Ring. Liv nahm den Ring erschrocken herunter. Die Symbole verschwanden. Wieder hob sie den Ring an, so dass er mit dem Baum und den vielen Namen der Familien in einer Sichtachse war. Die

Symbole tauchten wieder hinter dem Ring auf und schwebten in der Luft.

»Warte, was hat es damit auf sich?«

»Was meinst du damit?«, rief eine Stimme hinter Liv.

Sie versteifte sich und schob den Ring wieder zurück in ihre Tasche, als sie sich umdrehte um Decar Sinclair gegenüberzutreten. Der andere Krieger trug ein silbernes Gewand, das sein weißes Haar betonte und ihn fast monochrom erscheinen ließ. Er musterteLiv, als diese hektisch den Ring in ihre Tasche zurücksteckte.

»Oh, nichts«, antwortete Liv. »Ich bezog mich auf den angebrochenen Finger, den ich heute Abend erhalten habe.« Sie hielt ihren Mittelfinger hoch und zeigte ihm das gequetschte Glied, während sie ihm gleichzeitig den Stinkefinger zeigte.

Er zog eine Grimasse. »Wie hast du das gemacht?«

»Kneipenschlägerei«, sagte sie einfach. »Hast du meinen Bruder gesehen?«

Decar nickte. »Ja, er ist in Adlers Arbeitszimmer. Ich werde dich dorthin führen.«

Liv wollte das Angebot ablehnen, aber sie wusste nicht wo Adlers Studio war. Sie fühlte sich ein wenig zu frech und hatte Angst, dass sie noch etwas anderes sagen würde um ihn zu beleidigen.

Nachdem sie Decar durch die Wand der Reflexion und die große Tür zum Wohnraum gefolgt war, hielt Liv Ausschau nach Plato. Hoffentlich war er irgendwo in der Nähe und konnte ihr helfen, wenn sie ihren Mund nicht halten konnte.

»Du weißt, dass Krieger nicht in Schlägereien geraten und sich unangemessen verhalten sollen«, bemerkte Decar herablassend.

»Was? Ich dachte das steht in der Stellenbeschreibung. Nun, verdammt noch mal! Ich muss vielleicht noch einmal darüber nachdenken, wie das ganze magische Ding beschützt werden kann.«

Decar blickte zu ihr zurück, als er die Treppe hinaufstieg. »Im Moment weiß niemand, wer du bist, weil du neu bist. Aber mit der Zeit werden Magier und Kreaturen dich erkennen und dein Verhalten wird auf das Haus der Sieben zurückfallen.«

»Deshalb hatte ich heute ja auch meine gute Jeans an.«

Decar sah ihre verbrannte Hose an und schüttelte missbilligend den Kopf. Er zeigte auf eine Tür, die mit dem Familienwappen der Sinclairs markiert war. Liv erinnerte sich an ihren Vater, der einmal sagte, dass er sich mehr als jeder andere Ratsvorsitzende mit Adler Sinclair gestritten hatte. »Es ist gesund, einen Advokaten des Teufels zu haben« hatte ihr Vater einmal gesagt, aber Liv hatte gespürt, dass es mehr als allgemeine Meinungsverschiedenheiten zwischen den beiden gegeben hatte.

Liv stürmte an ihm vorbei, klopfte dreimal an die Tür und einen Moment später öffnete sie sich. Beim Durchschreiten wurde Livs Nase von dem starken Weihrauch in der Luft angegriffen. Sie bedeckte sie und sah sich im großen Raum um.

»Hallo, Miss Beaufont«, rief Adler von der anderen Seite des Raumes, wo er Clark gegenüber saß. »Was können wir für dich tun? Solltest du nicht an einem Fall arbeiten?«

Liv nickte. »Ja, aber ich habe eine Frage an meinen Bruder.«

Clark stand auf, ging zu Liv hinüber und nahm ihr mitgenommenes Aussehen in Augenschein. »Geht es dir gut?«

»Mir geht es gut, danke«, log Liv, ihr Kopf schwamm immer noch vom Bier, das sie viel zu schnell getrunken hatte. Es traf sie jetzt schließlich oder vielleicht war es aber auch der Weihrauch in der Luft, der sie benommen machte.

»Du riechst, als hättest du mit Gnomen gespielt.« Adler grinste breit.

»Ja, es gibt eine Gruppe von ihnen in meinem Kick-Ball-Team«, sagte Liv und schaute Clark über die Schulter.

»Hast du dir so den Finger gebrochen?«, fragte Adler und starrte sie über seine Brille an, einen Weinkelch in seinen Händen.

»Sie sagte, sie sei in eine Kneipenschlägerei geraten«, bot Decar an.

»Bist du betrunken?«, fragte Adler.

»Bist du hässlich?, fragte Liv. Clarks Hand schoss an seine Stirn.

»Olivia, du darfst nicht…«

»Ja, es scheint, dass deine Schwester etwas zu viel getrunken hat, Mister Beaufont«, sagte Adler. »Warum bringst du sie nicht weg und passt auf sie auf bis sie wieder nüchtern ist?«

»Das hilft nicht. Du wirst dann immer noch hässlich sein«, sagte Liv, als Clark ihren Arm packte und sie durch die offene Tür zog. Er schleppte sie eine weitere Treppe hinauf und ließ sie nicht eher los, bis er die Tür geöffnet hatte, die mit dem Familienwappen der Beaufonts markiert war. Das Licht im Wohnzimmer war gedimmt und Sophia schlief auf dem Sofa, einen Teddybären an ihre Brust gedrückt.

»Was hast du dir nur dabei gedacht?«, fragte Clark und sah Liv an. »Du hast Adler beleidigt.«

»Ich habe auch Decar den Stinkefinger gezeigt«, verkündete Liv nicht weniger stolz.

Clarks Augen schlossen sich für einen Moment. »Du musst lernen, dich zu benehmen. Wir arbeiten hier mit einem gewissen Maß an Anstand.«

DIE REBELLISCHE SCHWESTER

»Ich würde das eher ›Langweilige Spießigkeit‹ nennen.«
Clark hielt seine Nase zu. »Du riechst wirklich schrecklich. Warst du heute Abend wirklich mit Gnomen zusammen?«

»Genauer gesagt habe ich ihnen in ihre kleinen Ärsche getreten, also kann man das irgendwie schon so bezeichnen«, antwortete Liv.

»Warum solltest du überhaupt in ihre Nähe kommen?«

Liv sah Sophia für einen Moment an, bevor sie sich wieder Clark zuwandte. »Warst du immer so ein Snob, oder hast du nur inzwischen schon so lange mit Adler und Decar rumgehangen, dass es auf dich abgefärbt hat?«

»Liv, Gnome sind...«

»Genau wie wir«, sagte Liv und schnitt ihm das Wort ab. »Das haben Mama und Papa immer gesagt, erinnerst du dich? Als die Sieben Gnome oder andere Kreaturen aufgaben, kämpften Mama und Papa für ihre Rechte und sagten, dass sie nicht anders als Magier behandelt werden sollten.«

Clark schüttelte den Kopf. »Ich erinnere mich. Natürlich will ich das! Es ist nur, dass sie nicht hier sind und die derzeitige Regierung...«

»Ist die Gleiche wie früher, aber ohne Papa als Ratsherr gibt es niemanden, der sich gegen Adlers grausame und ungerechte Herrschaft stellt.«

»Du verstehst es nicht«, sagte Clark abweisend. »Du bist noch nicht lange genug hier.«

»Oder vielleicht ist das auch der Grund, dass ich es viel besser verstehe als du«, konterte Liv. »Wie auch immer, ich brauche deine Hilfe. Ich habe ein paar Zonks in den unterirdischen Tunneln gefunden, in denen wir denken, dass das Absaugen stattfindet.«

»Wir?«, fragte Clark.

Sie schüttelte den Kopf. »Plato und ich.«

Clarks Gesichtsausdruck sah nicht so aus, als wäre er überzeugt. »Also stecken Zonks hinter dem Absaugen?«

»Nein, das sind Reparier-Feen«, sagte Liv. »Ich glaube allerdings, sie haben mich zu der fraglichen Stelle geführt.«

»Zonks brauchen Magie, um Dinge zu reparieren«, sagte Clark und begann vor Liv auf- und abzugehen. »Es macht absolut Sinn, dass sie es sind, die das Absaugen vornehmen.«

»Nein, tut es nicht«, argumentierte Liv. »Sie haben etwas versiegelt. Vielleicht, um das Absaugen zu verhindern. Ich muss die Sache weiter untersuchen. Ich suche nach einem Weg, um die magische Energie zu messen. Hast du so etwas in der Art?«

Clark betrachtete sie für einen Moment. »Nein. Wenn du Zonks an diesem Ort gefunden hast, dann sind sie dafür verantwortlich. Das Protokoll schreibt vor, dass du sie festnehmen und aufhalten musst.«

»Nein, Clark. Du übersiehst da was. Sie sind nicht die Ursache, ich weiß es einfach, also muss ich die Sache weiter untersuchen. Wirst du mir helfen?«

Clark hörte auf zu laufen. »Indem ich dir etwas gebe, um magische Energie zu messen?«

»Ja. So kann ich der Spur folgen und herausfinden, wer wirklich dahinter steckt.«

»Zonks stecken dahinter. Das ist sonnenklar. Kümmer dich um sie und schließe den Fall. Je früher du das tust, desto besser wirst du aussehen.«

»Desto besser wirst *du* aussehen«, konterte Liv.

»Hey, du bekommst bereits genug Druck für dein Verhalten«, sagte Clark. »Das Beste wäre, den Fall abzuschließen und den Ratsmitgliedern zu beweisen, dass du dein Bestes gibst, besonders nach heute Abend.«

»Hey«, sagte Liv und benutzte die gleiche Flexion wie

Clark. »Das *ist mein* Fall, der mir von dir und deinen Idioten-Kumpels zugewiesen wurde. Ich werde ihn so lösen wie ich es für richtig halte und du wirst dich einfach damit abfinden müssen. Das ist kein klarer, einfach abzuschließender Fall. Ich weiß es. Ich kann es fühlen.«

Clark kaute an seiner Lippe. »Was hast du mit dem Troll gemacht?«

»Ich habe ihn getötet«, antwortete Liv.

Er schüttelte den Kopf und ging in sein Schlafzimmer. »Verdammt. Das wird nicht funktionieren, wenn du lügst und dauernd die Regeln brichst.«

»Wie sollte das sonst jemals funktionieren?«, fragte Liv. »Ich bin so wie ich immer war und ich werde mich jetzt auch nicht ändern.«

Clark schlug die Tür zu seinem Zimmer zu und weckte dadurch Sophia auf der Couch auf.

Das kleine blonde Mädchen setzte sich auf und sah desorientiert aus. »Liv?«, fragte sie und rieb sich die Augen. »Was machst du hier?«

Liv kam zu ihrer Schwester und kniete neben ihr. »Bin nur für einen Moment vorbeigekommen. Darf ich dich ins Bett bringen?«

Die blauen Augen, die zu Liv aufblickten, machten ihre Knie schwach. Wie konnte sie das Mädchen so sehr vermissen und es bis zu diesem Moment nicht bemerkt haben? »Ja, bitte«, bat Sophia und streckte eine kleine Hand nach ihr aus.

Liv zog sie hoch, hob Sophia in ihre Arme und trug sie ins Bett, wo sie die ganze Zeit hätte sein sollen.

Kapitel 32

Liv ließ Drähte, Bolzen und andere Teile hinter sich fallen und trug einen Haufen kaputter Geräte zum vorderen Arbeitsplatz. Diese ließ sie auf den Tisch fallen, wo sie hin und her rollten, bevor sie zur Ruhe kamen.

»Denkst du, du kannst das schaffen?«, fragte Plato, sprang auf den Tisch und inspizierte einen kaputten Kompass.

»Warum sollten Gnome die Einzigen sein, die magische Meter bauen können oder wie auch immer wir es nennen wollen?«

»Weil sie eine natürliche Tendenz haben, Dinge einschätzen zu können. Sie haben nicht einmal Thermometer und so.«

Liv leckte ihren Finger und streckte ihn in die Luft. »Ich auch. Es sind klare 20 Grad hier drin.«

»Du weißt, dass ich volles Vertrauen in dich habe, aber was ist dein Alternativplan, wenn das hier nicht funktioniert?«, fragte Plato.

Liv begann, den Kompass zu zerlegen. »So funktioniert ›Volles Vertrauen‹ nicht.«

»Ich denke nur, dass es wichtig ist auch noch andere Optionen zu haben.«

Liv tippte auf den Kompass, schickte Magie in das Gerät und ließ es sich wild drehen. »Dann werde ich mich eben mit den hässlichen Feen anfreunden müssen, schätze ich.«

»Sie sagten etwas über Geister und bildeten das Bild eines Mannes. Offensichtlich wissen sie etwas«, stimmte Plato zu und sah auf, als Shane den Laden betrat und den Drucker trug, den Liv repariert hatte.

»Hey Shane«, begrüßte sie ihn und zog das Zifferblatt von einer Uhr. »Funktioniert der Drucker wieder einwandfrei?«

Shane schob das schwere Gerät auf die Arbeitsplatte. »Die Sache ist eher, dass er zu gut funktioniert.«

»Zu gut?«, erkundigte sich Liv vorsichtig. »Ich glaube das ist das erste Mal, dass mir ein Kunde sowas sagt.«

Shane zog ein Blatt Papier aus dem Schacht des Druckers und gab es Liv. Es war ein Farbbild eines roten Sportwagens. Alle Details waren scharf und im Hintergrund waren die Bäume hell und umrahmten das Fahrzeug perfekt.

Liv schaute sich das Bild an und gab es zurück. »Die Technik der Farblaserdrucker ist in letzter Zeit sehr verbessert worden.«

»Das ist es ja«, sagte Shane und betrachtete das Bild. »Das ist gar kein Farbdrucker.«

»Oh, ich habe ihn für dich aktualisiert«, antwortete Liv schnell und hoffte, dass er diese hanebüchene Erklärung glauben würde.

Shanes Stirn furchte sich. »Aber noch etwas anderes Seltsames ist passiert. Das Gerät hat ja eine Kopieroption, oder?«

»Ja«, bestätigte Liv und schaute zwischen Plato und dem Drucker hin und her, nicht begeistert darüber, was der Drucker sonst noch alles seltsames machen könnte.

Shane hob die Oberseite des Druckers an und legte das Bild des Autos flach auf den Scanner. Dann drückte er den grünen Knopf, und der Kopierer begann zu scannen. Einen Moment später entstand eine exakte Nachbildung des Originals.

Liv nahm den neuen Ausdruck in die Hand. »Ich bin mir nicht sicher ob ich das Problem hier sehe.«

Shane hielt den Stecker hoch. »Der Drucker ist nicht angeschlossen.«

»Oh«, sagte Liv, ihre Augen weiteten sich. »Das ist seltsam.«

»Wirklich seltsam«, stimmte Shane zu. »Ich habe es heute Morgen bemerkt, nachdem ich ein Dutzend Kopien gemacht und dann festgestellt habe, dass mein Assistent gestern Abend den Drucker ausgesteckt hatte. Ich habe nicht einmal den Hauch einer Ahnung, wie das funktionieren könnte. Es ist wie Magie oder so.«

Liv lachte abrupt und laut. »Magie? Das ist doch lächerlich. Ich bin sicher es gibt eine Erklärung. Ich wette er hat eine eingebaute Batterie.«

Shane kratzte sich am Kopf und starrte auf den Drucker. »Ich weiß nicht…«

Liv winkte seine Skepsis ab. »Jetzt erinnere ich mich. Dieses Modell wird mit einer Backup-Batterie geliefert, die für eine kurze Zeit hält bis du ihn anschließt. Dadurch wird er für das nächste Mal wieder aufgeladen, wenn du den Drucker außerhalb des Stromnetzes verwenden musst.«

»›Batterie‹?«, fragte Shane. »›Vom Netz‹? Ist das wirklich eine Funktion die Drucker jetzt alle haben?«

Liv lachte. »Oh, wo warst du denn die letzten Jahre? Natürlich tun sie das.«

Shane stieß einen gewaltigen Seufzer aus. »Nun, das ist eine Erleichterung. Ich wusste wirklich nicht was ich davon halten sollte. Ich dachte ich würde den Verstand verlieren.«

»Noch nicht ganz«, antwortete Liv, wandte ihre Aufmerksamkeit wieder auf ihr aktuelles Projekt und entließ Shane schweigend.

Er nickte und hob den Drucker mit einem Grunzen wieder auf. »Nun, danke. Und ich weiß es natürlich zu schätzen, dass du ihn auf Farbe umgestellt hast. Das ist eine sehr nette Funktion.«

»Gern geschehen.« Liv hielt ihre Augen auf die Arbeitsplatte vor ihr gerichtet und arbeitete daran, vollkommen neutral zu schauen, solange Shane noch nicht den Laden verlassen hatte.

Als die Ladentür endlich wieder geschlossen war, atmete Liv tief durch. »Nun, das war knapp.«

»Wie viele der anderen Geräte, die du repariert hast, tun auch noch seltsame Dinge, was denkst du?«, fragte Plato.

»Wie ich mein Glück kenne, alle.«

»Was wirst du tun?«, fragte Plato.

»Umziehen«, antwortete Liv. »Aber im Ernst, wie kann ich Dinge mit Magie in Ordnung bringen, ohne hinterher auch noch mit unbeabsichtigten Konsequenzen zu kämpfen?«

Plato dachte einen Moment nach. »Versuche vielleicht einfach nur genau das zu reparieren, was nicht stimmt.«

Liv nickte. »Ja. Bei dem Meisten von dem, was ich bisher repariert habe, habe ich mich einfach auf das Gerät konzentriert, solange, bis es dann wieder funktioniert hat.«

»Was bedeutete, dass die Magie alles in Ordnung gebracht hat, was falsch war oder gefehlt hat.«

»Aber wenn ich weiß, was an den Geräten wirklich defekt ist und nur speziell darauf ziele...«

»Dann wirst du keine Handmixer haben, die auch ohne Hilfe einen Kuchen backen können«, sagte Plato und beendete ihren Satz.

Livs Hand schoss vor ihren Mund. »Mrs. Holly. Ich hoffe, der Mixer und der Stabmixer haben nicht ihr Haus übernommen.«

»Ich wette, die alte Spinnerin denkt gar nicht darüber nach«, sagte Plato. »Und wenn sie es jemandem erzählt, denken sie einfach, dass es nur eine weitere ihrer weit hergeholten Geschichten ist.«

Liv nickte. Niemand würde Mrs. Holly glauben, aber es gab andere Kunden, die für Aufsehen sorgen könnten, wenn ihre Geräte ohne Strom arbeiteten oder versuchten, wie Raketen in den Himmel zu starten.

✶ ✶ ✶

»Du hast das gemacht?«, fragte Rory und drehte das Handheld-Gerät in seinen Fingern hin und her.

»Nun, ich habe es mehr oder weniger zusammengesetzt«, antwortete Liv.

Rory schaltete das Gerät vorsichtig ein und beobachtete, wie die Nadel hin und her wedelte, bevor sie direkt auf Liv zeigte.

Sie runzelte ihre Stirn. »Warum zeigt es nicht auf dich?«

Er zuckte mit den Schultern. »Ich weiß nicht wie du das kalibriert hast.«

»Es soll auf das größte Vorkommen an Magie hinweisen«, erklärte Liv. »Ich dachte, das würde uns zu der abgesaugten Energie führen.«

Rory hob eine Augenbraue an. »Dann sagt mir dein Messgerät momentan, dass du mächtiger bist als ich.«

Liv winkte ab. »Das Haus erwähnte, dass sich meine Magie bald wieder auf einem normalen Level einpendeln würde. Sie ist momentan so hoch, weil sie gerade freigeschaltet wurde.«

Rory schenkte ihr einen nicht wirklich überzeugten Blick. »Ich habe noch nie davon gehört, aber ich kenne auch nicht viele die ihre Magie blockiert hatten. Nur die Magier, die nicht mit dem Haus zusammenarbeiten.«

DIE REBELLISCHE SCHWESTER

»Wie auch immer. Denkst du, dass es funktionieren wird?«, fragte Liv und nahm das Gerät zurück.

»Es gibt nur einen Weg es herauszufinden«, antwortete Rory. »Aber denk daran, dass ich nicht in diese Tunnel komme, also bist du ganz auf dich allein gestellt.«

Liv zog ihr Handy aus der Tasche. »Ja, aber es wird so sein, als wärst du die ganze Zeit dabei.«

Kapitel 33

»Also, wo ist das Loch?«, fragte Liv und suchte nach dem versteckten Tunnel.

Rory zeigte darauf. »Es ist geradeaus.«

Wie ein Blinder streckte Liv ihre Hände nach vorne und tastete sich über die Betonwand.

»Der Eingang ist hier drüben«, sagte Plato aus mehreren Metern Entfernung und blickte zur Wand hinauf.

Liv warf Rory einen bösen Blick zu. »Wie lange wolltest du mich noch wie eine Vollidiotin an der Wand rumtasten lassen, bevor du es mir gesagt hättest?«

Ein Lächeln erschien auf seinem Gesicht. »Du hättest es irgendwann gefunden.«

»Riesen sind schreckliche Menschen«, sagte Liv theatralisch zu Plato.

»Das hätte ich dir auch eher sagen können«, sagte der Kater, bevor er durch die Wand sprang und verschwand.

Liv fand den Rand des Lochs und begann hindurchzusteigen, wobei sie diesmal darauf achtete, nicht auf die andere Seite zu fallen. Als sie sicher auf der anderen Seite angekommen war, nahm sie ihr Telefon hervor. Glücklicherweise hatte sie immer noch Empfang aufgrund der magischen Verbesserungen, die das Haus der Sieben an dem Gerät vorgenommen hatte. Sie rief Rory an und hörte sein Telefon nur wenige Meter entfernt klingeln.

Nach dreimaligem Klingeln sagte sie: »Würdest du vielleicht bitte mal drangehen?«

DIE REBELLISCHE SCHWESTER

»Ich will nicht wirken als hätte ich sehnsüchtig auf den Anruf gewartet«, antwortete Rory.

»Oh Mann, um Himmels willen! Das ist doch kein Anruf von deiner Angebeteten.«

Rory nahm nach dem nächsten Klingeln ab. »Hallo, hier ist Rory.«

Liv blinzelte ihm über die Videofunktion ihres Telefons zu. »Ja, das wusste ich irgendwie, Dummkopf.«

Er schüttelte den Kopf. »Wer ist da? Ich kann dein Gesicht im Dunkeln nicht erkennen.« Dann, nach einigen Sekunden der Stille konnte man die langsam dämmernde Erkenntnis in Rorys Stimme hören. »Oh, du bist es, Liv. Ich kann jetzt dein Gesicht sehen.«

»Sehr witzig…« Liv hielt ihre Hand hoch und stellte die Lichtkugel wieder her, ohne diesmal die Beschwörung murmeln zu müssen.

Sie zog den selbstgebauten magischen Zähler aus Ihrer Tasche heraus und schaltete ihn ein. Zuerst pendelte die Nadel hin und her und hielt einen Moment lang bei ihr an, bevor sie sich in die entgegengesetzte Richtung drehte.

»Anscheinend bist du doch nicht die mächtigste Quelle der Magie hier unten«, sagte Plato und betrachtete das Gerät.

Vor ihr sah sie das grüne Licht, das sie zuvor gesehen hatte und rutschte an der Wand hoch. »Die Zonks sind hier«, flüsterte sie.

»Vermeide einfach sie zu beleidigen, dann sollten sie dich eigentlich ignorieren«, kam Rorys Stimme durch das Telefon in ihrer Gesäßtasche. »Du kannst das, richtig? Einmal nicht beleidigend sein?«

Liv dachte einen Moment nach. »Ich bin mir nicht sicher ob ich das kann. Es könnte weh tun.«

»Nun, dann leide«, empfahl Rory.

259

Liv ging weiter durch den Tunnel. »Woher willst du wissen, dass sie mich ignorieren und nicht versuchen, einen Bissen aus meinem Körper zu nehmen wie bei unserem letzten Versuch?«

»Zonks sind es gewohnt Menschen bei der Arbeit zu ignorieren«, erklärte Rory. »Sie bleiben normalerweise unbemerkt über dem Boden und fügen sich in ihre Umgebung ein, aber an diesem Ort verbergen sie ihr Aussehen nicht. Das bedeutet wahrscheinlich, dass sie den größten Teil ihrer Magie nutzen, um das Problem zu lösen statt sich zu tarnen.«

»Ich würde mich auch verkleiden, wenn ich so aussehen würde wie sie«, sagte Liv. »Aber ich glaube nicht, dass es genug Botox und plastische Chirurgie gibt, um ihre hässlichen Gesichter vollständig zu reparieren.«

»Erinnere dich was ich über das nicht beleidigend zu sein gesagt habe«, sagte Rory.

»Richtig«, zwitscherte Liv. »Aber das bedeutet nur, dass ich dich zum Ausgleich dafür extra beleidigen muss, um das zu kompensieren.«

»Was auch immer nötig ist«, stimmte Rory genervt zu.

Als sich der Tunnel teilte, folgte Liv der Angabe des Messgerätes, das nach rechts zeigte, in die entgegengesetzte Richtung, von wo das grüne Licht der Feen strahlte.

Vorne sah sie eine schimmernde Gestalt. »Ich habe einen anderen Geist gefunden. Glaubst du, das ist die Quelle der Magie?«

»Das bezweifle ich«, antwortete Plato. »Ein Geist sollte nicht mehr Macht haben als du.«

Eine weitere transparente Figur ging durch eine Wand und folgte der ersten in einer Linie.

»Wie wäre es mit zweien?«, schlug Liv vor.

»Es gibt zwei Geister?«, fragte Rory.

DIE REBELLISCHE SCHWESTER

»Eigentlich sogar drei«, antwortete Plato, als ein weiterer Geist aus der Decke glitt und sich den anderen anschloss, die wie Zombies vorwärts marschierten.

»Drei wären immer noch nicht genug«, sagte Rory. »Um mehr Magie als du zu haben, denke ich, dass es mindestens zehn oder zwölf Geister sein müssten.«

»Verdammt«, rief Liv überrascht aus.

Sie folgte ihrem Kompass weiter und hielt sicheren Abstand zu den Geistern, die sich einem beleuchteten Raum auf der linken Seite näherten.

Eine Reihe von Stimmen hallten aus dem Bereich vor ihr. Plato hielt zuerst an und drückte sich gegen die Wand. Seine Ohren neigten sich, als er zuhörte.

»Da reden zwei Männer« sagte er, als Liv fragend auf ihn hinuntersah.

»Sei vorsichtig, Liv«, warnte Rory. »Wer auch immer da oben ist, hat diese starke Quelle der Magie.«

»Woher wissen wir, dass sie nicht selbst die eigentliche Quelle sind?«, fragte Liv flüsternd.

»Wissen wir nicht«, antwortete Rory. »Finde es halt heraus, aber lass dich nicht erwischen.«

»Verstanden.« Liv drückte sich gegen die Wand, als ein Geist um die Ecke verschwand. Sie spürte etwas hinter sich und drehte sich um, um einen weiteren Geist zu finden, der sich ihr näherte.

»Solange der Leiter eingeschaltet ist, werden sie weiterhin kommen«, hörte sie die Stimme eines Mannes vor ihnen. »Aber wir müssen ihn bald abschalten, um das Gerät wieder aufzuladen.«

»Wenn diese verdammten Feen endlich aufhören würden, unsere Bemühungen zu blockieren, wären wir schon längst fertig«, sagte ein anderer Mann.

»Ja, was auch immer sie tun, es hindert die Geister daran, durch jeden Eingang außer diesem zu kommen«, sagte der erste Mann. »Aber schau, hier kommen immer noch ein paar durch.«

Der andere Mann lachte, ein kaltes, hohles Geräusch. »Nur noch ein paar hundert und wir haben genug.«

»Aber wie ich schon sagte, wir müssen das in ein paar Minuten beenden.«

»Nun, ich muss sowieso etwas essen«, sagte der andere Mann.

Liv blickte auf Plato herab, ihre Augen weiteten sich. Sie hatten nicht viel Zeit. Sie musste näher heran und mit eigenen Augen sehen, womit sie es zu tun hatten. Sie wurde lautlos schneller. Als sie den Eingang zum Raum erreichte, erstarrte Liv und zog ihr Handy aus der Tasche.

Sie schob es um die Ecke, damit Rory sehen konnte, was im Raum war, bevor sie es tat. Als sie sich sicher war, dass er einen guten Blick darauf geworfen hatte, hielt sie das Telefon hoch und sah ihn direkt an. Sein Gesicht war völlig starr geworden. Er flüsterte nur die Worte: »Verschwinde dort sofort!«

Kapitel 34

Livs Herz raste, als sie durch das Loch in der Wand glitt. Bevor ihre Füße überhaupt den Boden erreicht hatten, packte Rory sie am Handgelenk und zog sie bereits vorwärts.

»Hör mal, nur weil du größer und stärker bist, kannst du mich nicht wie eine Stoffpuppe herumziehen«, schimpfte sie, als er sie halb durch den Tunnel zog.

»Siehst ja dass ich es kann«, antwortete er schroff.

»Was hast du gesehen?«, fragte Liv, als er etwas langsamer geworden war.

»Eine magische Batterie, die von Geistern angetrieben wird«, antwortete Plato für den Riesen.

Rory nickte zustimmend. »Sie haben etwas, das die Geister anzieht und dann verschwinden sie in eine große Leitung. Es sah so aus, als wären sie da drin gefangen.«

»Das ist die Ursache für das Absaugen der Magie?«, fragte Liv.

»Ja und ich habe einen der Männer erkannt«, fügte Rory hinzu. »Sein Name ist Valentino und er ist nicht die Art von Magier, mit der man sich anlegen will. Er hat Riesen und Elfen schon lange Ärger bereitet.«

»Und jetzt klingt es, als würde er Geister fangen«, bemerkte Liv.

Rory blieb stehen, als sie aus den unterirdischen Tunneln auftauchten. »Es macht nun vollkommen Sinn. Er fängt die Geister ein und sie versorgen die magische Quelle.«

»Die Frage ist, was wird er mit all dieser Energie machen?«, dachte Liv laut nach.

Ein unruhiger Blick durchfuhr Rorys Gesicht. »Nichts Gutes. Wir müssen ihn ausschalten.«

»»Wir?««, erkundigte sich Liv. »Du kannst nicht mal mit runter kommen. Ich brauche einen Plan. Vielleicht kann mir das Haus helfen? Wenn da so viel Energie ist, sollte ich nicht riskieren, alleine da reinzugehen.«

Rory nickte. »Ja, ich denke dieser Fall ist ein bisschen außerhalb deiner Liga.«

* * *

Adlers Augenlider flatterten vor Ärger, als Liv damit fertig war, den Ratsmitgliedern zu erzählen, was sie gefunden hatte. Sie war die einzige Kriegerin in der Kammer des Baumes.

»Hast du irgendwelche Beweise für diese Sache, die du gesehen hast?«, fragte er.

»Nein, aber…«

»Und du hast es nicht mit eigenen Augen gesehen, oder?«, fragte Bianca.

»Nun, nein, aber mein Kater hat es«, sagte Liv und wünschte sich, dass Plato neben ihr stand, anstatt sich irgendwo im Raum zu verstecken.

»Ein Lynx, meinst du«, korrigierte Adler. »Sie sind berüchtigt dafür, unzuverlässig zu sein.«

»Nicht Plato«, entgegnete Liv trotzig. Sie konnte ihnen nicht sagen, dass Rory auch die Quelle der Magie gesehen hatte, denn die Erwähnung eines Riesen würde die Geschichte sofort diskreditieren. Ganz zu schweigen davon, dass sie herausfinden würden, dass sie mit Rory arbeitete und Clark wahrscheinlich an der dann folgenden Demütigung sterben würde.

Adler seufzte. »Es tut mir leid, aber ich bin mir nicht sicher, was du von uns erwartest.«

»Da ist ein Mann namens Valentino und er fängt Geister«, erklärte Liv zum dritten Mal. »Wir müssen dieser Sache nachgehen.«

»*Wir* sind keine Krieger«, sagte Adler. »Du bist es und es klingt, als ob das Problem bei den Zonks liegt. Du hast sie mit eigenen Augen gesehen, wie sie eine seltsame Substanz in die Wände gesteckt haben.«

»Die hässlichen Feen sind nicht das Problem«, widersprach Liv und fing den frustrierten Ausdruck auf Clarks Gesicht ein. Sein Gesicht war immer verärgerter geworden, als sie den Ratsmitgliedern erzählt hatte, was sie gesehen hatte.

Adler klopfte ungeduldig mit den Fingern auf den Tisch vor ihm. »Weißt du, dass die Zonks dafür bekannt sind, dass sie auf der ganzen Welt für Unruhen sorgen? Sie verstecken sich hinter dieser Hilfsbereitschaft, aber sie sind eigentlich eine große Plage.«

Bianca nickte. »Es macht Sinn, dass sie dahinter stecken.«

»Es war Valentino«, argumentierte Liv und hätte am liebsten mit ihrem Fuß aufgestampft.

Adler schüttelte den Kopf, sein weißes Haar schwankte mit der Bewegung. »Valentino ist ein großer Befürworter des Hauses. Er würde nie etwas tun, um die Magie zu missbrauchen. Wenn er an etwas arbeitet, sollst du so weit wie möglich davon entfernt sein.« Adler blickte schnell die Bank hinunter zu den anderen Ratsmitgliedern. »Seid ihr euch alle einig, dass Miss Beaufont die Zonks jagen und vertreiben sollte? Sie scheinen das Problem zu sein, oder?«

Es gab ein kollektiv gemurmeltes »Ja« aus der Gruppe.

Liv seufzte. »Dafür haben wir keine Beweise.«

Adler streckte seine Hand aus und eine Wachskugel materialisierte sich über seiner Handfläche. Sie schwebte durch die Luft und hielt vor Liv an. »Du wirst dies nehmen und es benutzen, um die Zonks loszuwerden.«

Liv streckte die Hand aus und nahm den Ball entgegen. »Wie?«

Adler seufzte. »Wenn du die Ausbildung des Hauses akzeptiert hättest, wüsstest du, wie man ein Shimven benutzt.«

Liv steckte den Wachsball in ihre Tasche. »Ich glaube immer noch nicht, dass die Zonks das Problem sind.«

Adler schlug mit der Hand auf den Tisch. »Es liegt nicht in der Verantwortung eines Kriegers zu denken. Das ist, was wir Ratsmitglieder tun. Du sollst unsere Anweisungen befolgen und fortfahren. Ist das klar?«

Liv blickte zu den anderen Ratsmitgliedern, um Unterstützung zu erhalten. Clark hatte sein Gesicht teilweise bedeckt. Raina bot ein sympathisches Lächeln, blieb aber ruhig.

Es war Hester, die endlich sprach. »Valentinos Verhalten ist verdächtig, aber wenn Liv die Zonks ausschaltet und das Auswaschen der magischen Energie dann nicht aufhört, könnten wir die Untersuchung ja ausdehnen.«

Adler wurde wütend. »Ich glaube wirklich nicht, dass das notwendig sein wird. Wir kommen darauf zurück, nachdem Miss Beaufont ihren Fall abgeschlossen hat.« Er blickte scharf auf sie herab. »In Zukunft solltest du dich nicht mehr so oft mit uns treffen müssen, sondern deinen Fall auf der Grundlage der von uns zur Verfügung gestellten Informationen abschließen. Schalte die Zonks aus und ich bin sicher, wir können den Fall abschließen.«

DIE REBELLISCHE SCHWESTER

Liv stieß einen Atemzug aus und wünschte sich, Clark würde sie direkt ansehen. Als sie sich besiegt fühlte, fielen Livs Schultern zusammen. »Ja, okay. Ich werde dann eben mal ein paar hässliche Feen aus dem Weg räumen, wenn es das ist was ihr alle wollt.«

Kapitel 35

Es war Livs erster freier Tag der ganzen Woche und sie plante, wie man eine Horde Feen tötet.

»Erinnerst du dich an die Zeit, als wir sonntags eine Matinee sahen und nicht die Zerstörung unschuldiger Kreaturen planten?«, fragte Liv Plato, als sie am Eingang zum Untergrund auf Rory warteten.

Plato zuckte mit den Schultern. »Ich habe immer durch die Filme geschlummert. Ich bevorzuge Abenteuerfilme.«

Liv warf die Shimven-Kugel in die Luft. »Ja, denke ich auch. Ich vermisse Bingewatching auf Netflix und einen Moment zum Schlafen.«

»Du bist eine Beaufont«, sagte Plato. »Du bist nicht jemand, der am Wochenende einfach so faul sein kann und sich verpisst.«

»Nein, nicht mehr.« Liv sah den Kater seitlich an. »Übrigens...«

»Niemand sagt übrigens ›übrigens‹ einfach so. Der Satz sollte lauten: ›Ich habe daran gearbeitet, dich etwas zu fragen.‹«

»Okay, gut«, fuhr Liv fort. »Ich habe daran gearbeitet, dich zu fragen, wie du mich gefunden hast, als ich vor fünf Jahren das Haus der Sieben verließ.«

»Wie?«, fragte Plato.

»Nun und das ›Warum‹ wäre auch gut zu wissen.»

Plato sah auf, als sich Rory näherte. »Liv, ich konnte dich hundert Meilen entfernt spüren.«

DIE REBELLISCHE SCHWESTER

»Wegen meiner Magie?«

Er schüttelte den Kopf. »Wegen deiner Schmerzen. Ich spürte, dass du einen Freund brauchst.«

Liv nickte. »Das ist wahr.«

Sie kaufte ihm nicht ganz ab, dass ihr ältester Freund sie kennengelernt hatte, nur weil er spürte, dass sie ihn brauchte, aber sie wollte es mit ihrem ganzen Wesen glauben. Tief im Inneren wusste Liv, dass Plato einen sehr wichtigen Grund hatte, sich ihr an diesem schicksalhaften Tag anzuschließen und seitdem nicht mehr von ihrer Seite zu weichen. Sie wollte diesen Moment jedoch nicht verderben oder vielleicht wollte sie auch einfach die Wahrheit gar nicht wissen.

Rory raste nach vorne und fing die Shimven-Kugel auf, bevor sie wieder in Livs Handfläche fiel. »Was machst du da?«

Liv sah ihn seltsam an. »Das ist eine Wachskugel. Ich spiele damit.«

Rory schüttelte den Kopf. »Der Wachsball umschließt die Shimven, die fleischfressende Käfer sind.«

Liv zitterte. »So erwarten sie also, dass ich mit den Zonks umgehe?«

Man sah Rory die Abscheu an, als er den Ball zurück in ihre Hand schob. »Ja. Was für eine schreckliche Art magische Kreaturen auszuschalten!«

Liv schüttelte den Kopf und drückte den Ball vorsichtig in ihre Tasche. »Keine Sorge, ich habe nicht vor sie bei den Zonks einzusetzen.«

»Also gehst du gegen die Anweisungen des Rates vor?«, hakte Rory nach.

»Natürlich tue ich das«, sagte Liv. »Die Zonks sind nicht das Problem, aber ich dachte, dass sie uns vielleicht helfen könnten.«

Rory nickte stolz. »Ich habe das Gleiche gedacht.« Er zog ein Glas lilafarbene Flüssigkeit heraus. »Ich habe dir ein Tauschgeschenk mitgebracht.«

»Was ist das? Eine Art Saft?«, fragte Liv.

Er gab es ihr. »Oh nein, es ist das Lieblingsessen der Zonks. Zerkleinerte verschimmelte Aubergine, gewürzt mit zermahlenen Lakritzbonbons.«

»Mann, da ist es kein Wunder, dass diese Dinger so hässlich sind!«

✶ ✶ ✶

Am Eingang des Raumes, in dem Liv zum ersten Mal die Zonks getroffen hatte, hielt sie inne und beobachtete, wie die kleinen Feen grüne Stücke in die Risse klebten. Sie waren, wie Rory erwähnt hatte, nicht besorgt über ihre Anwesenheit. Sie war sich nicht sicher, ob sie überhaupt wussten, dass sie dort war.

Nach einer vollen Minute, in der sie ihnen bei der Arbeit zusah, räusperte sie sich. Die Feen hielten unisono an und drehten sich wie in einem koordinierten Tanz um. Liv versuchte neutral zu bleiben, als sie die vielen hässlichen Gesichter betrachtete. Das grüne Leuchten der Substanz, die sie in der Hand hielten, ließ ihre Gesichtszüge noch unheimlicher erscheinen.

»Hey, ihr süßen Feen«, begann Liv und hielt das Glas mit der lilafarbenen Paste hoch. »Also, ich habe euch ein Geschenk mitgebracht.«

Sie schraubte den Deckel ab und hielt ihnen das Glas entgegen.

Die Feen machten kollektive Geräusche der Aufregung und bildeten ein großes Herz.

DIE REBELLISCHE SCHWESTER

Guter Start, dachte Liv.

Sie zog das Glas zurück. »Ich weiß, dass ihr versucht Valentino aufzuhalten, aber das wird so nicht reichen.«

Das Herz der Zonks löste sich auf und sie zerstreuten sich und summten vor plötzlicher Irritation.

Liv stellte das Glas ab und wich zurück. »Ich denke, wenn wir zusammenarbeiten könnten wir erfolgreich sein. Ihr wollt nicht, dass Valentino Geister fängt und das will ich auch nicht. Ihr versucht, das Problem zu lösen, indem ihr Blockaden für die Geister errichtet, aber er findet immer wieder Wege die Blockaden zu umgehen, die ihr erschaffen habt.« Sie zeigte auf das leuchtende Grün, das die meisten Risse im Raum füllte, diese verbarrikadierten offensichtlich den Raum auf der anderen Seite, wo Valentino arbeitete.

»Ich weiß, dass ihr Reparierer seid, aber ich habe mich gefragt, ob ihr in diesem Fall nicht versuchen könntet, Ablenker zu sein?«, sagte Liv und versuchte, das Summen zu ignorieren, während es lauter wurde. »Ihr müsst eine Ablenkung schaffen, damit ich in den Raum gelangen und das Gerät deaktivieren kann, das er dort hat und mit dem er die Geister anlockt.«

Die Feen tauschten Blicke aus und bildeten dann ein Fragezeichen.

»Wie?«, Liv erkannte was die Feen meinten. »Gute Frage. Ich habe mir gedacht, dass ihr eine Plage werden solltet...«

Das Summen wurde fast ohrenbetäubend.

Liv winkte mit den Armen. »Ich sagte nicht, dass ihr eine Plage *seid,* ganz im Gegenteil. Aber damit dieser Plan funktioniert, muss man etwas tun, um Valentino und seine Männer vom Geistersammler wegzulocken. Vielleicht könntet ihr in den Tunneln irgendwas kaputt machen um sie aus dem Raum zu locken.«

Die Feen bildeten ein wütendes Gesicht.

»Wenn ihr wisst wie man Dinge repariert, dann wisst ihr auch wie man sie kaputt macht«, fuhr Liv fort. »Ich sollte es wissen. An meinem Arbeitsplatz nennt man das Reverse Engineering. Es ist mir egal was ihr tut – ihr müsst mir nur etwas Zeit verschaffen. Glaubt ihr, ihr könnt mir dabei helfen?«

Das wütende Gesicht löste sich auf, als die Feen die Formation auflösten und sich gegenseitig ansahen, als ob sie eine stille Diskussion hätten. »Ja. Ja. Ja. Ja«, sangen sie unisono.

Liv ließ einen Seufzer der Erleichterung aus. »Perfekt. Lasst uns anfangen.«

Die Feen bildeten eine riesige Hand.

Liv wusste nicht was sie davon halten sollte.

»Ich glaube, sie sagen, dass du warten sollst«, sagte Plato.

»Warum sagen sie es dann nicht einfach?«, fragte Liv. »Sie sind anscheinend sprachfähig, wenn auch nur in gesungener Form.«

Eine einzelne Zonk flog vorwärts, so dass Liv sich zurücklehnen musste. Sie war bereit, bei Bedarf anzugreifen.

Die anderen Feen bildeten ein großes Modell von Liv und ließen ihren Kopf etwas größer aussehen, als er war. Ein paar andere Feen banden sich zusammen und schufen einen größeren Zonk, der neben dem Modell von Liv flog.

»Ihr wollt, dass ich einen von euch mitnehme?«, fragte Liv.

»Ja. Ja. Ja. Ja«, sangen sie wieder.

Liv sah auf Plato herab. »Ich schätze es kann nicht schaden.«

»Sie scheinen telepathisch miteinander zu kommunizieren, also wird die Eine von ihnen, die bei dir ist, dich in Kontakt mit allen anderen bringen«, begründete Plato.

DIE REBELLISCHE SCHWESTER

»Gute Idee«, sagte Liv und streckte einen Finger aus, damit die einzelne Zonk ihn schütteln konnte. »Ich freue mich auf die Zusammenarbeit mit dir.«

Die Fee summte laut und lächelte, dabei machte diese positive Geste die Kreatur irgendwie noch hässlicher.

Wenn Blicke töten könnten, dann brauchten die Zonks Valentino nur ansehen und lächeln.

Kapitel 36

Das Warten war eigentlich eine Tugend die von den Riesen sehr geschätzt wurde. Allerdings war es für Rory Laurens unglaublich schwierig, in den Tunneln herumhängen zu müssen und Liv nicht helfen zu können.

Er hatte die Magierin von Anfang an gemocht, noch bevor er überhaupt wusste, dass sie über Magie verfügte. Etwas an der ehrlichen Reinheit in ihren Augen hatte ihr viele Bonuspunkte eingebracht. Sie hatte auch Johns Gunst erworben und es gab niemanden, dessen Urteil Rory mehr vertraute. John war ein guter Mann, der die Menschen richtig behandelte, auch wenn er dadurch selber Nachteile in Kauf nehmen musste. Es waren Menschen wie er, denen Rory immer wieder zu Hilfe kam.

»Wir haben die Kooperation der Zonks«, sagte Liv am Telefon.

Rory hielt es hoch und sah ihr Gesicht auf dem Bildschirm an. »Ist jetzt einer bei dir?«

»Ja, er ist wie mein Funkgerät zum Rudel«, antwortete Liv und blickte auf die Fee neben ihrem Kopf. »Warte, bist du ein er? Oder eine sie? Oder a...«

»Würdest du deine Klappe halten, bevor du etwas sagst, wofür du gefressen werden könntest?«, warnte Rory.

Sie rollte mit den Augen. »Das sind doch vernünftige Fragen. Wie soll ich das richtige Pronomen ohne die richtigen Informationen verwenden?«

»Versuche, weniger zu reden und mehr zu tun«, sagte Rory.

»Gut, bis dahin kannst du mit meinem Hintern reden«, sagte Liv und das Telefon wurde dunkel, weil sie es wieder in ihre Gesäßtasche gesteckt hatte.

Rory hörte Schritte im Tunnel, also schloss er die Augen und aktivierte einen Tarnzauber. Sie waren eine Spezialität der Riesen und so waren sie seit Jahrhunderten relativ unbemerkt geblieben. Die meisten Menschen wussten nicht einmal, dass Riesen um sie herum waren, weil so viele es vorzogen, die ganze Zeit voll getarnt zu operieren. Rory war auch einmal so gewesen, denn unsichtbar zu sein gab ihm einen echten Einblick in das Leben der Menschen. Wenn sie nicht wussten, dass sie beobachtet wurden, verbargen sie ihr Leiden nicht. Rory ließ seine Tarnung fallen, der Erste seiner Familie, der dies seit einem Jahrhundert getan hatte und er arbeitete daran, sich als seltsam großer Mensch in die Gesellschaft zu integrieren. Niemand hatte ihn in all den Jahren verdächtigt, mehr als ein Freak zu sein. Nun, bis Liv Beaufont auftauchte. Rory rutschte noch einen Zentimeter zurück und hoffte, dass er genügend Platz für die Männer ließ, um ihn unbemerkt passieren zu können.

»Ich habe den ersten Kanister bereits ausgesteckt«, sagte Valentino in das Telefon, das er in der Hand hielt. »Und ich habe die zweite Runde schon aktiviert. Sie wollen ja zwei bis drei Energiequellen haben.«

Sie?, fragte sich Rory. *Für wen arbeitete Valentino?*

»Ja, ich weiß, wir haben nicht mehr viel Zeit«, sagte Valentino und hob seine lange Anzugjacke hoch. Es war ein blasser Grünton, wie etwas das ein Kobold tragen würde, aus einem speziellen Stoff. »Anscheinend ist jemand hinter uns her, also habe ich doppelte Sicherheit angeordnet, sobald sich die Quelle einschaltet. Jeder, der jetzt versucht zu intervenieren wird ein böses Erwachen erleben. Ich habe die Macht von hundert Geistern in dem Kanister, den ich jetzt bei mir habe.«

Valentino kletterte durch das Loch, seine Stimme weniger ausgeprägt, als er weiter weg ging. »Ich komme jetzt wieder zurück. Lasst uns die Leistung auf Hoch stellen. Wir müssen das schnellstens erledigen und von hier verschwinden.«

✳ ✳ ✳

Warten war eine Tugend, in der Liv nicht bewandert war. Sie wusste, dass die Zonks ihren Job zuerst erledigen mussten, aber im dunklen Tunnel rumzuhängen und auf das Signal zu warten, war schrecklich frustrierend und langweilig. Sie hatte Rory auf stumm geschaltet und ihren Hintern in einer dunklen Ecke geparkt, als die Zonks losflogen, um das zu tun, was auch immer sie tun würden. Neben ihr wippte die einzelne Fee in der Luft auf und ab, nur ihre gewölbten Augen waren im Dunkeln sichtbar. Sie bemerkte, dass die Zonks aus nächster Nähe... nun, immer noch superhässlich waren, aber ihr Aussehen war auch irgendwie interessant, als ob ein verrückter Wissenschaftler eine Fledermaus mit einer Ratte und einer Motte gekreuzt hatte.

In der Ferne hörte Liv das Rennen von Füßen. Sie versteifte sich und lauschte in die Richtung. Das Geräusch verflüchtigte sich. Die Zonk sah sie an und nickte.

Okay, los geht es, dachte Liv, ihr Herzschlag beschleunigte sich vor Anspannung. Sie ging in Richtung des Raumes, in dem die abgesaugte Energie gespeichert war.

Kapitel 37

Dreimal hatte Rory bereits erfolglos versucht Liv zu erreichen. Entweder war Valentino hinter ihnen her oder jemand anderes. Er wollte den Prozess beschleunigen. Das Schlimmste von allem war allerdings, dass er bereits eine Quelle der Magie gespeichert hatte und sie mit sich herum trug. Und er war auf direktem Weg zu Liv.

Sie hatte keine Chance, wenn sie sich mit jemandem mit so viel Magie auseinandersetzen musste. Er würde sie vernichten, bevor sie einen einzigen Zauber loslassen konnte.

Rorys Herz raste in seiner Brust. Er musste Liv helfen, aber an sie ranzukommen würde nicht einfach sein. Eine Möglichkeit hatte er noch in der Hinterhand, aber die Verwendung war gefährlich. Rory nahm einen glatten, runden Stein aus der Tasche seiner Jeans. Er war von seinem Großvater an seinen Vater und dann an ihn weitergegeben worden. Transportsteine waren selten und die meisten Riesen hatten keinen, aber seine Familie hatte ihren behalten und darauf geachtet, ihn nur in Notfällen zu verwenden. Es war viele Jahre her, dass er zuletzt benutzt wurde, in dem Wissen, dass seine Kraft nachlassen würde bis er Zeit zum Aufladen hatte. Nicht nur das – weil seine Kraft an die Erde gebunden war, gab es gewisse Risiken bei der Verwendung der Steine – Risiken, die sein Vater auf die harte Tour gelernt hatte. Jede Erfahrung war anders und Rory hatte keine Ahnung, was diesmal passieren würde.

Er rieb seinen Daumen über die Oberseite des Steins und seinen Zeige- und Mittelfinger über die Unterseite. Der Stein wurde in seinen Händen sofort heißer, als er an den Ort dachte, an den er reisen musste. Als der Stein fast zu heiß zum Berühren war, drückte Rory seine Augen fest zu, da er von Erzählungen wusste, dass der Blitz, der als nächstes kommen würde, fast blendend hell sein würde.

* * *

Liv war nicht überrascht, dass Geister in den Raum vor ihr eindrangen. Was sie nicht erwartet hatte, war die schiere Menge der Geister, die sich in den Raum drängte. Sie fielen von der Decke oder gingen durch die Wände. Keiner von ihnen schien sich um sie zu sorgen, ihr Fokus richtete sich auf etwas vor ihnen. Eine eisige Kälte drang durch ihr Innerstes, als einige Geister durch sie hindurchgingen. Liv sprang zur Seite, was aber nicht wirklich etwas brachte. Überall waren Geister.

Als sie sich im Raum umsah, konnte sie nichts ungewöhnliches erkennen, außer die schimmernden weißen Figuren der Geister, die alle nach vorne marschierten. Dann bemerkte Liv, dass sie alle in ein großes Prisma in der Mitte der Kammer eindrangen. Als sie sich ihm näherten, verschwamm das Prisma und schien sie anzuziehen, sodass die Geister aussahen, als würden sie von einem Staubsauger eingesaugt.

Liv blinzelte auf die seltsame Szene und bemerkte, wie sich Schatten innerhalb des Prismas bewegten. Das mussten die gefangenen Geister sein.

An das Prisma waren mehrere Schläuche angeschlossen. Einer führte zu einer riesigen Maschine, an der mehrere

DIE REBELLISCHE SCHWESTER

Lichter blinkten. Auf der anderen Seite des Prismas befand sich eine ähnliche Maschine, aber in deren Mitte steckte ein großer Behälter mit einem Glaszylinder darin. Eine bläuliche Substanz stieg im Zylinder auf.

»Ist das...«, fragte Liv Plato.

»Die konvertierte magische Energie«, bestätigte dieser.

»Ekelhaft. Es ist, als würde er Geister einkochen und sie zu einer magischen Brühe machen«, beobachtete Liv.

Platos Ohr zuckte. »Ich glaube, da kommt jemand. Du beeilst dich besser.«

Liv sah die Zonk an, die ihre Seite nicht verlassen hatte. »Deine Freunde? Sorgen sie nicht gerade für eine Ablenkung?«

»Ja. Ja. Ja. Ja«, antwortete die Fee.

»Wer kommt dann?«, fragte Liv.

»Ich weiß es nicht, aber wir sollten besser damit anfangen, das Ganze abzuschalten«, antwortete Plato.

* * *

Rory landete in der Mitte eines dunklen Tunnels und sein Kopf schlug hart an die Decke.

»Autsch«, knurrte er und rieb sich die Stelle. Obwohl er sich für den Transport in die Hocke gegangen war, warf ihn der Stein immer wieder so zurück in die Realität, wie der es für richtig hielt. Das war Teil des Risikos.

Ein leises Rumpeln erschütterte den Boden unter seinen Füßen. Da war das andere Risiko. Erdbeben. Staub regnete von oben. Es gab keinen schlimmeren Ort an dem man sein könnte, wenn ein Erdbeben eintrat. Rory duckte sich und bedeckte sein Gesicht, als er Liv hinterherrannte. Er musste sie nicht nur vor Valentino warnen, sondern er musste sie auch aus diesem Schlamassel herausholen, bevor sie seinetwegen begraben wurde.

✱ ✱ ✱

Liv sprintete zum ersten Maschinenteil und versuchte zu erfassen wie die Maschine funktionierte. Sie vermutete, dass dieser Teil derjenige war der die Geister anzog. Der andere wandelte und verdichtete ihre magische Energie. Sie musste also diesen zuerst abschalten und dann die Geister befreien. So viel war ihr klar. Alles darüber hinaus war noch ein Rätsel.

Der Boden zitterte plötzlich unter ihren Füßen und Liv schaute sich besorgt um. Sie hatte keine Ahnung wo Plato abgeblieben war. Er war wieder mal verschwunden. Das Timing könnte nicht schlechter sein.

Neben ihr hörte sie das Summen, das sie mit ihrem Zonk-Freund verbunden hatte. »Hey, weißt du wie wir diese Maschine deaktivieren können? Wir müssen die Geister wieder befreien.«

»Wir reparieren. Wir reparieren. Wir reparieren«, versicherte ihr die kleine Fee.

»Ja, ich verstehe das«, sagte Liv, als jede Menge Staub und Steine von oben herab regneten. Sie sah sich um und versuchte herauszufinden, was die Ursache sein könnte. Vielleicht stampfte Rory irgendwo hier herum.

»Um das Problem zu beheben müssen wir diese Maschine deaktivieren.« Liv zeigte auf die riesige Box. »Glaubst du, du kannst einen Weg finden die Sensoren zu blockieren? Ich könnte die Kabel ziehen, aber ich habe Angst davor was das bedeuten würde. Ich werde versuchen, die Funktionsweise des Prismas irgendwie zu entschlüsseln. Es muss einen Weg geben die gefangenen Geister wieder freizusetzen.«

DIE REBELLISCHE SCHWESTER

Die Zonk dachte einen Moment nach und schoss dann an die Maschine. »In Ordnung. Repariere, repariere«, sang die Fee und verschwamm fast mit der Luft als sie wild umherflog.

Eine weitere Bodenerschütterung war zu spüren, diesmal so stark, dass Liv das Gleichgewicht verlor und neben das Prisma fiel. Ihre Hand ging zu ihrer Überraschung durch das Glas. Dabei fühlte sie ein Saugen, als würde das Prisma versuchen, auch sie hineinzuziehen. Sie zog ihre Hand zurück, aber diese magische Vorrichtung widersetzte sich und zog immer stärker. Sie warf sich mit Gewalt zurück, stürzte auf ihren Hintern und rollte hinter die andere Maschine.

Liv war gerade dabei aufzustehen, als zwei Gestalten in den Raum stürzten. Sie sank zurück in den Schatten der Maschine und beobachtete.

Kapitel 38

Sich durch den bröckelnden Tunnel zu bewegen war für Rory nicht einfach, aber er versuchte durchzuschlüpfen ohne weiteren Schaden anzurichten. Jedes neue Erdbeben erschütterte den Boden noch heftiger. Vor sich hörte er Männer schreien. Er hatte es so geplant, dass er nur ein paar Dutzend Meter vom Hauptraum entfernt landen würde. Er beobachtete, wie zwei Männer in den Raum rannten und durch Geister stürmten. Ihnen folgten mit etwas Abstand noch zwei weitere.

Rorys Schrei ließ sie anhalten. Als ob sie zögerten zu sehen, wer geschrien hatte, drehten sie sich langsam um. Beim Anblick von Rory, der im Tunnel hockte, warfen sie sich gegenseitig ängstliche Blicke zu und rannten in die entgegengesetzte Richtung. Sie stürzten am Raum vorbei und verschwanden dann in einem der anderen Tunnel.

Das war einfach, dachte Rory.

Hinter sich hörte er noch mehr Geräusche. Er drehte sich um und sah zwei Männer mit Waffen. Nicht die Art von Waffen, die er respektieren konnte, wie Schwerter oder Schlegel. Nein, diese Sterblichen hielten Schusswaffen in den Händen: die Waffen eines Feiglings.

* * *

»Was ist hier los?«, schrie einer der Männer, als er in den Raum stürzte und auf die Maschinen schaute.

»Was macht eines dieser ekelhaft aussehenden Insekten hier drin?«, empörte sich der andere Mann, der zu der Zonk lief und versuchte, auf sie einzuschlagen.

Liv war sich sicher, dass die Fee ihre Arbeit tun würde – aber nur, wenn sie dabei nicht behelligt wurde.

»Hey, Arschgesicht«, rief Liv und sprang aus ihrem Versteck. »Pass auf, wen du ekelhaft nennst. Das ist meine Freundin.«

Die Männer drehten sich in ihre Richtung, ihre Gesichter verzerrt vor Wut. »Wir hörten, dass eine Wanze hierher kommen würde, um uns zu stören«, sagte der erste Mann und ging hinüber, ganz und gar nicht eingeschüchtert vom Anblick Livs.

»Wanze?«, fragte sie und blähte die Brust auf. »Ich bin nicht derjenige, der Unschuldigen Energie entzieht und anderen ein Chaos zum Aufräumen hinterlassen hat.« Sie zeigte auf den kahlen Mann und dann auf seinen Freund, der ein Messer gezogen hatte. »Ihr zwei seht eher aus wie zwei Plagegeister, wenn ich ehrlich bin.«

Der Mann ohne Waffe streckte dem anderen Mann seine Hand entgegen. »Mach dir keine Sorgen um die hier. Sieht so aus als hätte sich ein Anfänger-Magier hierher verlaufen. Der Chef sagte, diese Typen sind kein Problem. Wir halten sie einfach fest und er wird sich dann um sie kümmern.«

Der andere Mann lachte. »Aber wir könnten sie ein wenig müde machen bevor er kommt.«

Liv war erleichtert zu sehen, dass die Zonk sich wieder um die Abschaltung der Maschine kümmerte. Sie musste nur sicherstellen, dass die Fee genug Zeit hatte um ihr Werk zu beenden. Liv wusste leider nicht wie Kampfmagie funktionierte, denn bisher hatte sie ja alle Zauber eher instinktiv gewirkt. Sie hielt daher ihre Hand hoch und murmelte plötzlich eine Phrase, die sie noch nie zuvor gehört hatte. Es sprang buchstäblich aus dem Nichts auf ihre Lippen.

»*Hel-E-Hi-Cha*«, sagte sie mit tiefer Stimme. Der erste Mann schwebte vom Boden hoch und hing in der Luft. Der andere flog wie von einem Elefanten getreten zurück und stieß gegen die hintere Wand, sein Messer klapperte zu Boden. Liv beobachtete, wie der erste Mann in die Luft trat und der andere den Kopf schüttelte, verwirrt durch den plötzlichen Angriff.

»Spar deine Energie«, sagte Plato, dessen Stimme aus allen Richtungen zu kommen schien. Sie drehte sich und dachte sie würde ihn finden, aber er war nirgendwo in Sichtweite und doch schien er so nah.

Liv nickte, als sie sich einmal ganz gedreht hatte. Der Kater hatte Recht. Sie durfte ihre kostbare Energie nicht mit diesen Schlägern verschwenden. Sie beugte sich hinunter und nahm das Messer, das der Mann fallen gelassen hatte.

»Ihr Jungs habt fünf Sekunden Zeit, um hier zu verschwinden, bevor ich euch zum Abendessen verspeise«, sagte Liv. »Neulingsmagier sind die schlimmsten, weil wir unsere eigene Stärke nicht kennen und auch nicht wissen, wann wir aufhören sollten sie zu benutzen.«

Liv ließ das Messer in ihrer Hand wirbeln, überrascht, als es mit perfektem Timing aufhörte sich zu drehen und sie sich dabei auch nicht die Finger abgeschnitten hatte. Der erste Mann kehrte auf den Boden zurück und auch der zweite sprang auf. Beide rannten wie von der Tarantel gestochen durch die Tür und auf und davon.

Kapitel 39

Rory rieb seine Finger in seiner Handfläche, Hitze bildete sich in seinem Kopf und ließ seine Augen rot werden. Der Boden zitterte heftig unter ihnen und warf die beiden Männer fast aus dem Gleichgewicht.

Normalerweise würde Rory sich auf seine rohe Kraft verlassen um diese Männer zu Fall zu bringen, aber in dem engen Tunnel war er im Nachteil. Er hatte Schwierigkeiten sich in der Enge hier zu bewegen und es war unmöglich, schnell voranzukommen. Dass der Boden mit jeder Minute mehr zitterte, erschwerte die ganze Situation natürlich noch zusätzlich. Rory musste sich schnell um diese Dummköpfe kümmern, um zu Liv zu gelangen.

Er hörte das Klicken der Waffe und sah den Mann, der ihm am nächsten war, mit verengten Augen an. Mit einer einfachen Wischbewegung von Rorys Hand flog der Mann zurück durch den Tunnel und landete fünf Meter entfernt, seine Waffe fiel klappernd aus seiner Hand.

Der andere Mann feuerte und die Kugel traf Rory mitten in die Brust. Er blickte nach unten, Verärgerung war in seinem Gesicht zu sehen.

»Im Ernst? Das ist eines meiner Lieblingshemden«, knurrte er und betrachtete das Loch, das die Kugel in sein Flanellhemd gebohrt hatte. Er zog die Kugel heraus, schnippte sie weg und schüttelte den Kopf.

Der Mann wich zurück und erkannte sofort, dass er absolut am Arsch war. Riesenhaut war unglaublich hart und wenn ihre Magie aktiviert war, so wie Rorys jetzt, waren sie fast unaufhaltsam. Fast. Magier, die Erfahrenen zumindest, wussten wie man die Verteidigung eines Riesen durchbrach, aber Rory musste sich darüber jetzt keine Sorgen machen, da ihn nur ein einziger Sterblicher anstarrte.

Der Riese drückte mit einer schnellen Bewegung seine Hand durch die Luft. Obwohl sie den Mann überhaupt nicht berührte, flog der zurück und landete in einem Haufen Geröll neben seinem Partner.

Rory drehte sich in Livs Richtung, aber es war zu spät. Der Tunnel vor ihm war schon dabei einzustürzen, Staub und Schutt fielen bereits herab.

✷ ✷ ✷

Die Zonk summte laut und zog mehrere Drähte aus der großen Maschine heraus. Das Brummen, von dem Liv nicht einmal wusste, dass es den Raum beherrschte, hörte plötzlich auf. Das Prisma verblasste für einen Moment, wurde dann nochmals heller und ging dann vollständig aus.

Der Geist, der gerade in das Prisma gehen wollte, hielt an und sah sich verwirrt um. Hinter ihm taten andere das Gleiche, als ob sie gerade aus einer Benommenheit erwachen würden.

»Geht weg!«, befahl Liv und zeigte dorthin wo sie hergekommen waren. »Verschwindet von hier. Das war eine Falle.«

Die Geister sahen sie an, viele von ihnen neigten ihren Kopf zur Seite, als ob sie sie aus einem anderen Blickwinkel besser verstehen könnten.

»Im Ernst, verschwindet von hier!«, schrie Liv und versuchte, den ihr am nächsten stehenden Geist wegzustoßen, aber ihre Hände gingen direkt durch den alten, schemenhaften Mann hindurch.

Er blinzelte sie unwillig an, aber einen Moment später wich er zurück, als hätte er sich gerade an etwas erinnert, was er tun musste. Einer nach dem anderen fielen die Geister durch den Boden oder schwebten durch die Decke, als der Raum anfing heftig zu erbeben.

Draußen im Tunnel gab es einen lauten Knall, gefolgt von einer Staubwolke. Liv bedeckte ihren Mund und hustete, ihre Augen brannten vom Staub in der Luft.

Sie sah sich um. »Gute Arbeit, Zonk. Jetzt müssen wir nur noch herausfinden wie wir das Prisma umkehren können, damit wir die Geister da auch wieder rausbekommen können.«

Im Inneren des Prismas tanzten Schatten. Manchmal kam eine Form der Oberfläche nahe, ihre Züge waren klar und deutlich, dann wieder verblasst. Wie viele Geister waren da drin gefangen? Es war schwer zu sagen.

Liv blickte auf den Container in der anderen Maschine. Er war nicht mal halb voll. Sie war sich nicht sicher, wie viel Magie darin gespeichert war, aber sie konnte nicht riskieren, dass er in die falschen Hände geriet. Sie zerrte an dem Zylinder und versuchte ihn frei zu bekommen. Sie hörte die Zonk an der anderen Maschine basteln.

Der Zylinder steckte fest und Livs Finger verkrampften sich, weil sie versuchte ihn zu lösen. Sie ruckte erneut mit aller Kraft und endlich kam das Gefäß frei. Die plötzliche, unerwartete Bewegung ließ sie mit dem Container in der Hand stolpern, direkt auf das Prisma zu, unfähig die Bewegung aufzuhalten. Sie würde direkt hineinfallen, das saugende Gefühl überkam sie bereits. Es gab keine Möglichkeit mehr ihm zu widerstehen.

Und dann sprang etwas aus dem Schatten: ein Löwe von der Größe eines Ponys. Er rammte mit seinen Pfoten in sie hinein und trieb sie in die andere Richtung, während er über das Prisma sprang und verschwand.

»Pl-Pl-Pl...« Liv stotterte, plötzlich desorientiert. Sie konnte nicht verarbeiten was da gerade passiert war, da alles so schnell geschehen war. Sie hätte beinahe gedacht, dass sie sich das Ganze nur eingebildet hatte, aber dann schaute Liv nach unten und sah den Riss in ihrem Hemd, die Krallenspuren des riesigen Löwen auf ihrer Schulter und das Blut, das ihren Arm hinunterfloss.

Kapitel 40

Die Männer, die Rory umgeworfen hatte, waren geflohen, was bei den einstürzenden Tunneln auch das Klügste war, aber er musste unbedingt auf die andere Seite des Schutthügels gelangen. Er konnte es nicht riskieren, sich nochmals zu teleportieren. Weil er das überhaupt erst getan hatte, war er in diese Situation gekommen und hatte Liv in Gefahr gebracht. Aber nicht Plato. Dieser Lynx, wo auch immer er war, würde seine neun Leben ausleben oder wie viele er noch übrig hatte. Aber Liv... sie könnte immer noch zerquetscht werden. Ein Magier konnte ein paar hundert Jahre leben, aber es war nie garantiert. Nichts war garantiert, wie Rory in seinem bisherigen Leben schon so oft schmerzhaft hatte erfahren müssen.

Er zögerte und starrte auf den Felshaufen. Magie wäre der einfachste Weg ihn zu beseitigen, aber das war auch die Ursache des Problems. Rory wusste, dass es mehr Zeit dauern würde, aber er machte sich an die Arbeit den Tunnel von Hand zu räumen. Das fühlte sich richtig an und Gefühle waren für ihn so gut wie Gold. Die Logik war der Untergang der meisten Menschen, weil sie den wichtigsten Faktor aus der Gleichung herausnahm: die Emotion.

* * *

Liv ließ den Kanister fallen und er rollte weg. Ihre Aufmerksamkeit wurde von der Wunde an ihrem Arm beansprucht.

Es tat noch nicht weh, aber sie wusste, dass das nur auf den Schock zurückzuführen war.

Zu ihrer Überraschung hörte die Zonk mit dem auf, was sie tat und raste zu ihr hinüber, diese seltsame grüne Substanz plötzlich in den Händen.

»Mir geht es gut«, sagte Liv zu ihr, als diese versuchte näher heranzukommen und das leuchtend grüne Zeug in ihre Richtung schob.

»Verletzt. Verletzt. Verletzt«, sang sie. »Ich repariere.«

Liv nickte. Was sollte sie auch sonst sagen, da der Raum gerade wieder von einem der seltsamen Erdbeben erschüttert wurde und sich dann auch noch wegen ihres Schwindelgefühls alles um sie drehte.

Sie war unglaublich dankbar, dass Plato oder was auch immer sie davor bewahrt hatte in das Prisma zu fallen und sie war nur ein wenig sauer, dass die Kreatur dabei ihren Arm zerfleischt hatte. Sie blickte weg, als die Zonk arbeitete, da sie den Anblick ihres zerrissenen Fleisches nicht mehr länger ertragen konnte.

Herannahende Schritte stahlen Livs Aufmerksamkeit und sie blickte gerade in dem Moment auf, als ein Mann in einem dunkelgrünen Anzug, der ihm bis zu den Knien ging, in den Raum lief. Er trug eine Melone und sein Gesicht war wutverzerrt.

Valentino hielt an und sah sich um. Er starrte zuerst auf das Prisma, blass und dunkel, die geisterhaften Gestalten an der Oberfläche lauernd. Dann blickte er mit einer unverhohlenen Wut auf Liv.

»*Du*«, sagte er mit Überzeugung und Groll. »Wie kannst du es wagen in mein Gebiet zu kommen und zu versuchen meine schönen Pläne stoppen zu wollen? Was glaubst du, wer du bist?«

Liv winkte die Zonk weg und richtete sich auf. »Ich bin Liv Beaufont, ein Krieger für das Haus der Sieben und dein verdammt schlimmster Albtraum.«

Valentino lachte, ein krächzendes Geräusch, das niemandem Freude brachte. »Du bist nichts weiter als eine untrainierte Magierin ohne Respekt vor Autorität und ohne das Gespür dafür, wann sie besser ihre Klappe zu halten hat.«

Woher weiß er das?, fragte sich Liv.

»Wie ich schon sagte, dein schlimmster Alptraum«, wiederholte Liv.

Aus der Tasche seiner langen Jacke zog Valentino einen weiteren Kanister heraus der bis zum Rand mit der bläulichen Flüssigkeit gefüllt war. »Mir wurde zwar gesagt, ich solle dich nicht töten, aber ich bin ja dafür bekannt, kein besonders guter Zuhörer zu sein.«

»Wer hat dir gesagt, du sollst mich nicht töten?«, fragte sie.

Noch ein Lachen. »Menschen, die mächtiger sind als du oder ich.« Valentino sah den Kanister selbstgefällig an. »Nun, zumindest waren sie das mal. Weißt du, dass ich mit dem, was ich gerade in der Hand halte, über eine Macht verfüge, die du nicht einmal in Betracht ziehen kannst?«

Liv rollte mit den Augen. »Komm schon, gib mir etwas Anerkennung. Ich bin doch nicht von gestern. Und warum musst du überhaupt so schurkisch klingen? Ernsthaft? Du klingst wie der typische Bösewicht, kurz bevor er wegen Gier und Selbstüberschätzung stirbt.«

Liv wurde plötzlich vom Boden angehoben und von einer Kraft, die sie noch nie erlebt hatte, in die Maschine hinter ihr geworfen. Es gab keine Warnung. Valentino schnippte nicht mit dem Finger, murmelte einen Zauber oder zuckte auch nur. Er sah sie einfach an und sie wurde mehrere Meter weit

291

geschleudert. Ihr Kopf rammte hart gegen die Maschine. Sie dachte der Boden würde wieder unter ihr beben, erkannte dann aber, dass es nur Teile der Maschine waren, die um sie herum zu Boden fielen. Das Erdbeben schien vorerst gestoppt zu sein.

Liv rollte zur Seite, als Valentino durch die Luft schwebte und zu ihren Füßen landete. Sie sah zu dem Mann auf und wusste nicht, wie sie gegen ihn vorgehen sollte. Bevor sie überhaupt ihre Möglichkeiten in Betracht ziehen konnte, zog er sie hoch, so dass sie wie eine Statue stand. Obwohl sie versuchte ihre Hände zu bewegen, fühlten sie sich an als wären sie an ihren Körper gebunden.

»Lass mich los«, presste Liv durch den Spalt zwischen ihren Lippen.

»Gerne«, antwortete Valentino und sie bewegte sich nach oben, bis sie schließlich direkt über dem Prisma schwebte. »Dich zu dieser Gruppe hinzuzufügen wird mich viel schneller ans Ziel bringen als Geister zu benutzen. Es ist eigentlich ziemlich schön, dass du gerade jetzt aufgetaucht bist.«

Liv erwartete fast, dass der riesige Löwe wieder aus dem Schatten springen würde um sie aus dem Weg zu schieben. Sie spannte sich an und freute sich nicht darauf, dass die scharfen Nägel wieder durch ihre Arme fahren würden.

»Wo ist der Kanister?«, fragte Valentino, seine Aufmerksamkeit plötzlich auf die Maschine gerichtet, gegen die er sie gerade geworfen hatte. »Was hast du damit gemacht?«

»Ich habe die ganze Magie freigelassen«, log Liv.

Er sah sie skeptisch an. »Nunja, es spielt eigentlich keine Rolle.« Einen Moment später erschien ein leerer Kanister wo zuvor der andere gewesen war. »Ich denke, du hast genug Magie in dir, um diesen hier bis fast zum Anschlag zu füllen und dann... nun, dann werde ich unaufhaltsam sein.«

»Nicht, wenn das Haus deine Magie blockiert«, gab Liv trotzig zurück.

Das schien Valentino für einen Moment aufzuhalten. »Ja, ich nehme an da hast du Recht. Bei näherem Nachdenken sollte ich dir vielleicht doch nichts antun.«

Er schüttelte sie schnell, bevor er Liv gefährlich nahe am Prisma absetzte. »Ja, bei genauem Nachdenken denke ich wir können uns vielleicht sogar gegenseitig helfen.«

Etwas fiel aus Livs Tasche als ihre Füße den Boden berührten, aber sie war gerade zu sehr mit der Zonk beschäftigt, die ihr folgte und versuchte, ihre neuen Verletzungen zu reparieren.

»Ich bin nicht im Geschäft, um Männern wie dir zu helfen«, sagte Liv, die es kaum schaffte ihren Kiefer zu bewegen, weil Valentino sie fast ganz gelähmt hatte.

Er lächelte und zog einen Atemzug ein. »Oh, aber das ist ja das Beste daran; du hast gar keine andere Wahl.« Er steckte den Zylinder mit Magie in die Innentasche seiner Jacke. »Du, Liv Beaufont, wirst dem Haus berichten, dass du das gesamte Gebiet zerstört hast, während du versucht hast meine Operation zu stoppen. Obwohl ich entkommen bin, hast du alle Kanister, die ich hatte, zerstört. Hast du das verstanden?«

Liv wusste, dass das falsch war. Im Herzen wusste sie, dass sie nicht getan hatte, was Valentino gesagt hatte oder die Magie zerstört hatte. Doch sie nickte. »Das ist richtig«, hörte sie jemanden sagen und erkannte, dass es ihre Stimme war.

»Gut«, sagte Valentino. »Also, was ist mit den Kanistern mit Magie passiert?«

»Sie wurden alle zerstört«, sagte Liv mit einer roboterhaften Stimme. In ihrem Kopf schrie sie: »Nein, das ist falsch«, aber es erreichte ihre Lippen nicht.

»Und jetzt sollten wir sicherstellen, dass der Beweis echt ist.« Valentino wischte mit seiner Hand durch die Luft, wie ein Zirkusdirektor der eine Show im Zirkus eröffnete. Eine der Maschinen krachte und Dampf strömte heraus.

Liv beobachtete ihn, aber ihre Gedanken verwirrten sich immer mehr. Je länger sie bewegungslos stand, desto schwieriger war es für sie, die Realität von den falschen Erinnerungen zu trennen. Vielleicht *waren* alle Kanister zerstört worden, obwohl das aus irgendeinem Grund falsch war.

Valentino zeigte auf die Maschine die ihnen am nächsten war und sie explodierte und schickte Funken durch den ganzen Raum. Sie schlugen zu Livs Füßen auf den Boden, aber sie blieb unbewegt sitzen. In den verschiedenen Maschinen brach ein Feuer aus, das den gesamten Raum einnahm. Liv wusste, dass sie jetzt weglaufen musste. Sie musste an die saubere Luft, aber sie war wie gelähmt.

Die Zonk quietschte und flog zu ihren Beinen, die von Funken getroffen und verletzt worden waren, als sie durch die Luft geflogen war. Sie versuchte sie zu reparieren, aber es war sinnlos. Ihr eigentliches Problem konnte so nicht behoben werden, nämlich, dass sie sich nicht daran erinnern konnte was passiert war. Valentino war entkommen, aber er stand doch immer noch vor ihr.

Der Zonk stieß ein hohes Kreischen aus und flog direkt zur Decke, bevor sie floh. Liv konnte nicht verstehen, warum sie sie verlassen hatte, bis sie nach unten schaute und den Wachsball sah, der aus ihrer Tasche gefallen sein musste. Er war aufgebrochen und Horden von schwarzen Käfern krochen aus ihm heraus. Sie dachte nicht viel darüber nach, bis sie bemerkte, dass sie wuchsen, während sie sich über den Boden bewegten und ihre bedrohlichen Zangen in der Luft schwangen, während sie ein schreckliches Zischen von sich gaben.

DIE REBELLISCHE SCHWESTER

Als Valentino auf das Prisma zeigte, bemerkte er die Shimvens – die menschenfressenden Käfer. »Was zum Teufel?«

Er schickte Zauber um Zauber auf die Horde der Insekten und zerstörte einen Käfer nach dem anderen.

Liv erkannte plötzlich, dass sie sich wieder bewegen konnte. Ihre Finger bewegten sich und sie konnte sich mehrere Meter zurückziehen.

Valentino fing diese Bewegung aus dem Augenwinkel auf und so flog sie plötzlich quer durch den Raum, bis sie auf die Rückwand traf. »Ich bin noch nicht fertig mit dir. Du wirst hier verschwinden und dem Haus der Sieben Bericht erstatten, aber nicht bevor ich es sage. Wir müssen das so aussehen lassen, als hättest du wirklich alles vermasselt.«

Liv brach zusammen, ihre Schulter fühlte sich an als wäre sie ausgekugelt. Sie packte sie mit der anderen Hand, riss an ihr und versuchte sie wieder in Position zu bringen. Ein Schrei kam aus ihrem Mund und sie dachte, sie würde vor Schmerzen gleich ohnmächtig werden. Stattdessen fiel sie auf die Seite, ihre Wange drückte hart in den Beton.

Und dann sah sie ihn.

Den blauen Kanister. Es war nur halb voll, aber trotzdem... Zentimeter von ihrem Gesicht entfernt, versteckt hinter kaputten Geräten, war einer der Behälter. Das machte für sie keinen Sinn, denn sie waren doch beide zerstört worden – zumindest war es das woran sie sich erinnerte.

Liv griff nach dem teilweise gefüllten Kanister, während sie sich nach oben drückte. Valentinos Hand zeigte zum Prisma, seine Konzentration auf dessen Zerstörung gerichtet, als Liv die Energie aus dem Kanister holte. Sie war sich nicht sicher wie es funktionieren würde, es fühlte sich so natürlich an, als ob sie die Magie mit einem Stab oder

Stock benutzen würde. Der Besitz des Zylinders der Magie gab ihr Zugang zu ihr. Sie fühlte den magischen Puls durch jede Faser ihres Seins, er überwältigte ihre Synapsen.

»Nein!«, schrie Liv, ihre Stimme schien den ganzen Raum zu erschüttern.

Valentino blickte alarmiert auf, seine Augen huschten zum Kanister in Livs Händen. Sie streckte ihre Hand nach ihm aus, aber er war schnell und errichtete einen unsichtbaren Schild. Liv konnte den Kampf zwischen ihren Magien spüren. Als sie versuchte, Valentino zu überwältigen, tat er dasselbe, seine Kraft forderte sie auf allen Ebenen heraus.

Liv grunzte, Schweiß strömte über ihre Stirn. Sie rutschte nach hinten, Valentinos Magie drückte sie weg. Der Raum füllte sich schnell mit Feuer. Sie sollte entweder weglaufen oder es löschen. Sie musste ihre Magie für Gutes nutzen, aber sie brauchte jedes Quentchen ihrer Kraft um den Magier vor ihr zu bekämpfen.

Dieser wurde ebenfalls einige Meter zurückgedrängt und kollidierte mit der Wand. Liv wusste nicht wie das enden würde, da es unmöglich schien, dass einer von ihnen gewinnen konnte. Er war ein gleichwertiger Gegner für sie, zumindest im Augenblick, aber sie war nicht mächtig genug, denn sie hatte nur die Hälfte des magischen Kanisters, um ihre Bemühungen zu verstärken.

Die Adern in Valentinos Kopf waren kurz vorm Bersten, als ihre Kraft ihn ein paar Zentimeter weiter zur Seite drückte.

Liv hielt verbissen durch, wusste aber nicht wie lange sie es noch aushalten konnte. Doch dann hörte sie von irgendwo eine Stimme, die sie wage erkannte. »Nicht drücken. Ziehen!«, riet diese.

DIE REBELLISCHE SCHWESTER

Natürlich, dachte Liv und änderte sofort die Richtung ihrer Magie und zog Valentino zu sich. Seine Augen wurden groß als ihn die Erkenntnis ereilte, was jetzt passieren würde. Er schwebte in der Luft und seine Füße berührten kaum den Boden, als er vorwärts raste und direkt in das Prisma gesaugt wurde. Es war schnell passiert und ebenso schnell vorbei. Liv konnte nicht glauben, dass irgendetwas davon tatsächlich passiert sein sollte. Sie sah sich nach dem Feuer und dem Rauch um. Das Prisma war ein Gefängnis, in das man eintreten, aber nicht entkommen konnte. Der Raum war zwar zerstört, aber sie lebte noch.

Das Prisma strahlte plötzlich hell auf und leuchtete im Sekundentakt heller. Es war, als würde man direkt in die Sonne starren. Liv wusste instinktiv, dass das Prisma nun übermäßig voll war und jetzt sowohl die Geistermagie als auch die von Valentino enthielt und es keine Möglichkeit gab, die Kraft freizusetzen, da der Rest der Maschine bereits zerstört worden war. Liv hatte Valentino aufgehalten, aber sie würde nicht verhindern können, was als nächstes passieren würde. Das Prisma war kurz davor zu explodieren und es gab keine Möglichkeit für sie der Explosion noch rechtzeitig zu entkommen.

Kapitel 41

Rory warf den letzten großen Stein aus dem Weg und hatte damit endlich eine Öffnung geschaffen, die groß genug war, damit er durchpassen konnte. Magie hätte den Tunnel sicherlich schneller geräumt, aber die manuelle Räumung des Tunnels war einfach sicherer.

Auf der anderen Seite der Öffnung schien plötzlich ein so helles Licht aus dem Raum vor ihm, dass es Rory fast nicht ertragen konnte. Er schirmte seine Augen ab und rannte los. »Liv!«, schrie er und raste in die Richtung, in der er sie vermutete.

Als er den Eingang zu diesem Raum erreichte, war es schwer zu erkennen was vor sich ging. Zwei große Maschinen befanden sich darin und waren völlig zerstört worden. In der Mitte des Raumes leuchtete ein Prisma von der Größe eines Autos, das so intensiv vibrierte wie ein Vulkan der kurz vor dem Ausbruch stand. Und auf der anderen Seite des Raumes befand sich Liv, ihr Gesicht war stark gerötet und sie hielt einen blauen Behälter voller Magie im Arm.

»Komm schon, wir müssen hier sofort weg«, schrie Rory.

»Ich kann nicht«, schrie sie zurück, ihre Stimme wurde durch das sie umgebende Feuer fast erstickt.

Da sah Rory das Problem. Sie steckte mit einem ihrer Beine unter einem Schutthaufen fest und so wie es aussah, war sie auch noch verletzt. Liv hob ihre Hände, um die Feuer zu ersticken die aus dem Prisma und den Maschinen strömten, aber ihre Bemühungen waren sinnlos; das Feuer verschwand für ein paar Sekunden und entfachte sich dann sofort wieder neu. Die Magie im Prisma konnte nicht mehr eingedämmt werden und sie würde jede Sekunde ausbrechen.

»Versuch den Schutt, der dein Bein blockiert, mit Magie wegzuschieben«, schlug Rory vor.

Liv schaute auf den Schuttberg auf ihrem Bein. Dieser wackelte und hob sich wenige Zentimeter, fiel dann aber mit einem Schlag wieder zurück auf ihr Bein. Das Levitieren von Dingen benötigte Übung sowie Konzentration und war nicht einfach, vorallem nicht wenn alles um sie herum kurz vorm Explodieren war.

Rory wusste was er in diesem Moment tun musste und er zögerte nicht. Er rannte direkt durch die Flammen die Liv umgaben. Ihr Mund klaffte auf, als er den Raum durchquerte, den Schutt vorsichtig zur Seite wuchtete und sie wie eine Stoffpuppe hochhob. Sanft warf er sie auf seinen Rücken und sie packte ihn um den Hals, als er den gleichen Weg, den er gekommen war, nun wieder zurückrannte. Liv hielt ihre Füße hoch, während sie das Feuer durchquerten.

Das Prisma schwebte inzwischen ein paar Zentimeter über dem Boden und es klang so, als würde andauernd Glas in ihm zerbrechen. Sie hatten anscheinend nicht mehr viel oder vielleicht auch gar keine Zeit mehr.

Rory hatte sich nie vorgestellt, dass er mal so sterben könnte. Sie würden die Explosion nicht überleben, nichts was hier unten in den Tunneln war würde das. Selbst an der Oberfläche würde man die Auswirkungen noch deutlich spüren können.

Er rannte, hielt Liv auf seinem Rücken fest und achtete darauf, den Weg zu wählen, auf dem die wenigsten Flammen zu sehen waren.

Als sie es auf die andere Seite des Raumes geschafft hatten, rutschte Liv auf den Boden und landete auf ihren Füßen. Sie humpelte um Rory herum, während der Lärm beinahe ohrenbetäubend wurde. Der Boden war heiß wie Lava und drohte ihre Schuhsohlen zu schmelzen während sie da standen und die Luft war voller Rauch. Das Prisma war nur noch wenige Sekunden davon entfernt, zu explodieren und all die Magie, die es gespeichert hatte, würde auf einen Schlag freigesetzt werden.

Liv schloss ihre Augen und öffnete ein Portal. Der Torbogen begann mit blassem Licht zu strahlen, aber das Blau und Grün waren noch nicht intensiv genug.

»Komm schon, Liv«, ermutigte Rory sie, seine Stimme dröhnte in ihrem Kopf. »Du musst nur an dich selbst glauben. Vertrauen ist der Schlüssel zur Portalmagie.«

Sie hielt ihre Hand vor sich und schrie, ihre Stimme voll sehnsüchtiger Wünsche. Das Portal intensivierte sich langsam und sah nun aus wie eine echte Tür, nicht wie ein undeutliches Bild.

Rory packte Liv an der Schulter und drückte sie durch das Portal, trat hinter ihr hindurch und kümmerte sich dabei nicht darum wohin sie gingen. Kaum war er durch das Portal hindurch, explodierte das Prisma und schickte Magie wie Glasscherben in alle Richtungen.

Auf der anderen Seite des Portals angekommen, war er nicht überrascht, dass Liv neben Johns Reparaturwerkstatt zusammengekrümmt auf dem Boden lag und Plato, gelangweilt seine Pfote leckend, neben ihr saß. Zum Glück hatte sich das Portal rechtzeitig wieder geschlossen, bevor die Auswirkungen der Explosion sie erreicht hatten.

Kapitel 42

Liv bewegte ihre Schulter prüfend mehrmals hin und her. Hester DeVries, die beste Heilerin der Sieben, hatte ihr sofort geholfen, als sie mit ihren ganzen Verletzungen im Haus aufgetaucht war. Einzig ihr Arm war nach wie vor noch nicht in Ordnung. Hester hatte zuerst all die anderen Schnitte und Prellungen behandelt, die sie sich im Kampf gegen Valentino zugezogen hatte. Anscheinend hatte die Magierin eine einzigartige Art von heilender Magie, die sehr selten war und nur in manchen Familien vorkam, obwohl auch dort dabei oft mehrere Generationen übersprungen wurden.

Hester war beeindruckt von dem Verband gewesen, den die Zonk an Livs Schulter angelegt hatte, um dadurch die Kratzer zu heilen. »Sie hat dabei eine Substanz verwendet, die als Smoglite bekannt ist und unglaublich vielseitig einsetzbar ist«, hatte Hester erklärt, als Trudy Liv ein neues schwarzes T-Shirt und Jeans gebracht hatte.

»Ich dachte, das könnte dir gefallen«, hatte Trudy gesagt und Liv die Kleidung gegeben, da ihre an vielen Stellen verbrannt oder zerfetzt war.

Liv besah sich die Kleider und blickte dann Trudy an, während sie sich fragte, ob das ihre Art war zu sagen: »Ich akzeptiere dich genau so wie du bist.« Liv war gerade dabei ihr zu danken, als sie plötzlich einen stechenden Schmerz in ihrem Arm spürte. Sie stöhnte überrascht auf und blickte zur anderen Magierin.

»Es tut mir leid«, sagte Hester. »Es gibt leider keine Möglichkeit das schmerzfrei zu machen. Ich muß das Gift aus der Wunde ziehen.«

»Gift?«, fragte Liv.

»Oh ja, Lynxe haben ein starkes Gift, das ihren Gegner unfähig macht sich zu bewegen«, erklärte Hester.

Liv erinnerte sich, dass sie versucht hatte sich selbst von den Trümmern zu befreien. Sie hatte es aber einfach nicht geschafft. Wenn Rory nicht aufgetaucht wäre... nun, sie wäre jetzt mausetot. Selbst das Öffnen des Portals aus dem Untergrund wäre unmöglich gewesen, wenn sie nicht die Magie aus dem Kanister benutzt hätte, der sich nun in der Obhut der Ratsmitglieder befand. Diese hatten ihn ihr sofort abgenommen, als sie allein, blutend und erschöpft im Haus aufgetaucht war.

»Er wollte mir gar nicht wehtun«, sagte Liv, nachdem der stechende Schmerz vorbei war.

»Wer, Liebes?«, fragte Hester und verband die Wunde.

»Der Lynx«, antwortete Liv.

Hester sah sie unsicher an. »Wenn du einen Lynx bekämpft und lebend davongekommen bist, hast du wirklich Glück gehabt. Sie verlieren fast nie.«

»So war es nicht...«, begann Liv, ließ dann aber ihre Worte verklingen. Es gab bestimmte Dinge, die in den unterirdischen Tunneln unter Los Angeles passiert waren, die sie den Ratsmitgliedern leider nicht erzählen konnte. Plato zum Beispiel. Und Rory. Sie fürchtete, dass das was sie dann noch berichten konnte keinen wirklichen Sinn für die Ratsmitglieder ergeben würde.

* * *

DIE REBELLISCHE SCHWESTER

«Du erkennst hoffentlich, dass du dich selbst und viele Sterbliche in Gefahr gebracht hast«, sagte Adler und schaute von der Bank der Ratsmitglieder auf Liv herab.

Liv sah Adler direkt in die Augen. »Ich weiß das, aber Valentino war leider komplett außer Kontrolle. Er war ein echtes Problem. Er war machthungrig. Wenn ich ihn nicht aufgehalten hätte, wer weiß was er mit der abgesaugten Magie alles angestellt hätte?«

»Wo ist Valentino jetzt?«, fragte Adler und klopfte mit seinen langen Fingern auf die Bank.

»Nun, er ist tot oder was auch immer das Prisma mit ihm gemacht hat«, sagte Liv. Sie suchte bei Clark nach Unterstützung, aber der wirkte so passiv und apathisch wie immer.

»Und du sagst, er hat versucht dich einer Gehirnwäsche zu unterziehen? Du solltest glauben, dass er nicht entkommen ist und alle Magiekanister mit ihm zerstört wurden?«, fragte Raina.

»Ja«, antwortete Liv.

»Bist du dir denn ganz sicher, dass er wirklich *nicht* entkommen ist?«, fragte Raina. »Er hatte eine Menge Magie unter Kontrolle und eine Gehirnwäsche ist schwer zu überwinden.«

Adler lehnte sich nach vorne. »Ja, woher wissen wir denn überhaupt, dass die Ereignisse von denen du uns erzählt hast, wirklich so passiert sind?«

»Das ist es nicht was ich gemeint habe«, sagte Raina. »Ich wollte nur darauf hinweisen, dass die Ereignisse in Livs Kopf leicht verwechselt worden sein könnten. Sie braucht jetzt unbedingt erst einmal Ruhe.«

Adler schüttelte den Kopf. »Die meisten Krieger werden heute Abend nicht ruhen können, da sie zuerst dieses von ihr angerichtete Chaos beseitigen müssen. Da sollte sie natürlich auch mit dabei sein.«

Alle anderen Krieger, die bei der Ankunft von Liv gerade anwesend waren, waren in die unterirdischen Tunnel geschickt worden, um dort die Spuren zu verwischen, die die Explosion verursacht hatte. Stefan und Akio waren sofort bereitwillig gegangen, ganz und gar nicht sauer darüber, dass sie ihre Fälle für diesen Notfall aufschieben mussten.

»Wie viele Kanister sind denn nun noch übrig, Miss Beaufont?«, fragte Haro.

Liv zitterte innerlich. Sie wusste die Antwort genau, aber sie stellte sie trotzdem in Frage. »Es gab den einen, den ich euch allen gegeben habe.«

»Aber du sagtest, es wären mindestens zwei gewesen«, sagte Lorenzo.

Liv nickte. »Es gab noch zwei weitere, aber diese explodierten mit Valentino – oder besser gesagt, sie waren letztendlich die Ursache der Explosion.«

»Bist du dir da ganz sicher?«, hakte Adler nach.

Liv nickte, schüttelte dann aber den Kopf. »Ich weiß es leider nicht sicher. Ich meine und ich glaube, dass beide Kanister zerstört wurden.«

»Nehmen wir zu Protokoll, dass die Kriegerin sich nicht sicher ist, was mit den Kanistern voller Magie passiert ist und dass sie sich möglicherweise später noch einer umgekehrten Gehirnwäsche unterziehen muss«, sagte Adler sofort.

»ICH-ICH-ICH...«, stotterte Liv. Sie blickte Clark an, aber der war wieder nicht bereit, ihr Rückendeckung zu geben. Sie verstand das nicht. Sie hatte nun ihren zweiten Fall erfolgreich abgeschlossen und sie hatte überlebt. Sie hatte einen bösen Mann zur Strecke gebracht und er schien nicht im Geringsten stolz auf sie zu sein. Aber dann wurde ihr klar, dass das überhaupt nicht wichtig war. Sie hatte das alles ja nicht für ihn getan. Es war für ihre Mutter und ihren Vater gewesen. Für Ian und Reese. Für die Familie Beaufont.

»Miss Beaufont, Ihnen wurde gesagt Sie sollen die Zonks vertreiben«, wechselte Adler das Thema.

»Nun, sie waren nicht das Problem, wie ich nun hinreichend bewiesen habe«, schoss Liv zurück.

»Unabhängig davon ist das ein Grund für eine Bestrafung. Du hast gegen die Befehle der Ratsmitglieder verstoßen und...«

»Liv riskierte dort ihr Leben, um die Magie zu schützen«, sagte Raina und unterbrach Adler.

»Und das ist der wahre Job eines Kriegers«, sagte Hester stolz.

Haro nickte ihr zu, mit einem leichten Lächeln auf den Lippen. »Ich stimme zu. Ich applaudiere dir, junger Krieger, wie du mit diesem Fall umgegangen bist. Du hast ihn zwar nicht so gelöst, wie wir Ratsmitglieder es dir angewiesen haben, aber ein wenig Improvisation war in diesem Falle wichtig und richtig.«

Adlers Augen verdüsterten sich und sein Gesicht nahm einen finsteren Ausdruck an. »Ich denke dagegen, es ist wichtiger, dass wir die Ordnung aufrechterhalten, das ist alles.«

»Und dank Liv haben wir das«, sagte Raina freudig. »Ich wage zu behaupten, dass wir heute Abend mehr zu feiern haben, als wir glaubten.«

»Feiern?«, fragte Liv, leicht verwirrt und fragte sich plötzlich, wo der weiße Tiger war.

»Oh, du musst zu sehr mit deinem Fall beschäftigt gewesen sein«, sagte Hester mit einem Lächeln. »Heute Abend ist doch ein großes Ereignis. Es ist nämlich Halloween.«

Kapitel 43

»Ich habe überhaupt nichts zum Anziehen«, argumentierte Liv.

Sophia tippte an ihr kleines Kinn und dachte einen Moment nach. »Willst du lieber eine Meerjungfrau oder ein Einhorn sein?«

»Ich glaube, ich will lieber ein Mädchen sein das die nächsten 16 Stunden schläft«, antwortete Liv.

»Du musst aber unbedingt mit zur Feier kommen«, bestand Sophia. »Alle sind so begeistert davon, dass du diesen Fall so erfolgreich abgeschlossen hast. Ich habe gehört, dass schon viele Leute lobend darüber gesprochen haben.«

»Aber das ist es ja – ich *muss überhaupt nichts* tun«, argumentierte Liv, während sie Sophias Drachenkostüm bewunderte. Sie war einer der schönsten blauen Drachen, die Liv je gesehen hatte, mit ihren schimmernden Schuppen und ihrem langen Schwanz.

»Also, Meerjungfrau oder Einhorn?«, fragte Sophia erneut.

»Wie wäre es mit etwas das es in Wirklichkeit gar nicht gibt?, Wie einen introvertierten Veganer oder einen schlichten Hipster?«, fragte Liv abfällig.

Sophia nickte und und hob ihren Zeigefinger in die Luft. »Ich habe es.« Einen Moment später trug Liv ein Ballerina-Kostüm, komplett mit Tutu und Diadem.

»Ich wusste nicht, dass du scharf darauf bist, dass ich mich übergeben soll, liebste Schwester«, sagte Liv und blickte auf ihre rosa Strumpfhose.

Sophia kicherte und zauberte Livs ursprüngliche Kleidung zurück. »Okay, gut. Ich denke jeder wird es verstehen, wenn du dich dieses Jahr ausnahmsweise nicht verkleidest, aber nächstes Jahr möchte ich unbedingt, dass wir ein Gruppenkostüm zusammen mit Clark machen.«

Liv grummelte vor sich hin, als sie an Clark dachte. Wenn er ein Teil ihres Kostüms sein würde, hätte das Thema sicherlich etwas damit zu tun ein Verräter zu sein.

Musik hallte vom Flur draußen und ließ Liv fast zusammenfahren. Ihre Nerven lagen nach dem Abenteuer im Untergrund blank. Das Zittern des Bodens ließ sie fürchten, dass gleich ein weiteres Erdbeben stattfinden würde. Sie hatte dem Rat sagen müssen, dass Valentinos Magie dafür verantwortlich gewesen war, obwohl Rory zugegeben hatte, dass er die Einstürze verursacht hatte. Sie hatte die Details nicht verstanden und er hatte ihr im Grunde gesagt, dass sie es auch gar nicht so genau wissen musste.

»Du gehst vor«, sagte Liv zu Sophia, deren Gesicht voller Aufregung war.

»Heißt das, dass du verschwindest und nicht auftauchen wirst?«

Liv rollte mit den Augen. »Nein, das bedeutet nur, dass ich einen Moment für mich brauche, bevor ich mehrere Stunden lang so tun muss, als wäre ich tatsächlich nett zu den Leuten.«

»Okay, das ist fair«, sagte Sophia. »Ich werde dir einen Platz am Schokoladenbrunnen reservieren. Sie haben den im Garten so verwandelt, dass dort jetzt Schokolade fließt. Er ist sogar groß genug, um darin zu baden.«

Liv seufzte. »Warum kann es nicht lieber ein schöner Ranch-Dressing-Brunnen sein? Das wäre für mich anziehender.«

»Wer mag denn keine Schokolade?«, fragte Sophia verwirrt.

»Die Seelenlosen«, antwortete Liv. »Also, Vampire und ich.«

Sophia schenkte Liv noch ein letztes Lächeln, das durch das Kostüm das sie trug fast nicht sichtbar war, bevor sie zur Tür hinausging.

Liv sah sich im Wohnzimmer von Sophias und Clarks Suite um. »Okay, jetzt komm schon endlich raus.«

Der Raum blieb verdächtig ruhig. Sie war schon im Begriff, nochmals zu rufen, als Plato plötzlich aus dem Schatten heraus materialisierte und mit hängendem Kopf durch den Raum zu ihr gelaufen kam.

»Schmollst du?«, fragte sie ihn, als er sich vor sie hinsetzte.

»Bist du wütend?«, fragte er.

»Wenn ich mich richtig erinnere, und ich bin mir nicht ganz sicher ob ich das wirklich tue«, begann Liv, »hast du mir mit ziemlicher Sicherheit das Leben gerettet. Das *warst* doch du, oder?«

»Du wärst beinahe in das Prisma gefallen und dann für immer verloren gewesen«, sagte Plato und sah zu ihr auf, seine grünen Augen strahlten hell. »Aber nein, das war nicht ich. Sagen wir es mal so, es war ein Freund und ich gebe hier nur seine Nachricht weiter.«

»Oh, richtig«, sagte Liv, hockte sich vor dem Kater nieder und sah Plato an. »Würdest du bitte deinem Freund sagen, dass ich es sehr zu schätzen weiß, dass er mir das Leben gerettet hat, auch wenn er mich dabei fast zerfleischt hätte?«

»Glaubst du das, was man dir über mich erzählt hat?«, fragte Plato kühn.

Liv dachte einen Moment darüber nach. Er hatte gehört, was Rory und andere über Lynxe gesagt hatten. Plato hatte so getan, als würde er sich nicht darum kümmern, aber die Wahrheit stand in seinem Gesicht geschrieben. »Ich glaube nur das, was ich mit meinen eigenen Augen sehe, mit meinen eigenen Ohren höre und mit meinem eigenen Herzen fühle.«

»Was bedeutet das?«, fragte Plato.

»Es bedeutet, dass ich deine Loyalität nie in Frage stellen werde solange du an meiner Seite bist, auch wenn ich nicht alle deine Geheimnisse kennen darf.«

»Du bist sowohl eine weise als auch eine naive Magierin, Liv Beaufont.« Plato neigte seinen Kopf um ihr Respekt zu erweisen. »Bitte ändere dich niemals... Niemals!«

Kapitel 44

Die Musik die das Haus der Sieben erfüllte war unheimlich und voller gespenstischer Noten, als Liv die Treppe zum Erdgeschoss hinunterging. Alte Erinnerungen an Halloween überkamen sie bei jedem Schritt. Es fühlte sich so an als ob sie nach Hause kommen würde, als sie sich dem Speisesaal und dem Atrium näherte, das zum Ballsaal und den Außengärten führte. Sie hatte nie mehr nach Hause zurückkehren wollen. Nachdem sie gegangen war, hatte sie deshalb versucht, sich in der Menschenwelt eine neue Existenz aufzubauen. Beim Blick auf die Dekorationen und die Gäste in ihren Kostümen erwachte jedoch etwas in ihr, von dem sie gedacht hätte, dass sie es nie wieder haben würde: eine Familie.

Als sie das Ende der großen Treppe erreichte, zögerte sie und überlegte, ob sie nicht lieber doch den gegenüberliegenden Flur hinunterlaufen und einfach gehen solle. Das würde Sophia dann jedoch ziemlich verärgern und um nichts in der Welt würde sie das riskieren. Das kleine Mädchen stand für alles was in dieser Welt noch richtig lief. Sie nutzte ihre Magie für das Gute, lächelte und tat alles dafür, die Menschen um sie herum mit ihrem Licht zu inspirieren. Wenn Magie es jemals wert gewesen war geschützt zu werden, dann war es hier, in dieser kleinen Welt in der Sophia Beaufont lebte.

»Lass mich raten«, sagte eine Stimme in Livs Rücken. »Du hast dich als Magier verkleidet.«

DIE REBELLISCHE SCHWESTER

Liv drehte sich, um Stefan Ludwig mit einem listigen Lächeln im Gesicht und in einer Tweedjacke zu sehen. Sein Haar teilte sich elegant in der Mitte. »Und wen stellst du dar, einen bornierten College-Professor?«

Er zog seine Krawatte fest und schob seine Hände in seine Tasche. »Eigentlich bin ich F. Scott Fitzgerald.«

Liv hob eine Augenbraue an. »Wenn du also keine unschuldigen Magier abschlachtest, dann liest du qualvolle Literatur? Das klingt wie ausgleichende Gerechtigkeit.«

»Du bist also kein Fitzgerald-Fan?«

»*Au contraire*. Ich liebe auch qualvolle Literatur, besonders wenn sie einen schönen Fluss hat. Ich habe dich einfach nicht als den... Typ dafür eingeschätzt.«

Stefan bot ihr seinen Arm an und lächelte. »Weißt du, Liv, in meinen jüngeren und verletzlicheren Jahren gab mir mein Vater einen Rat, den ich seitdem in meinem Kopf bewahre.«

»Zahnseide auch hinten bei den Backenzähnen zu benutzen?«, stichelte Liv.

»Beurteile einen Mann nie danach wie er aussieht, sondern immer danach wie er andere behandelt.«

Liv sah den Arm an, den er immer noch ausstreckte und ging an ihm vorbei. »Nun, ich schätze ich werde mein Urteil noch etwas zurückhalten und abwarten.« Sie blieb stehen und überlegte. »Deine Familie? Seid ihr neu im Haus der Sieben? Ich erinnere mich nicht an die Ludwigs.«

Er nickte und schob sich neben sie. »Ja, die meisten Mitglieder des Hauses wurden in den letzten Jahren aus verschiedenen Gründen ersetzt. Nur die Beaufonts, Sinclairs und Takahashis sind von den ursprünglichen Gründern noch übrig.«

»Ja, und ich erinnere mich auch noch an die Familie Mantovani. Ich meine, ich bin schließlich mit ihnen aufgewachsen, obwohl Bianca anscheinend immer noch nicht erwachsen geworden ist«, sagte Liv und betrachtete das Fest im Nebenraum, der sich scheinbar meilenweit in die Ferne streckte.

Stefan lachte. »Oh, ich glaube nicht, dass selbst zehn weitere Leben *diese* Magierin erwachsen machen würden. Sie ist ein Produkt des Elitismus der niemandem nützt.«

Liv stimmte mit einem Nicken zu und fühlte sich überhaupt nicht zu schlicht gekleidet, als sie auf das Meer der aufwändigen Kostüme blickte. »Aber ja, die Ludwigs, De Vries und Rosarios sind alle neu bei den Sieben, nicht wahr?«

Er nickte. »Das sind sie und die meisten von uns sind gut, auch wenn du uns anscheinend als überhebliche Snobs siehst, mit denen du lieber kein Haus teilen würdest.«

»Wie wurde deine Familie ausgewählt?«, erkundigte sich Liv. »War es wegen großzügiger Spenden oder jahrhundertelanger Arbeit auf Geheiß der Sieben?«

Stefans Blick durchschweifte den Raum und er sah unbeeindruckt aus. »Meine Großeltern haben ein ganzes Dorf von Kreaturen befreit, die vor einigen Jahrhunderten wohl Sklaven von Magiern waren. Seitdem steht unser Name auf der Liste und wir sind kürzlich ausgewählt worden, was Raina und mir die Möglichkeit gibt, das Vermächtnis meiner Großeltern fortzusetzen.«

Liv gähnte laut. »Netter Versuch. Ich habe diese Geschichte bestimmt schon hundertmal gehört.«

Stefan blinzelte ihr zu. »Nein, das hast du bestimmt nicht und wenn du irgendwann mal die komplette Geschichte wissen willst, dann schlage uns einfach in den Geschichtsbüchern nach. Es war eine ziemlich faszinierende Zeit, obwohl kein einziger Magier stolz darauf sein sollte.«

Liv entschuldigte sich mit einem Nicken und ging durch den Raum, immer in der Nähe des Randes bleibend. Sie kannte nicht viele in dem überfüllten Raum und die meisten hatten zudem ihre Gesichter bedeckt, was es dann gänzlich unmöglich machte, zu erkennen wer sie waren. Deshalb war sie auch ziemlich schockiert, als plötzlich ein Ritter in voller Rüstung direkt auf sie zukam, ihren Arm packte und sie von dem Gedränge wegzog.

»Hey, was glaubst du was du da tust?«, fragte Liv und zog sich aus dem Griff des Ritters heraus.

Der Ritter drehte sich zu ihr um und wisperte: »Stell bitte keine Fragen. Folge mir einfach.«

Sie wusste nicht weshalb, aber Liv erlaubte dem Ritter, sie in den Garten zu führen.

Die Lichter, die in den Ziersträuchern funkelten, waren ein magischer Anblick der das Feuerlicht der im Garten stationierten Fackeln ergänzte. Die kühle nächtliche Luft fühlte sich nach der Wärme des überfüllten Ballsaals auf ihrem Gesicht gut an.

Der Ritter hielt an als sie sich zwischen einer Ziegelmauer und einer Reihe von Sträuchern befanden. Er drehte seinen Finger im Kreis und alle Geräusche um sie herum verblassten. Liv dachte schon sie sei taub geworden, bis Clark dann das Visier des Helmes hob und sein Gesicht zeigte.

»Ich habe uns mit einem Tarnzauber belegt, damit wir nicht gehört oder gesehen werden können«, erklärte er.

»Nun, verdammt«, beschwerte sich Liv. »Ich wollte, dass alle zusehen wie ich dir in den Arsch trete, weil du so ein Wichser bist.«

Clarks Blick wanderte aufmerksam durch die Gartenanlage um sie herum, bevor er Livs Augen begegnete. »Ich weiß, dass ich vorhin etwas distanziert war.«

»Etwas distanziert?«, blaffte sie. »Du hast mich wie einen Goblin behandelt. Du hast mich während der Verhöre der Ratsmitglieder nicht einmal ansehen. Ich hätte heute wirklich deine Hilfe gebrauchen können und du...«

»Ich weiß«, gab Clark in aller Stille zu. »Es tut mir leid. Es ist nur, dass ich dachte... nun, ich habe versucht, den anderen einen Gefallen zu tun.«

»Richtig«, sagte Liv und rollte die Augen. »Denn wenn du ihnen den Rücken kratzt, werden sie...«

»Nein, Liv,« schnitt Clark sie ab. »Denn wenn ich in ihrer Nähe bleiben darf, kann ich vielleicht herausfinden was hier wirklich los ist. «

»Was?«, stutzte Liv, plötzlich verwirrt.

Ein lautes klirrendes Geräusch entstand, als Clark in seine Rüstung griff. Die Geste war überhaupt nicht anmutig. Einen Moment später zog er einen Papierstreifen heraus. »Reese hat mir etwas hinterlassen, aber ich habe es gerade erst in meinen Sachen gefunden. Ich weiß nicht wie oder wann sie es dort hingelegt hat, aber ich weiß, dass es von ihr ist. Es hat ihr Zeichen.«

Liv nahm das Blatt Papier, öffnete es und sah das Zeichen des Schmetterlings mit drei Antennen, das Symbol das ihre Schwester immer auf ihre Korrespondenz setzte. »Jemand könnte es gefälscht haben.«

Clark schüttelte den Kopf. »Nein, es ist auch eindeutig ihre Handschrift. Und wie es auf meinem Schreibtisch auftauchte? Nun, das erinnert mich an einen Zauber an dem Reese gearbeitet hatte. Sie nannte den Zauber »Der lebende Wille«. Die Idee war, dass, wenn jemandem etwas passieren sollte, nach seinem Tod die Botschaft oder ein Gegenstand oder was auch immer derjenige für jemanden hinterlassen hat, am siebten Tag nach seinem Tod zugestellt wird.«

»Und diese Notiz?«, fragte Liv, obwohl sie die Antwort wusste.

»Sie erschien am Morgen des siebten Tages nach ihrem und Ians Tod.«

Liv öffnete das Pergament ganz und las es dreimal durch, aber leider ergab es auch beim dritten Durchlesen noch immer keinen Sinn für sie.

Olivia hat den Schlüssel. Du hast das Herz. Gemeinsam müsst ihr beenden was wir begonnen haben.
In Liebe,
Reese.

Liv sah auf und war sich nicht sicher, was sie von den drei Sätzen halten sollte. »Ich habe den Schlüssel wofür?«

Clark nahm das Papier wieder an sich. »Das weiß ich nicht. Ich weiß nicht einmal was sie mit dem Herzen meinte, aber ich weiß, dass Ian und Reese versucht haben uns etwas zu sagen. Wir können diese Nachricht nicht ignorieren.«

Für einen Moment war Liv versucht, den Ring aus ihrer Tasche herauszuziehen und ihn Clark zu zeigen, aber sie traute ihm immer noch nicht komplett. »Was meinst du damit, wir können es nicht ignorieren?«

Clark sah sich einen Moment lang nach allen Seiten um bevor er sich wieder auf sie konzentrierte, seine Bewegungen waren angespannt. »Ich bin mir nicht sicher was los ist. Ich glaube, Ian und Reese waren an etwas Großem dran. Vielleicht sogar an etwas wegen unserer Eltern...«

»Oh, also gibst du endlich zu, dass ihr Tod verdächtig war?«, fragte Liv und unterbrach ihn.

Er winkte ihr mit seinen metallischen Handschuhen zu. »Ich bin mir nicht sicher. Ich weiß nur, dass wir zusammenhalten und versuchen sollten mehr herauszufinden. Wir brauchen Beweise und vor allem mehr Informationen.«

»Vier Menschen, die wir lieben, sind gestorben und wir haben nichts was beweisen könnte, dass etwas daran verdächtig war, außer einer Menge Indizienbeweise die nicht zusammenpassen. Warum sind sie zusammen gestorben? Mom und Dad, Ian und Reese? Warum war ihr Tod unerklärlich? Und...«

Ian nickte und unterbrach sie. »Ich weiß. Es *ist* seltsam, aber ich denke auch du bist zu paranoid. Und ich bin wahrscheinlich zu abweisend.«

»Nun, solange du das endlich zugibst.«

Clark lehnte sich näher heran. »Da ist noch etwas anderes.«

Liv starrte ihren Bruder an und wartete gespannt auf seine nächsten Worte.

»Ich habe vorhin nach dem Kanister im Lagerraum gesucht und er fehlt.«

»Was?«, fragte Liv verwirrt.

»Ja, dann habe ich die Aufzeichnung überprüft die du uns zur Verfügung gestellt hast und es wird dort behauptet, dass du gesagt hast, dass beide Kanister bei der Explosion zerstört wurden«, erklärte Clark.

»Aber ich habe einen von ihnen zurückgebracht«, sagte Liv und zögerte. »Warte, das habe ich doch, nicht wahr?« Plötzlich konnte sie sich nicht mehr genau erinnern was die Realität war: dies hier oder das was Valentino ihr in den Kopf gesetzt hatte. Es war einfach alles irgendwie durcheinander.

»Ich denke jemand hat gehofft, dass du verwirrt sein würdest und sie verlassen sich jetzt darauf«, mutmaßte Clark.

Die Wahrheit dämmerte Liv und sie fühlte ein lautes Klopfen in ihrer Brust. »Glaubst du, dass Adler...«

Clarks Gesichtsausdruck brachte sie zum Schweigen. »Ich weiß nicht was ich glauben soll. Das solltest du auch nicht. Wir müssen es untersuchen, aber sorgfältig und vorsichtig dabei vorgehen. Es scheint so, als hätten Ian und Reese uns Hinweise hinterlassen und wir müssen gerade deshalb mit größter Vorsicht vorgehen.«

»Ja, denn wenn jemand sie für das was sie wussten tötete, dann kann uns genau dasselbe passieren.«

Clark stimmte ihr mit einem Nicken zu. »Ich verspreche bis zum Ende an deiner Seite zu bleiben, auch wenn es manchmal nicht so aussehen wird.«

»Du schaffst eine Fassade um nicht aufzufallen«, erkannte Liv.

»Ja, weil du genug Aufmerksamkeit erregst«, sagte er lachend.

»Soll ich aufhören?«, fragte sie. Die Wahrheit herauszufinden war etwas, das Liv schon lange gewollt hatte, aber sie hatte dann irgendwann doch aufgegeben und dann hatte sie es nach und nach vergessen.

»Nein, mach weiter mit dem was du tust«, sagte Clark zu ihr. »Ich konnte dir das leider nicht öffentlich sagen, aber was du in diesem Fall gemacht hast war brillant. Mom und Dad wären sehr stolz auf deinen Mut gewesen.«

Liv wusste nicht was sie dazu sagen sollte und der Kloß in ihrem Hals war so groß, dass es ihr schwer fiel zu atmen.

»Liv, in Zukunft will ich, dass wir zusammenarbeiten«, sagte Clark und streckte eine Hand aus. »Aber das bedeutet auch, dass du mir gegenüber ehrlich sein musst. Vertrau mir bitte und hör mir zu wenn ich dir Ratschläge gebe. Haben wir einen Deal?«

Liv starrte seine gepanzerte Hand an. Er bot eine echte Partnerschaft an. So sollten Krieger und Ratsmitglieder funktionieren, aber sie hatten sich von Anfang an nicht so verhalten. Sie dachte an das Haus der Sieben und wie es ursprünglich eingerichtet worden war um ein Gleichgewicht zu schaffen. Krieger und Ratsmitglieder die zusammenarbeiten um die Magie zu schützen. Ihre Eltern hatten diese Rollen geliebt und geehrt. Sie hatten alles für sie riskiert, denn das war es woran sie geglaubt hatten.

Und obwohl Liv so lange an der Ehre des Hauses der Sieben gezweifelt hatte, tief in ihrem Kern spürte sie doch, dass seine ursprüngliche Mission immer noch nicht gestorben war. Die Partnerschaften, welche die Gründer aufgebaut hatten, waren dazu gedacht, eine der mächtigsten Kräfte der Welt zu schützen und zu erhalten: die Magie.

Liv nahm Clarks Hand, schüttelte sie und sah ihm direkt in die Augen. Sie fühlte, dass eine unsichtbare Energie ihre Hände fesselte, als ob sie einen Pakt besiegelte. »Ja. Auf die Zusammenarbeit, Bruder, damit wir die Wahrheit finden und auch die Magie schützen können.«

Clark lächelte seine Schwester an. »Erinnerst du dich daran, was Dad immer über Wahrheit und Magie sagte?«

Liv dachte einen Moment nach und wollte ihm schon sagen, dass sie sich leider nicht mehr erinnern konnte, aber plötzlich hallte eine Stimme, die sie seit Ewigkeiten nicht mehr gehört hatte und die sie sehr vermisst hatte, in ihrem Kopf. Sie sprach die Worte aus, so wie sie in ihrem Kopf erklangen. »Die Wahrheit, die alle Dinge verbindet, ist der ultimative Weg um die Magie zu schützen, aber sie muss zuerst entdeckt werden.«

FINIS
Liv Beaufont kehrt zurück in
»Die eigensinnige Kriegerin«:

Die eigensinnige Kriegerin jetzt weiterlesen.

Jürgens Lektorennotizen

Da ich schon immer ein Fan von den Büchern und Autoren war, die von LMBPN Publishing veröffentlicht wurden, kam ich natürlich nicht umhin, Sarahs erste beiden Serien für den Verlag zu verschlingen. Auf Englisch natürlich. Wie der Zufall so spielte, machte ich Sarah Verbesserungsvorschläge für das Titelbild einer der beiden Serien. Das war im April 2018. Wir arbeiteten dann an den Titelbildern für die Titelbilder in den jeweils letzten Büchern der beiden Serien. Und dann im Mai 2018 fing ich an, mit Sarah an einer neuen Sci-Fi-Serie zu arbeiten. Sie würde die fertiggestellten Kapitel abends zu mir schicken. Ich arbeitete dann daran, korrigierte Fehler, machte Vorschläge und gab ihr Ideen. Morgens hatte sie die Kapitel wieder in ihrem Postfach und alles wiederholte sich. Wir diskutierten über die Titelbilder und alles Mögliche. Im Laufe der Monate kamen dann drei Serien zusammen mit neun Büchern. Im Januar 2019 war es dann soweit – wir fingen die erste Serie mit zwölf (12!) Büchern an. „Die Unzähmbare Liv Beaumont" war geboren, unsere vierte Zusammenarbeit. Es waren neun Monate mit viel Arbeit, Ideen, Lachen und Schwitzen, aber es hatte sich auch gelohnt. Das erste Buch dieser Serie war für viereinhalb Monate ein Bestseller auf amazon.com. Die weiteren Bücher waren für mindestens drei Wochen ebenfalls auf Platz Eins ihrer Kategorien. Im Moment schreiben wir gerade am zweiten Buch der Nachfolgeserie rund um Sophia Beaufont.

Im September 2019 entschied sich Jens, unser deutscher Verleger, die Serie zu übersetzen und wählte mich als Lektor. Anfang Oktober hatte ich dann den englischen Originaltext für „Die Rebellische Schwester" und los gings. Das Ergebnis habt ihr gerade gelesen und das nächste Buch ist schon in Arbeit.

Jürgen Möders im Oktober 2019

DIE REBELLISCHE SCHWESTER

Sarahs Autorennotizen

Die Rückkehr zu meinen Fantasy-Wurzeln nach einem Aufenthalt in die Genres Science-Fiction und Chick-Lit *[Anmerkung d. Übersetzers: wörtlich etwa „Mädels-Literatur", sinngemäß „anspruchslose Frauenliteratur"]*, war vor allem großartig. Ich musste aber noch einige Scifi-Elemente in diese Serie aufnehmen, denn das ist mein Ding. Die magische Technologie hat viel Spaß gemacht und wird hoffentlich die Dinge (auf eine gute Weise) verkomplizieren, wenn die Bücher fortschreiten.

Als Michael und ich dieses Universum erschaffen haben, erinnere ich mich, dass ich auf dem Boden meines Büros saß und Notizen schrieb, während er eine Idee nach der anderen ausspuckte. Diese Notizen waren leider ziemlich unlesbar. Ich hatte daraufhin beschlossen, dass ich anfangen würde, unsere Gespräche aufzuzeichnen – seitdem kann ich tatsächlich zurückgehen und alles, was er gesagt hat, überprüfen. Ernsthaft, Michael, nimmst du Schnellsprechkurse?

Michael war schon recht früh ziemlich unnachgiebig, dass es unbedingt einen Riesen in Livs Team geben musste. Er nannte ihn immer wieder George, was mich beim Rekapitulieren meiner Notizen total zum Lachen brachte: »George wirft sie in eine Kneipenschlägerei.« »George ist insgeheim nett.« »George will eine große Freundin.« Der Grund, warum das besonders lustig ist, ist »George«, der gefälschte Name, den ich meinem Ex-Mann in Büchern und in sozialen Medien gebe, um seine Identität zu schützen. George ist insgeheim nett. Ganz heimlich.

An einem Punkt versuchten wir, einen Begleiter für Liv zu finden. Hunde sind toll, aber das wurde schon oft gemacht. Dann gibt es Trolle und Feen und so weiter. Ich brachte dann ins Spiel, dass Livs Handlanger eine Katze sein könnte. Worauf Michael fragte: »Warum eine Katze?« Ich blickte in diesem Moment zu meinem Bürostuhl auf, um meine eigene Katze auf meinem Platz zu finden. Deshalb hatte ich mich überhaupt auf den Boden gesetzt. Das verdammte Tier leitet die Show in meinem Haus. Damals wurde Plato erschaffen.

Am nächsten Morgen öffnete ich diese chaotischen Notizen zufällig auf einer Seite. Da stand: »Hunde sind Nutten.« Im Ernst, ich muss unsere Gespräche aufzeichnen. Das Zusammenfügen der Notizen und der Versuch, all die fantastischen Ideen zusammenzutragen, die wir in diesem ersten Buch haben wollten, dauerte einige Zeit. Ich bin mir ziemlich sicher, dass ich das Notizbuch einmal auf den Kopf stellen musste, um die Worte zu lesen, die einmal um die Seite herum gingen. Trotzdem denke ich, dass alles geklappt hat. Michael bekam seinen Riesen und ich bekam die Katze und viele der besten Momente im Buch haben ihren Ursprung in diesem ersten Gespräch.

Michael wirft zufällig Ideen raus, wenn wir reden. Sie bringen mich immer zum Nachdenken und bringen Frische in das Buch. Eine solche Idee war, als Liv sich betrunken hat. Michael sprach davon, dass Liv ein Rebell sei und spinnte einen Dialog zusammen: Dieser Kerl würde dann sagen: »Bist du betrunken?« und Liv antwortet dann: «Bist du hässlich?« Dann kann sie später sagen: »Nun, du bist immer noch hässlich.«

Und so geschieht die Magie. Ich glaube, dass ich ein besserer Schriftsteller geworden bin, seitdem ich mit Michael zusammenarbeite. Er hilft mir dabei, mein eigenes Schreiben zu erneuern. Und er hat mich gelehrt, dass manchmal die besten Kapitel jene sind, in denen die Charaktere einfach nur chillen, sich erforschen und sich verbinden. Oh, und natürlich das Frotzeln zwischen den Charakteren.

Ich habe es geliebt, diese Serie als Team zu gestalten und freue mich auf viele weitere.

Ohne weitere Umstände werde ich das Mikrofon an MA übergeben. Ich bin sicher, er kann es kaum erwarten, dir zu erzählen, warum er auf Bali nicht die Rutsche hinuntergegangen ist. Alle anderen taten es.....

Sarah Noffke, 29. Januar 2019

Michaels Autorennotizen

Vielen Dank, dass du nicht nur diese Geschichte, sondern auch diese Autorennotizen liest. Ich hoffe, ich habe daran gedacht, immer mit ›Danke‹ zu beginnen. Wenn nicht, muss ich die anderen Autorennotizen bearbeiten!

Weitestgehend zufällige Gedanken:

HUNDE SIND NUTTEN
Ich frage mich, ob Sarah sich irgendwann noch mal all die Punkte ansehen wird, die sie in ihren Autorennotizen erwähnt hat und sagen wird: »Wirklich? ›Hunde sind Nutten‹ ist das Stück, das du da unbedingt erwähnen musstest?«

Zuerst erwähnte sie den ganzen »Ich werde unsere Gespräche aufzeichnen«-Teil in unseren Gesprächen. Dies drohte sie mir jedoch mehrmals und war noch nicht aufgetreten, also hatte ich ihn mit »Der Scheck ist in der Mail«, »Wörter sind auf der Seite« und »die Fortsetzung wird bald gemacht« in einen Topf geworfen. Das ist kein Kommentar über Sarah, denn sie schreibt SCHNELL.

Ok, zurück zu den Hunden.

Wenn du Sarah in den sozialen Medien folgst, wirst du gemerkt haben, dass sie öfters ein Familienmitglied erwähnt – »die Katze« (mangels eines besseren Begriffs, da das die physische Form ist, welcher der hinterhältige Narr, der zur Bestrafung der Menschheit geschickt wurde, im Moment herumläuft...).

Du glaubst mir nicht? Warum tut eine erwachsene Frau, die sich nicht von einem Mann von ihrem Schreibtisch wegbewegen lassen würde, es einer einen Fuß hohen, miauenden Monstrosität erlauben? Hmmm? Na? Siehste!

Es ist wahr.
Jetzt zurück zu den Hunden.
Warte, zurück zur Katze. Ich habe diesen Gedanken nicht beendet.

Wie auch immer, sie erwähnt ihre Katze und ALLE Probleme, die sie damit hat und ich glaube, sie hat versucht, diese Katze mehrmals zu verkaufen oder wegzugeben. Sie hat eindeutig eine dysfunktionale Beziehung zu ihrer Katze. Andererseits haben die meisten (aber nicht alle) Katzenbesitzer eine Meister-Sklaven-Beziehung zu ihrer Katze.

Ich schätze, wir wissen, wer auf die Zukunft des außerirdischen Oberherrn vorbereitet ist.

Wie auch immer, ich ziehe natürlich Sarah über ihre Katzenherausforderung auf und lache sie aus, während sie versucht, ihre Position (erfolglos!) zu verteidigen und sie erwähnt, dass Katzen ihre Liebe an wenige geben. Die Auserwählten. Die wenigen auserwählten Menschen, die deren wohlwollende Liebe empfangen dürfen.

»Achso, und Hunde sind dann Nutten?«, fragte ich.
Und BAM! Wir haben eine Autorennotiz.

UM DIE WELT IN 80 TAGEN

Einer der interessanten Aspekte (zumindest für mich) meines Lebens ist die Fähigkeit, von überall und zu jeder Zeit zu arbeiten. In Zukunft hoffe ich, meine eigenen Autorennotizen noch einmal zu lesen und mich an mein Leben wie als Tagebucheinträge zu erinnern.

Dieser hier wird kurz sein, denn ich bin in meinem dunklen Büro. Die Stromzufuhr zu unserer Wohnung wurde über den Jordan gejagt, als die ›Nachbarn‹ ein paar Stockwerke weiter oben einen Bauunternehmer ihre Wohnung, die Wohneinheit unter ihnen und eine direkt über unserer

Wohnung überfluten ließen – und das passierte natürlich vor den Weihnachtsferien, wo man sehr gut Handwerker heranbekommt.

Wir wollten eigentlich für sechs Wochen weg.

Ok, also Ventilatoren installiert, Löcher in Wände gebohrt und Lüftungsöffnungen ausgeschnitten, um die Wände zu trocknen. Mir wurde gesagt, dass ich in meinem Büro Strom haben werde, wenn alles trocken ist.

Wir waren praktisch sechs Wochen lang weg. Die Ventilatoren waren fertig, wir kommen zurück (in ein chaotisches Büro, weil da natürlich überall der Kram für die Lüfter herumlag) und der Strom.....

...funktioniert immer noch nicht.

Die Handwerker kommen zurück, schauen in die Versorgungsbuchse im Boden. »Ja, das Wasser ist wahrscheinlich im Boden. Es ist nicht durch das PVC-Rohr verdampft, und deshalb wird es nicht funktionieren.«

Es wäre schön gewesen, wenn jemand darüber nachgedacht hätte, BEVOR wir im Urlaub waren. Also, im Moment sitze ich im dunklen Büro und tippe auf dem Laptop mit dem Licht, das aus dem nahegelegenen Badezimmer einfällt.

Mit einem weiteren Ventilator, der Luft in ein 4-Zoll-Loch bläst, um das lange Rohr auszutrocknen.

Wie das Leben so spielt, haben sie die Lichter im anderen Schlafzimmer an die gleiche Schaltung angeschlossen. Also, es gibt auch keinen Strom in diesem Raum.

Ich erkenne an, dass wir damit gesegnet sind, überhaupt irgendwo in der Wohnung Strom zu haben, und kein Strom an zwei Orten ist nicht das größte Problem.

Aber, hast du mal gezählt, wie viele Dinge du so an der Steckdose hängen hast, einfach nur um sie aufzuladen?

DIE REBELLISCHE SCHWESTER

Es ist eine Menge.

WIE MAN FÜR DIE BÜCHER, DIE MAN LIEBT, WERBUNG MACHT.
Wenn dir die Bücher von Sarah und mir gefallen, erzähle es Freunden und den Hunden deiner Feinde (denn wer will mit ihnen reden?), berichte in sozialen Medien davon und schreib vielleicht auch eine kritische Rezension bei Amazon. Das erhöht unsere Sichtbarkeit enorm und hilft uns als kleinem unabhängigen Verlag, ohne riesiges Marketingbudget genug Leser zu finden. Genug gesagt ;-)

Ad Aeternitatem,

Michael Anderle,
31. Januar 2019

SOZIALE MEDIEN

Möchtest Du mehr?
Abonnier unseren Newsletter, dann bist Du bei neuen Büchern, die veröffentlicht werden, immer auf dem Laufenden:
https://lmbpn.com/de/newsletter/

Tritt der Facebook-Gruppe und der Fanseite hier bei:
https://www.facebook.com/groups/ZeitalterderExpansion/
(Facebook-Gruppe)
https://www.facebook.com/DasKurtherianischeGambit/
(Facebook-Fanseite)

Die E-Mail-Liste verschickt sporadische E-Mails bei neuen Veröffentlichungen, die Facebook-Gruppe ist für Veröffentlichungen und ›hinter den Kulissen‹-Informationen über das Schreiben der nächsten Geschichten. Sich über die Geschichten zu unterhalten ist sehr erwünscht.

Da ich nicht zusichern kann, dass alles was ich durch mein deutsches Team auf Facebook schreiben lasse, auch bei Dir ankommt, brauche ich die E-Mail-Liste, um alle Fans zu benachrichtigen wenn ein größeres Update erfolgt oder neue Bücher veröffentlicht werden.

Ich hoffe Dir gefallen unsere Buchserien, ich freue mich immer über konstruktive Rezensionen, denn die sorgen für die weitere Sichtbarkeit unserer Bücher und ist für unabhängige Verlage wie unseren die beste Werbung!

Jens Schulze für das Team von LMBPN International

DEUTSCHE BÜCHER VON LMBPN PUBLISHING

Das kurtherianische Gambit
(Michael Anderle – Paranormal Science Fiction)

Erster Zyklus:
Mutter der Nacht (01) · Queen Bitch – Das königliche Biest (02) · Verlorene Liebe (03) · Scheiß drauf! (04) · Niemals aufgegeben (05) · Zu Staub zertreten (06) · Knien oder Sterben (07)

Zweiter Zyklus:
Neue Horizonte (08) · Eine höllisch harte Wahl (09) · Entfesselt die Hunde des Krieges (10) · Nackte Verzweiflung (11) · Unerwünschte Besucher (12) · Eiskalte Überraschung (13) · Mit harten Bandagen (14)

Dritter Zyklus:
Schritt über den Abgrund (15) · Bis zum bitteren Ende (16) · Ewige Feindschaft (17) · Das Recht des Stärkeren (18) · Volle Kraft voraus (19)

Kurzgeschichten:
Frank Kurns – Geschichten aus der Unbekannten Welt

In Vorbereitung:
…die restlichen Bücher bis Band 21

Aufstieg der Magie
(CM Raymond, LE Barbant & Michael Anderle – Fantasy)

Unterdrückung (01) · Wiedererwachen (02) · Rebellion (03) · Revolution (04)
In Vorbereitung sind die restlichen Bücher bis Band 12 aus dem Kurtherian-Gambit-Universum

**Das zweite Dunkle Zeitalter
(Michael Anderle & Ell Leigh Clarke
– Paranormal Science Fiction)**
Der Dunkle Messias (01) · Die dunkelste Nacht (02)
In Vorbereitung sind die restlichen Bücher bis Band 4
aus dem Kurtherian-Gambit-Universum

**Der unglaubliche Mr. Brownstone
(Michael Anderle – Urban Fantasy)**
Von der Hölle gefürchtet (01) · Vom Himmel verschmäht (02) ·
Auge um Auge (03) · Zahn um Zahn (04) ·
Die Witwenmacherin (05) · Wenn Engel weinen (06) ·
Bekämpfe Feuer mit Feuer (07)
In Vorbereitung sind die restlichen Bücher dieser
Oriceran-Serie

**Die Schule der grundlegenden Magie
(Martha Carr & Michael Anderle – Urban Fantasy)**
Dunkel ist ihre Natur (01)
In Vorbereitung sind die restlichen Bücher bis Band 8
diese Oriceran-Serie

**Die Schule der grundlegenden Magie: Raine Campbell
(Martha Carr & Michael Anderle – Urban Fantasy)**
Mündel des FBI (01)
In Vorbereitung sind die restlichen Bücher bis Band 9
diese Oriceran-Serie

**Die Chroniken des Komplettisten
(Dakota Krout – LitRPG/GameLit)**
Ritualist (01) · Regizid (02) · Rexus (03) ·
Rückbau (04) · Rücksichtslos (05)
In Vorbereitung sind die derzeit verfügbaren Teile

Die Chroniken von KieraFreya
(Michael Anderle – LitRPG/GameLit)
Newbie (01)
Anfängerin (02)
In Vorbereitung sind die restlichen Bücher bis Band 6

Die guten Jungs
(Eric Ugland – LitRPG/GameLit)
Noch einmal mit Gefühl (01)
Heute Erbe, morgen Schachfigur (02)
In Vorbereitung sind die restlichen Bücher der Serie

Die bösen Jungs
(Eric Ugland – LitRPG/GameLit)
Schurken & Halunken (01) in Vorbereitung
In Vorbereitung sind die restlichen Bücher der Serie

Die Reiche
(C.M. Carney – LitRPG/GameLit)
Der König des Hügelgrabs (01)
In Vorbereitung sind die restlichen Bücher der Serie

Stahldrache
(Kevin McLaughlin & Michael Anderle –
Urban Fantasy)
Drachenhaut (01) · Drachenaura (02) ·
Drachenschwingen (03) · Drachenerbe (04) ·
Dracheneid (05) · Drachenrecht (06) ·
Drachenparty (07) · Drachenrettung (08)
In Vorbereitung sind die restlichen Bücher bis Band 15

Animus
(Joshua & Michael Anderle – Science Fiction)
Novize (01) · Koop (02) · Deathmatch (03) ·
Fortschritt (04) · Wiedergänger (05) · Systemfehler (06)
In Vorbereitung sind die restlichen Bücher bis Band 12

Opus X
(Michael Anderle – Science Fiction)
Der Obsidian-Detective (01)
Zerbrochene Wahrheit (02)
Suche nach der Täuschung (03)
In Vorbereitung sind die restlichen Bücher bis Band 12

Unzähmbare Liv Beaufont
(Sarah Noffke & Michael Anderle – Urban Fantasy)
Die rebellische Schwester (01)
Die eigensinnige Kriegerin (02)
Die aufsässige Magierin (03)
Die triumphierende Tochter (04)
Die loyale Freundin (05)
Die dickköpfige Fürsprecherin (06)
Die unbeugsame Kämpferin (07)
Die außergewöhnliche Kraft (08)
Die leidenschaftliche Delegierte (09)
Die unwahrscheinlichsten Helden (10)
Die kreative Strategin (11)
Die geborene Anführerin (12)

Die einzigartige S. Beaufont
(Sarah Noffke & Michael Anderle – Urban Fantasy)
Die außergewöhnliche Drachenreiterin (01)
Das Spiel mit der Angst (02)
In Vorbereitung sind die restlichen Bücher bis Band 24

Die Geburt von Heavy Metal
(Michael Anderle – Science Fiction)
Er war nicht vorbereitet (01)
Sie war seine Zeugin (02)
Hinterhältige Hinterlassenschaften (03)
In Vorbereitung sind die restlichen Bücher bis Band 8

Weihnachts-Kringle
(Michael Anderle –
Action-Adventure-Weihnachtsgeschichten)
Stille Nacht (01)